suhrkamp taschenbuch 1717

Peter Handke wurde 1942 in Griffen (Kärnten) geboren. Sein Werk im Suhrkamp Verlag ist auf Seite 274 dieses Bandes verzeichnet.
Peter Handke erzählt Herbert Gamper während vier Tagen, jeweils einige Stunden lang, vom Glück und von den Schwierigkeiten des Schreibens, von der Entstehung einiger seiner Bücher, von seinem Leben als Schriftsteller; er antwortet auf Fragen und kritische Einwände des Gegenübers. Gegenstand der Gespräche sind überwiegend die Werke seit der 1979 erschienenen *Langsamen Heimkehr*, die, anders als die Arbeiten aus der zweiten Hälfte der sechziger Jahre, kontroverse Reaktionen auslösten. Für jeden Leser, der an einem Verständnis des Werks von Peter Handke interessiert ist, vermitteln die Gespräche Hinweise, wie diese Bücher – Satz für Satz – gelesen werden können. Sie stellen Antworten bereit auf die Frage, in welchem Zusammenhang *Langsame Heimkehr* oder *Die Lehre der Sainte Victoire* stehen, welche Funktion der Schlußmonolog der Nora in *Über die Dörfer* hat. Andere Themen: Was heißt Verstehen und was wäre ein entsprechendes Lesen? Wie kann die Leseerfahrung sich ausweiten im Leben dessen auch, der nicht produktiven Gebrauch als Schriftsteller davon macht?

Peter Handke

Aber ich lebe nur von den Zwischenräumen

Ein Gespräch, geführt
von Herbert Gamper

Suhrkamp

Umschlagfoto: Steve Hiett

suhrkamp taschenbuch 1717
Erste Auflage 1990

Lizenzausgabe mit freundlicher Genehmigung der
Ammann Verlag AG, Zürich
Suhrkamp Taschenbuch Verlag

Druck: Nomos Verlagsgesellschaft, Baden-Baden
Printed in Germany
Umschlag nach Entwürfen von
Willy Fleckhaus und Rolf Staudt

1 2 3 4 5 6 – 95 94 93 92 91 90

EINLEITUNG

Es war Egon Ammann, der Verleger, der im Frühjahr 1985 die Anregung gab zu diesem Buch: zu einem Buch dieser Art, einem Gespräch. Mir kam sie gelegen, gesetzt, der Partner sei Peter Handke. Aus seinen frühen Büchern, ein paar Begegnungen auch, hatte ich viel gelernt: nicht dieses und jenes, sondern größere Empfindlichkeit gegen vermeintlich Selbstverständliches; ich war ermutigt worden, gegen modische Denkweisen meinem Gefühl und meiner Erfahrung mehr zu vertrauen. Seiner weitern Entwicklung jedoch, ab der *Angst des Tormanns beim Elfmeter* und vollends dem *Kurzen Brief zum langen Abschied*, mochte ich nicht mehr folgen; ich konservierte das Bild, das ich mir von ihm gemacht hatte: darauf fixiert, verlor ich ihn, der andere Wege ging, aus dem Blick. Eigene Erfahrung: des Lebens – besonders diejenige der Ohnmacht des Denkens und der Erkenntnis gegenüber den fatalen gesellschaftlichen Sachverhalten – und des Lesens – hier war es die Welt des späteren Hofmannsthal, die sich mir auftat –, war die Voraussetzung, daß ich dann vom Dramatischen Gedicht mich angesprochen fühlte, auf das ich neugierig war, weil mir unter Handkes Arbeiten aus der frühen Zeit diejenigen fürs Theater als die bedeutendsten vorgekommen waren. Um die Jahreswende 1983/84 las ich, der Saalach, dem Grenzflüßchen zwischen Bayern und Österreich, entlang gehend, den Mönchsberg vor Augen, in den *Phantasien der Wiederholung*. Da fand ich manches ausgesprochen, was mir selber damals, im Anschluß auch an die Bekanntschaft mit Hofmannsthal, durch den Kopf ging; dem Wunsch, den Verfasser anzurufen, mochte ich nur deshalb nicht

nachgeben, weil ich die Prosa, die hinführt zum *Dramatischen Gedicht*, entweder gar nicht gelesen oder nur verständnislos ›angelesen‹ hatte.
Die Anregung des Verlegers war der willkommene äußere Anlaß, daß ich Handkes gesamtes Werk wieder las oder, im Fall der späten Prosa und der meisten Notizen, überhaupt jetzt erst oder erstmals gründlich las, das heißt, »studierte« (S. 172), mit Einbezug der Schriften über das Werk. Starke Vorbehalte blieben bestehen und konkretisierten sich; in den nachfolgenden Gesprächen kommen sie überdeutlich zur Geltung. Besser gerüstet, glaubte ich, nachdem schon anderes wieder vordringlich wurde, das Wagnis eingehen zu können, wissend: spätestens jetzt, oder nie mehr. Ob im Sinn des äußeren Anlasses etwas herausschauen würde, das sollte als zweitrangig offen bleiben.
Ende Dezember 1985 schrieb ich Peter Handke, indem ich ihm schilderte, wie es zu dem Projekt gekommen war, verschwieg ihm nicht meine Scheu davor und hielt es für wenig wahrscheinlich, daß nicht die seine noch größer wäre. Die Antwort war über Erwarten günstig, wenn auch nicht ohne Vorbehalt: »Ihr Brief, abgesehen vom Vorschlag darin, war für mich erfreulich (und ist es). (...) Das Gespräch wäre mir schon recht; nur arbeite ich jetzt, und es wird wohl noch länger dauern. Wie denken Sie von zwei Tagen im Frühsommer?« – Keine zwei Monate später schon war es soweit; datiert vom 1. März 1986, kam die lakonische Nachricht: »Nun bin ich durch, und es wäre mir recht, könnten wir uns Mitte April hier für ein paar Nachmittage treffen (...).« Am 14. März, nachdem ich mich damit einverstanden erklärt hatte, schrieb er: »Ja, jetzt sind wir beide in der Falle und werden es uns dort schön zu ma-

chen versuchen. Ich schlage Ihnen vor: zwei oder drei Tage zwischen dem 9. und dem 13.4. So rufen Sie mich am besten an; ich gehe jetzt wieder treppab zum Telefon.« So hat, nach über zwei Jahren, der Anruf doch noch stattgefunden, und aus den zwei oder drei Tagen wurden vier, es waren für mich fast unwirklich schöne Tage – »unwirklich« gemessen an der gewöhnlichen Unwirklichkeit, die sich als Wirklichkeit aufdrängt –, durch die Aufmerksamkeit Peter Handkes, im Bann seiner bei aller »Nachgiebigkeit« (S. 224) und Milde entschieden festen, aus Konzentration nach außen wirkenden Kraft; durch die Gunst, nicht zuletzt, des »Lokals« (S. 202), im engen und weiteren Sinn.

Die Voraussetzungen, wie sie aus der Vorgeschichte ersichtlich sind, wirkten naturgemäß auf Ton und Verlauf des Gesprächs sich aus, zunächst, was meinen Anteil daran betrifft. Es hat zwar nicht die Ungezwungenheit einer persönlichen Begegnung, wie sie mir eigentlich vorschwebte und wie sie in manchen schönen Augenblicken sich ergab, überwiegend, wenn das Band nicht lief, unterwegs oder beim Essen; es ist aber doch aufs ganze gesehen auch nicht so neutral, nicht so sehr das Rollenspiel vor unsichtbaren Zuhörern, wie die meisten Interviews oder zu wissenschaftlichen Zwecken vorgenommenen Befragungen. Persönliche Neigungen und Empfindlichkeiten einerseits, durch die äußere Veranlassung gegebenes Rollenverhalten andererseits, sind bald mehr, bald weniger bestimmend.
Beim Ausschreiben der Bänder hab ich natürlich mich oft genug geärgert über versäumte Fragen, oder schiefe, an der Sache vorbei gestellte – sei es aus Man-

gel an Geistesgegenwart, aus Scheu, mich zu exponieren, oder aus Befangenheit in meiner Sicht der Dinge, aus der heraus ich Antworten vorwegnahm oder als selbstverständlich voraussetzte, zuweilen vielleicht sogar meinem »nachgiebigen« Gegenüber suggerierte. Rückfragen, Berichtigungen, stellt man oft zurück, um nicht unterbrechen zu müssen, vergißt sie dann, oder es liegt anderes augenblicklich näher. Andererseits sind der Befangenheit und dem Bestreben, aus ihr heraus zu einem Einvernehmen zu gelangen, insistierende Wiederholungen zuzuschreiben, die mitunter die Geduld des Partners arg strapazierten. Die Absicht, daß ich mir jeweils die Ausbeute eines Tages anhörte, um auf Versäumtes zurückkommen, Mißverständnisse zurechtrücken, flexibler, spezifischer insistieren zu können, war, von Stichproben abgesehen, nicht durchführbar.

Wohl hatte ich bemerkt, aber damals nicht deutlich und einsichtig genug, daß manche kritischen Einwände gegen das Werk den Autor als solche gegen seine Person verletzten. Darüber sich zu verwundern oder gar ihm daraus einen Vorwurf zu machen, von »Narzißmus« daherzureden, ist aber, gelinde gesagt, unangemessen; es ergibt sich mehr oder weniger zwangsläufig aus seinem Selbstverständnis als Schriftsteller: als eines, der immer »aufs Ganze« geht. »Was ich schreibe, ist ja nur meine geformte Existenz« (S. 247). »Nur« meint hier: alles, »ganz Ich« (S. 246); es ist die Essenz der im Alltag auch immer wieder zufälligen und zerstreuten Person. Wie also sollte Kritik daran nicht persönlich genommen werden? Ich wundere mich im Gegenteil jetzt über die Langmut und Selbstentäußerung, hie und da, am Tonfall spürbar, auch Selbstbeherrschung: Auswirkung von Güte und des Bestrebens, auf den andern einzugehen, Geduld mit ihm zu haben, vielleicht doch sich ihm noch verständlich zu machen; auch Einsicht eigener Grenzen, eigener Bedingtheit: »Selbstkritik« (S. 226f). So ist mir im nachhinein erst das im Grunde Unpassende von die Interpretation des Werks betreffenden Fragen und entsprechenden Einwänden klar geworden. Wohl steht der Text, vom Autor in die Öffentlichkeit entlassen, auch und sogar primär in anderen Bezügen (zur Welt jedes einzelnen Lesers, zur geschichtlichen (Un-)Wirklichkeit als derjenigen des Autors ebenso wie der potentiellen Leser, zu vorgängiger und gleichzeitiger Literatur und Kunst, Begriffen derselben usf.); für ihn aber, wenn er nicht belletristisch verpackt ein »Thema« abhandelt, ist der Bezug zu seiner Person der entscheidende. Die Auseinandersetzung mit jenen andern Gegebenheiten ist darin aufgehoben; er leistet sie nicht explizit reflektierend – allenfalls beiläufig auch –, sondern implizit, unwillkürlich, durch sein Schreiben, in der genauen und gewissenhaften Realisierung seines Entwurfs. Was er aus sich »hervorgekehrt« hat (S. 43), mit ihm auf die Voraussetzungen, auf den Stellenwert in jenen andern Bezügen zu befragen, mutet ihm zu, daß er dem sozusagen als neutraler Dritter gegenübertrete; es rührt an den Quell und die Energien seines Schaffens. Naturgemäß weicht er davor zurück, macht Ausflüchte und setzt auch entschieden sich zur Wehr (am heftigsten bezeichnenderweise gegen das Fragen nach der »Leere« als dem ›Urheben‹). So gesehen, ist wirklich das äußerste an ihm möglicher Distanzierung und Relativierung die Vorstellung, »daß es bei vielen Menschen so ist, daß sie an dem, was ich tu, nur studieren können, was sie selber sind und wo sie widersprechen können« (S. 247), und daß er solchen Widerspruch, wo er nicht oberflächlichem Vorurteil oder persönlicher Gehässigkeit entspringt, interessiert zur Kenntnis nimmt.

Umgekehrt kann und will ich, als Leser, Widerspruch gegen die »Sache« zwar nicht zurückhalten, wo ich ihn von meinem Standpunkt, von den Bedingungen meiner Existenz aus für begründet halte, kann mir aber doch vorstellen, wie sie, als mit äußerster Gewissenhaftigkeit geformte, die notwendige und insofern der Kritik entzogene Manifestation der Person ist. Diese zwiefache Sicht ist so lange verwirrend, als ich mir nicht ihre Unvermeidlichkeit deutlich vor Augen halte: daß die Zuneigung zu der »Sache« als »geformter Existenz« in ihrem So-und-nicht-anders-Sein Widerspruch gegen sie als in vom Autor unabhängigen Bezügen stehende nicht ausschließt, und umgekehrt. Freilich ist das eine vom andern doch nicht ganz zu trennen, indem Widerspruch gegen Aspekte der Sache in der Tat auch Momente der »unbewußten Weltsicht« (S. 247) der Person mit betrifft. Dieser Rest aber ist nichts anderes als die Differenz, mit der jeder Versuch einer persönlichen Verständigung umzugehen hat; sie läßt sich, wo sie nicht dominant wird, herausstellen, ohne daß die vorgängige und grundierende Sympathie und Anerkennung im ganzen fraglich würde. Unter dieser Voraussetzung ist Widerspruch für den Autor, aufs ganze gesehen, akzeptabel, sogar erwünscht, und muß ihn nicht zum Verstummen bringen. Ich denke jetzt, nachdem ich mir die Gespräche wieder vergegenwärtigt habe, daß auch er immer wieder das Bestehen dieser Voraussetzung oder seinen Entschluß, ihr Vorhandensein mir zuzubilligen, das heißt, ein nicht durch zweifelhafte Augenblicke zu erschütterndes Vertrauen, sich in Erinnerung rufen mußte. So, aufgrund der gegenseitigen Anerkennung, konnte über Differenzen, Unverständnis und Mißverständnis im einzelnen hinweg doch eine Verständigung immer wieder stattfinden beziehungsweise als unterschwellige beibehalten werden. Oft haben dann auch schiefe Fragen und Einwände indirekt Aufschlußreiches im mäandernden Verlauf einer Antwort oder Gegenrede provoziert, und sei es nur, daß grundsätzliche, die Beziehung zwischen Autor und Leser betreffende Fragen, wie ich sie eben angedeutet habe, kenntlich wurden. Das nimmt der Selbstkritik, als der Kritik auch des ersten Lesers, ihren Stachel. Zu bereuen ist (fast) nichts; »es hat sich so ergeben«.

Peter Handke schien anzunehmen, daß manches weggelassen würde. Ich mochte mich aber gegenüber doch immer auch persönlichen Äußerungen nicht in die Lage versetzen, entscheiden zu müssen, was wichtig oder unwichtig sei. Abgesehen von allenfalls wenige Zeilen ausmachenden Wiederholungen, habe ich nur zwei größere Kürzungen vorgenommen, und zwar in Fällen, wo offensichtlich Ermüdung den Faden der Rede zerfaserte. Ebensowenig mochte und konnte ich seinem Wunsch entsprechen, seine »seltsam spiralige Sprechart« (S. 28) zu normalisieren, zu ›korrekten‹ Sätzen und Satzfolgen umzuschreiben. Ausgeprägte Eigenart ist stets dem Genormten vorzuziehen. Handkes »Sprechart« ist nicht ungeschickte Verpackung, deren Inhalt, gefällig eingewickelt, noch der selbe wäre; sie gehört ihrerseits ›zur Sache‹, ist Ausdruck der Person und hat demnach ihre eigene Gesetzlichkeit. Es ist nicht ein deduzierendes, klassifizierendes, veräußertes Sprechen; seine Bewegung ist überwiegend assoziativ, es ist prozessual, an die Spontaneität des Subjekts gebunden: hervorsprudelnd aus dessen lebendiger Mitte, mühsam sich vortastend zu empfundenen Sachverhalten, zuweilen auch, wenn da Widerstände waren, ein Drumherum- und Daherreden, beschwichtigend und beschwörend. Sich selber immer voraus, kann es unversehens die Richtung wechseln: Ein Satzglied erhält im Fortgang einen andern Stellenwert; der angefangene Satz wird abgebrochen, aus anderer Richtung ein Neuansatz unternommen; gelegentlich verwirrt sich die Syntax unter dem Andrang der Assoziationen. Daraus entstehen dann nicht festumrissene Sachverhalte, sondern aus Bruchstücken zusammenwachsende, auf Vorsprachliches hin, welches das Gesagte als immer Vorläufiges erscheinen läßt, geöffnete. Regelhafte Korrektur hätte das Prozeßhafte mehr oder weniger erstarren lassen zu Aussagen mit dem falschen Schein der Eindeutigkeit und des Definitiven, deren Folge nicht mehr die Kohärenz der spontanen Rede hätte haben können. Viel Unwägbares mußte ohnehin dadurch verlorengehen, daß Tonfall, Lautstärke, Sprechtempo usf. nicht wiederzugeben sind, die auch auf vorbegriffliche Weise das Verständnis leiten, dem Gefühl unmißverständlich bedeuten können, was aus dem notierten Wort bestenfalls zu erraten ist: Was kann nur – um ein ganz einfaches Beispiel zu nennen – das Wörtchen ›Ja‹ alles bedeuten! Zustimmung, Vorbehalt, Abwägen, je nachdem, wie es ausgesprochen wird.

Entgegen Handkes Anweisung also war ich aus allen diesen Gründen bemüht, seine »Sprechart« möglichst genau wiederzugeben, freilich der Mahnung eingedenk, sie nicht zu sehr auszuspielen (S. 29). Ich habe unregelmäßige Syntax, abgebrochene Satzanfänge,

Wortwiederholungen usf. beibehalten, wo sie mir die Aussage zu nuancieren und zu differenzieren, auf irrationale Weise zusätzlich zu charakterisieren schienen, und ich habe überall da behutsam geglättet, wo bloße Versprecher vorlagen, wo Müdigkeit, nachlassende Konzentration zu Neuansätzen, Wiederholungen, syntaktischem Sich-Verhaspeln führten, zudem in wenigen Fällen, wo syntaktische Brüche, Sprünge, Drehungen, Wucherungen in der schriftlichen Umsetzung allzu unübersichtlich geworden wären. So ist auch die Interpunktion das Ergebnis von Kompromissen: In üblicher Weise gebraucht, zwängt sie den durch innere Impulse gesteuerten Fluß der Rede in ein System logischer Gliederung; mein Bestreben war, durch zuweilen unübliche oder auch regelwidrige Zeichensetzung, nach Möglichkeit außerdem etwas vom Rhythmus der gesprochenen Rede zu bewahren. Das waren alles immer wieder Entscheide nach Ermessen, nach Gefühl und Gespür, rücksichtslos reglementierendem Eingriff jedoch unbedingt vorzuziehen. Um der Einheitlichkeit willen und weil ja unter Umständen ein korrektes Satzgefüge, in dem die Akzente anders verteilt sind, auch eine andere Replik oder Antwort hätte zur Folge haben können, hab ich auch meinen Text nur geglättet und etwas zurechtgerückt, nicht durchgehend normalisiert.

Es sei noch angemerkt, daß keinerlei Vorverständigung über Themen und Gesprächsverlauf stattgefunden hat, und daß Peter Handke darauf verzichtete, in die schriftliche Fixierung vor der Veröffentlichung Einblick zu nehmen.

Im August 1986 H. G.

Zu Werken Peter Handkes angegebene Seitenzahlen beziehen sich auf die Taschenbuch-Ausgaben im Suhrkamp Verlag. Ausgenommen:
Das Gewicht der Welt. Salzburg 1977; *Der Chinese des Schmerzes*. Frankfurt 1983; *Prometheus, gefesselt*. Frankfurt 1986.

Verwendete Abkürzungen:

LH	Langsame Heimkehr
LSV	Die Lehre der Sainte-Victoire
GW	Das Gewicht der Welt
GB	Die Geschichte des Bleistifts
PhW	Phantasien der Wiederholung

MITTWOCH, 9.4.1986

Am Morgen des 9. April 1986, es war ein außergewöhnlich warmer Föhntag, traf ich Peter Handke vor dem von ihm bewohnten Haus auf dem Mönchsberg. Er führte mich zuerst auf die Zinne des Turmes, von wo man über den südlichen Teil Salzburgs, in die Ebene hinaus und auf die Berge, das Untersbergmassiv und den Staufen, blickt. Ich fragte ihn nach dem Morzger Wald, dessen südlicher Ausläufer sichtbar war, und nach der Wohngegend Losers aus *Der Chinese des Schmerzes*. Ob mich diese Schauplätze interessierten, fragte er, und darauf bezog sich dann meine erste Frage, als wir unten, an dem kleinen, vor dem Ziehbrunnen in den Baumschatten gestellten Tischchen saßen und ich mir endlich den unvermeidlichen, damit das Spiel gespielt werden konnte unvermeidlichen Ruck gegeben hatte, das Tonband einzuschalten. Wir bedauerten, daß die Stimmen der Buchfinken und Meisen nicht aufs Papier zu übertragen seien; ein wenig lächerlich kam es mir dann im Verlauf des Gesprächs immer wieder vor, in das Konzert hinein eine Frage zu stellen. Ich erzählte von einem viele Jahre zurückliegenden Besuch bei Thomas Bernhard, daß er mich ungefragt zu der Praxis des Advokaten Moro (aus *Ungenach*) in Gmunden führte und mir die paar vom Borkenkäfer befallenen Bäume am Rande eines seiner Grundstücke zeigte, die er zum Wald des Generals in *Die Jagdgesellschaft* ausphantasierte. Ob er, Handke, auf die Schauplätze nicht so großen Wert lege?

H. Mir sind sie schon wichtig, die Schauplätze. Aber ich denke, wenn ich den andern auf die Orte hinweise, wird er sich eher verwirrt fühlen, wird es vielleicht auch als Wichtigtuerei ansehen. Ich bin mir schon immer bewußt, wenn ich vorbeigehe. Dann denk ich zum Beispiel an die Stelle, wo der Steinwurf war, denk ich immer. (*Der Chinese des Schmerzes*).

G. Ist das da vorne, in dem Hohlweg?

H. Ja, da ist auch ein übertünchtes Hakenkreuz, da kann man noch sehen, wo ich selber so einen felsgrauen Spray gekauft hab und das übersprüht hab. Ich denk immer dran im Vorbeigehen, oder fast immer. Beiläufig oder ausdrücklich.

G. Ich hab so ein weißes Kreuz, normales Kreuz gesehen heute morgen, an einer Buche da vorne.

H. Ah da gibts viele Bäume hier, das sind aber … ich weiß nicht, was für Leute das sind: die sich vielleicht der Greenpeace-Bewegung nahefühlen und das mißverstehen und da weiße Kreuze auf gleich welchen Baum, ob der nun gesund oder krank ist, sprayen. Ich find das ziemlich jämmerlich, daß man durch Zeichen die Natur verstellt, ohne sie überhaupt erst einmal anzuschauen, nur weil man denkt, es ist alles am Sterben, ohne sich überhaupt zu vergewissern. Haben Sie gesehen? Fast jeder Baum hat so ein weißes Kreuz.

G. Ich hab nur eins gesehen.

H. Unten an der Salzach die Platanen und die Kastanien, und hier oben gleich welcher Baum das ist. Haben sie sich halt einmal eine abenteuerliche Nacht gemacht, ein paar Gestalten, und sind mit der Spraydose über den Berg gegangen und haben gedacht, sie machen eine gute Tat. Und alle Leute, die nicht so genau hinschauen, denken, diese Bäume sind zum Tod verurteilt, oder die sind im Sterben. Haben die einfach nur Kreuze drauf gemacht. Ich bin oft gefragt worden: Ach, dieser Baum stirbt also auch? Es gibt ja gar kein richtiges Augenmerk oft auf die Dinge, sondern die Leute sehen nur die Zeichen und denken: Aha, der muß gefällt werden. Nun ist das vielleicht ein paar Jahre her, und diese Spray-Kreuze werden durch den Regen doch allmählich verwittert, so daß man sie nicht mehr so sieht.

G. Und der Baum wird überleben?

H. Ja, das weiß ich nicht. Es waren ja keine kranken. Vielleicht war dieser und jener krank. Man hat ja jetzt auch in der Hellbrunner Allee Bäume gefällt, die nur ganz leicht krank waren, und als man sie gefällt hatte, ganz alte Bäume, jahrhundertealte Bäume, hat man gemerkt, daß die eigentlich leicht zu retten gewesen wären. Da sieht man jetzt überall so Baumstümpfe, und sieht bei den Jahresringen, daß die in Ordnung waren. Das ist eine seltsame Hysterie.

G. Man hat sie gefällt wegen ein paar äußerlichen Krankheitssymptomen?

H. Ja, genau. Man hat sich gar nicht überzeugt, wie das Innere eines Baumes beschaffen ist. Das ist ein Jammer, das sind zwei-, dreihundert Jahre alte Bäume, die hätten sicher noch hundert oder zweihundert Jahre gelebt.

G. Und das Hakenkreuz, das hats also wirklich gegeben?

H. Viele. Es gibt auf dem ganzen Mönchsberg, ich kann Ihnen jede einzelne Stelle zeigen, wo es immer noch Hakenkreuze gibt. Ein paar, wie gesagt, die hab ich übersprayt, aber das ist auch nicht so schön, weil man die Felsfarbe ja nicht richtig erwischt. Als ich einmal das gemacht hab – da gehen tagsüber viele Leute spazieren –, haben die sich ordentlich aufgeregt: Das dürfen Sie doch nicht, da eingreifen, in die Sachen, die Ihnen nicht zustehen. Die haben richtig gelästert, daß die Hakenkreuze wegkommen. Mir war's allerdings unerträglich, das zu sehen, jeden Tag da vorbeizugehen und das sehen zu müssen. Ich hab gedacht: Warum macht das niemand von der Stadt, von der Verwaltung? Dann hab ich halt selber das gemacht.

G. Die Leute haben nicht begriffen, daß Sie nicht einfach den Felsen besprayen, sondern Hakenkreuze auswischen?

H. Die haben auch gar nicht gesehen, was ich da tu, die haben nur jemanden gesehen, der da auf den Felsen sprayt, das Hakenkreuz, das sehen die ja gar nicht.

G. Sie haben es ihnen nicht erklärt?

H. Ach nein, ich gerat dann sofort in so eine Wut, daß ich es gar nicht erklären kann.

G. Aber jemanden, der das drauf gesprayt hat, haben Sie nicht gesehen, in actu?

H. Das möcht ich gern einmal. Ich hab einmal so ein Hakenkreuz dann erlebt, das ganz frisch war, wo man noch die Farbe auf die Finger bekommen hat, als mans berührt hat, und da... den wollt ich schon erwischen. Da war dann aber niemand zu finden. (*Lacht*).

G. Was hätten Sie dann getan?

H. Ja, ich hätt dann schon... weiß ich. Ich hätt dann halt irgendwie – wie sagt man dann vor Gericht, wenn man sich entschuldigen will? – ...ich hätt den zur Rede gestellt, euphemistisch gesagt. Ja, in dem Moment war ich schon leicht zu allem fähig. –

Ich könnt Ihnen schon viele viele Stellen zeigen, die sozusagen – wie Sie von Thomas Bernhard sagten – da vorkommen und diejenigen Stellen sind. Aber man hat so eine Scheu, weil man denkt, ein Buch ist ein Buch und ein Ort ist ein Ort. Im Buch sind die Orte für den Leser immer anders und auch weiter und auch fruchtbarer, als wenn man ihn da hinführt und sagt, wie bei einer Wallfahrt oder wie bei einer Sightseeing-Tour sagt, das ist der Baum oder... ich hab da eine Scheu. Jeder hat, wenn er irgendwas gelesen hat, das Bild in sich, und dann freut er sich an dem Bild. Der Anlaß ist dann immer enttäuschend, und auch lästig eher. – Oder er findet es selber, der Leser macht sich selber auf die Spur und geht dem nach. Aber wenn der Autor ihn jetzt da hinführt oder irgend ein Nachkömmling des Autors, in der Art eines Fremdenführers... ich glaub, das geht nicht.

G. Der Ort ist aber doch bei Ihnen wichtiger als bei Thomas Bernhard.

H. Ja, ich bin ein Orts-Schriftsteller, bin das auch immer gewesen. Für mich sind die Orte ja die Räume, die Begrenzungen, die erst die Erlebnisse hervorbringen. Mein Ausgangspunkt ist ja nie eine Geschichte oder ein Ereignis, ein Vorfall, sondern immer ein Ort. Ich möcht den Ort nicht beschreiben, sondern erzählen. Das ist meine größte Lust. Es kann auch nur ein Fluß sein, oder der Schnee, wie er fällt in einem bestimmten Garten oder an einem bestimmten Baum vorbei, an einer bestimmten Art von Rinde vorbei, und das gibt mir halt die Lust, da anzufangen. Ich sag jetzt ›anzufangen‹ statt schreiben. Und daß dann ab und zu sich diese Erzählungen, wo nichts ist, so schließen zu Vorfällen, das ist halt leider nicht zu vermeiden; ich hätts gern ohne: ohne Steinwurf in der Geschichte vom Chinesen.

G. Ich hätt das Buch auch lieber ohne.

H. Ja aber da treffen Sie bei mir auf ein offenes Ohr, Herr Gamper. Aber es geht nicht ohne. Ich hab *Langsame Heimkehr* geschrieben, hab gedacht, ich schreib nur den Fluß und den Himmel und die Erde. Da kommt der Konflikt von selber; die Geschichte, also auch die Historie, funkt Ihnen dazwischen. Der einzige, der das halbwegs vielleicht geschafft hat, das war im 19. Jahrhundert Adalbert Stifter mit dem *Nachsommer*, also ohne Intrige, ohne Konflikt, ohne Schürzung eine...eine Naturgeschichte zu erzählen. Vielleicht wenn man alt ist oder...ich weiß es nicht... wenn man älter ist. Aber nach der Historie dieses Jahrhunderts ist es ungeheuer eigentlich fast. Man hat zwar immer Lust, es zu machen, ohne Vorfall eine lange Erzählung zu schreiben; aber es entflieht Ihnen unterderhand die Landschaft, wenn Sie die Landschaft ohne Konflikt erzählen wollen. Also das, was ich in *Langsame Heimkehr* Raumverbot nannte, kommt dann als Drama zustande. Sie wollen nur das Ich, das wahrnehmende, betrachtende, sich erinnernde, entwerfende Ich und die Landschaft, und die Historie wird Ihnen – also ich kann ja nur von mir erzählen –, ist mir halt dazwischen gekommen...daß eigentlich am nächsten man dem Scheitern gerät, dem ungültigen Verstummen statt dem schönen Schweigen, wenn Sie nur der Erde oder den Phänomenen des Erdkreises Rechenschaft geben wollen. Vielleicht kann man das im Gedicht besser. Ich bin aber kein Dichter, also ich bin kein lyrischer Dichter und kann halt nicht diese Gelegenheitsgedichte, die ja die Größe auch von Goethe ausmachen, die kann ich nicht übertragen auf die Prosa, das ist mir ja auch aufgefallen bei dem...Interessiert Sie das?

G. Ja.

H. ...bei dem *Chinesen des Schmerzes*. Ich wollte wirklich eine Gelegenheitsprosa schreiben, also wie man das sieht und sich hinsetzt und schreibt drauflos, ohne jetzt einen Plan, eine Struktur, etwas Vorgefaßtes, und ich hab eigentlich beim ersten Satz gemerkt, das geht gar nicht; man braucht, um Prosa zu schreiben, ein Modell vorher, einen Vermerk, eine Struktur – Struktur ist ja nur ein anderes Wort für Erkennen eines Modells.

G. Und da ist der Konflikt dann mit einbegriffen.

H. Ja, der Konflikt ist dann nicht zu vermeiden, und die Geschichte hätte ich ja auch nie so geschrieben, wenn dieser Vorfall, sagen wir einmal ein Schuß gewesen wäre, oder sagen wir ein Messerstich, oder ein Faustschlag. Die Geschichte wurde ermöglicht dadurch, daß es ein Steinwurf war. Auf einmal wurde mir das vorstellbar: einer, der einen Stein hebt, als Erzähler, als Erzählung zu schreiben. Einen Messerstich oder Schuß, das hätte ich nie... aber ein Steinwurf, das erschien mir eben als eine unerhörte Begebenheit, das konnte ich mir vorstellen zu schreiben. Es ist immer wichtig, nicht nur daß man sich vorstellen kann, daß mans tut, sondern auch, daß man sich vorstellen kann, es zu beschreiben.

G. Und der Steinwurf, ist der so viel leichter als ein Schuß oder Messerstich, weil er weniger literarisch belastet ist?

H. Wahrscheinlich. Also es ist noch frei, es ist eine freie Stelle in der Tradition von Erzählen, ich kannte das nicht. Und erstens einmal wars mir körperlich total begreiflich, daß jemand dem Verhaßten nachläuft, einen Stein aufhebt und den Stein wirft... da hatt ich überhaupt kein Problem: also auch mir vorzustellen, daß das ganz aus mir käme; und zweitens empfand ich das als beschreiblich. Dadurch wurde die ganze Intrige

oder der Konflikt auch erzählbar – für mich zumindest.
G. Hat es nicht auch etwas damit zu tun, daß der Steinwurf eine archaische Form ist, die der Alltäglichkeit entrückt ist und diesem doch archaisch-mythischen Geschehen eher angemessen ist?
H. Daran hab ich nicht gedacht. Ich dachte ursprünglich, daß der Ich-Erzähler wieder diese Hakenkreuze bemerkt, die für ihn eben das Zeichen der Schwermut im ganzen Land; diese Unformen sind das Zeichen der Schwermut im ganzen Land, und auch seiner eigenen Schwermut, und er will nur noch ausmerzen. Ich dachte keinen Moment dran, daß es ein Symbol für Archaisches ist.
G. Wie der Ödipus mit dem Stein den Vater tötet?
H. Nein, ich hab das keinen Moment gedacht, ich hab nur instinktiv gefühlt, daß das die ursprünglichste Handlung für diese Sachlage, diese Situation ist.
G. Aber das muß ja nicht ausschließen, daß es doch in diese archaische Richtung geht; Sie erklügeln die Sachen ja nicht.
H. Nein, das wär schlimm. Ich habs instinktiv gespürt: die Zweiheit von Leben und Schreiben hat sich da zusammengeschlossen; es war meine Vorstellung als Betroffener, und es war gleichzeitig meine Vorstellung als Entwerfender, als Schreibender.
G. Sie sagten, die Hakenkreuze seien für Sie der Inbegriff aller Schwermut. Hat das für Sie mit Ihrer persönlichen Geschichte vor allem zu tun – von da kommen ja auch die Väter –, oder ist Ihnen einfach das Hakenkreuz zum Symbol für Geschichte schlechthin geworden, als Inbegriff aller Übel und Greueltaten?
H. Das ist eine etwas plakative Frage, die man eigent-

lich nur so plakativ dann auch beantworten könnte. Ich weiß es nicht, ich kann das nicht beantworten, ob es irgendwie mit meinen Vorfahren zu tun hat; eher glaub ich nicht.

G. In *Langsame Heimkehr*, als Auslösung des Raumverbots, weisen Sie ja auf die Vorfahren hin. (S. 102 ff).

H. Ja, mit Vorfahren mein ich an dieser Stelle eigentlich mehr all die vor mir waren in dem Land. Da mein ich ja nicht die verwandtschaftlichen oder Bluts-Vorfahren; ich mein die Vorfahren meines Volkes. Ich kann Ihnen das schlecht erklären.

Jetzt, nachdem ich das geschrieben habe, stört es mich ja auch nicht mehr so, also es gibt nicht mehr diese Aufwallung, wenn ich daran vorbeigehe... obwohl dieser abgelenkte Seitenblick immer noch da ist. Ich kann das vielleicht so unschuldig beantworten: Es ist einfach fast parallel zu sehen zu den Reklame- und Wahlplakaten, von denen am Anfang erzählt wird, die einfach nur den Blick ablenken: daß man nicht mehr die weite Welt vor sich hat, sondern daß man – ich zumindest zu schwach bin, gradaus zu schauen in den Raum... sondern: Ist da links oder rechts irgendetwas, eine Schrift. Es ging mir schon als Kind so, durch eine Schrift oder Abbildung – kein Bild, sondern eine Abbildung – laß ich mich sehr oft ablenken. Nicht immer: manchmal ist der Gleichmut da, die Gelassenheit, und da kann man – was eigentlich der schönste Zustand im Leben ist – durch die Ruhe alles wieder sehen; man sieht dann einfach das, was einem Antwort gibt, wie eine Farbe, an einem natürlichen Ort, und eine Form zugleich. Und so kann man die Hakenkreuze ja vielleicht in dieser Erzählung mehr sehen als das schlimmste Beispiel aller Ablenkungen, die einem von sich selber und von dem, was einen freuen könnte, abbringen. Es ist im Grund vielleicht gar nicht politisch gemeint und vielleicht auch gar nicht historisch gemeint, sondern es ist die existentielle Tatsache: Ich kann nicht mehr gradaus schauen, ich hab die Ohren nicht mehr offen, sondern ich werd so verkleinert, zu einem Bewußtseinszwerg, durch das, was ich aus den Augenwinkeln sehen muß oder wahrnehmen muß. Es ist vielleicht insofern auch ein Widerwillen oder ein Haß gegen sich selber, daß man schwach genug ist, das nicht zu übersehen.

G. Es springt einen ja an, ist ja aggressiv.

H. Ja, es sind ja auch die Wahlplakate, die jetzt überall stehen, sozusagen anspringende.

G. Ja eben.

H. Manchmal, wenn ich so die Ruhe in mir hab, irgendwas zum Bedenken habe, dann kann ich ja durchschauen durch den Herrn Waldheim.*

G. Dann sehen Sie ihn und sehen ihn nicht?

H. Ja, das ist ja ein wunderbarer, fast ein begnadeter Zustand. – Es ist ja das gleiche mit der Reklame. Früher, in jüngeren Jahren, als sozusagen diese Zeichenwelt, von der man auch sagen kann: die amerikanisierte Welt, wo all die Zeichen vergrößert sind und die Natur verkümmert erscheint im Vergleich zu den Zeichen, da hab ich ja noch gedacht, das wäre die Richtung, in die die Augen von selber gehen, auch die Ohren, was die akustischen Signale betrifft, von selber gehen. Aber ich bin lang lang schon davon abgekommen. Diese Zeichenwelt, es muß ja nicht nur die Reklamewelt sein, tut mir weh – es sei denn, ich finde selber mein Zeichen, also ich entdecke an einem unschuldigen Gegenstand, an einem urwüchsigen, naturwüchsigen Gegenstand das Zeichen, das diesen sozusagen über sich selber hinaus gelten läßt... es sei denn, es passiert meinem Blick im Blick auf einen Vogel, auf eine Straße, meinetwegen auch auf den Asphalt, eine Maschine meinetwegen auch; aber sowie das Zeichen schon gemacht ist, von anderen Menschen, und wo man schon merkt, daß das Zeichen etwas *will* von mir und nicht ich das Zeichen entdecken darf, von mir aus, so bin ich, wie soll man sagen, ganz milde ausgedrückt, bin ich verstimmt. Es ist eine Art von schlimmer Verstimmung, die glaub ich fast uns alle betrifft.

G. Ich hab mich sehr gefreut, wie Ihr Ich-Erzähler die Wahlplakate weggeräumt hat.

H. Es gibt ja noch viel harmlosere Sachen: diese Wanderweg-Zeichen da, die an die Bäume geheftet sind. Das tut mir auch oft weh, wenn ich in der freien Natur von den Wanderclubs – ob das der Alpenverein ist oder was auch immer – diese rot-weiß-roten Wanderweg-Zeichen mit sehen soll... Styropor, oder es sind auch so Faserplatten an die Bäume genagelt. Wann immer ich das gemacht hab, hab ich dann eine Zange genommen und diese Wanderweg-Zeichen einfach auch wirklich persönlich ausgerissen. Ich finds schwer, die Nägel stecken so tief in den Bäumen drin, sind schon sehr verrostet. Ich weiß nicht, ob das den Bäumen wirklich was ausmacht, aber schön ist es nicht. Was brauch ich mitten in der zivilisierten Welt dieses Getue mit Wanderwegen, jeder hat doch seinen Weg selber zu finden und wird ihn auch finden. Ja sicher, im Hochgebirge manchmal nützt sowas, es ist ja hochlöblich, wie man sagt, wenn da so Burschen und Mädchen ihre Male auf die Kalksteine oder auf den Granit draufstreichen, aber doch nicht hier, in der schönen Ebene.

G. Im Schwarzwald war ich auch schon froh um solche Dinger, wenn vier, fünf Waldwege von einem Platz auseinandergingen.
H. Ja sicher, sicher, aber das ist doch ein bißchen auch zum Lachen, wenn hier mitten in der Stadt so Schilder sind: ›Europäischer Weit-Wanderweg‹, ›Nordsee-Schwarzes Meer‹ oder so was... nein, das ist auch zum Lächeln. Aber es ist ja auch belästigend. Es wär so einfach, die Natur frei zu lassen, und außerdem: sich verirren schadet nichts, ich hab mich auch mit den Wegzeichen schon oft verirrt, und da bin ich irgendwo hingekommen, wohin ich gar nicht wollte.
G. Das gilt auch fürs Schreiben, daß Sie manchmal irgendwo hinkommen, wo Sie gar nicht hin wollten? Oder ist diese Konstruktion, von der Sie sprachen, verbindlich?
H. Oh nein. Es ist auch gut, daß Sie das noch fragen. Die Konstruktionen braucht man, weil sie grad in der Zerstörung oft fruchtbar werden. Sie bringen einen auf den Weg, der dann oft nicht begehbar ist. Aber sie haben einen immerhin auf den Weg gebracht. Das weiß ich, das ist eine Überzeugung von mir, daß Sie ohne diese bekannten Strukturen sich gar nicht auf den Weg machen können, und das hält dann auch, das spürt man beim Lesen auch: diese Spannung des Zusammenbrechens der Konstruktionen, wie das sich wieder herausfindet, wie die Zerstörungen fruchtbar werden. Dieses Raumverbot zum Beispiel, in *Langsame Heimkehr*, das ist ein exemplarischer Niederbruch einer Konstruktion, also eben: dieses Vorsatzes (besser vielleicht als Konstruktion)... dieses Vorsatzes, allein die Natur gelten zu lassen im Erzählen, allein die Natur und das ursprüngliche Ich. Für mich ist das, was da passiert, diese

zerstörte Konstruktion, immer noch fruchtbar, ich weiß gar nicht, wie ich sonst weitergekommen wäre im Schreiben, das ja immer für einen Schriftsteller mit dem Leben eigentlich identisch ist. Und dann gibts natürlich noch etwas Zusätzliches: daß ein Vertrauen da ist, daß sich in der Schreibtätigkeit Erkenntnisse ergeben, an die man im Vorsatz überhaupt nicht gedacht hat. Ohne das wäre ein Tag Schreiben für mich verloren, ohne Neuigkeit – also nicht im Sinn von Information, sondern daß da in dem formlosen Strudel der Welt irgend eine kleine Form entsteht. Ich glaub, würde das am Tag nicht entstehen, im Sitzen, sagt man so, dann würd ich am nächsten Tag nicht weiterkönnen. Also das, was ich mir vorgenommen habe, dann nur am Schreibtisch aufzuschreiben, zu verknüpfen, zu verwirklichen, das genügt überhaupt nicht. Es sind ja immer diese zwei Sachen: Konstruktion – und dann diese vielleicht stupide Hoffnung, daß sich in der Arbeit ein schöner Umweg ergibt, daß ein Ding, das immer bedeutungslos war, in der Erzählung zu einer Art Zielding oder zu einem Sinnding wird – nur für die Erzählung natürlich –... daß eine Handlung, die man nicht als Handlung, als spezifische Handlung erkannt hat, ein Vorgang, auf einmal in der Schreibarbeit seinen Platz – im Fall der Handlung: ihren Platz – in einem großen Geschehen bekommt. Das ist dann... da fühlt man sinnvolle Tätigkeit. Aber nur das vorher Gedachte zu notieren – das gehört schon auch dazu, daß man das vorher Gedachte im sinnlichen Aufschreiben wieder, vielleicht erst wirklich belebt –, aber das allein, das wäre dann, wie soll ich sagen, nur eine Nacherzählung einer Erzählung. Aber ich möcht ja immer etwas vorerzählen. Nur etwas nachzuerzählen, was ich schon erlebt hab, das könnt ich nie, also ich kann überhaupt nicht nacherzählen. Etwas Erlebtes erzählen fällt mir ungeheuer schwer, ich hab auch gar keine erotische Leidenschaft dabei. Also nur im Vorerzählen von etwas, was ich nur im Ansatz erlebte, da werd ich sozusagen heiß. Das *Wunschlose Unglück*, das ist mir sehr schwer gefallen, weils im Grund eine Nacherzählung war vom Leben meiner Mutter. Ich hab überhaupt keine Lust in den Fingerspitzen und kein heißes Herz bekommen, und auch der Kopf hat sozusagen nur eingeteilt, hat gedacht statt bedacht (das ist für mich immer ein Unterschied), also ich hab kein Bild bedenken können. Nur die Trauer hat mich dann weitergetrieben. –

Stört es Sie, wenn ich zum Telefon gehe?

G. Nein, da kann ich mal probieren, obs überhaupt aufgenommen hat.

(*Pause*).

G. Ja, bis jetzt würd man das glaub ich schon verstehen.

H. Entziffern können Sie's schon.

G. Ja, und Sie würden dann Wert drauf legen, daß die Sätze...

H. Ja freilich.

G. ...geglättet...

H. Im Sprechen bin ich überhaupt nicht so lakonisch wie ich's im Schreiben zu sein versuche.

G. Das kann man ja nicht.

H. Aber ich will... ich mein, ich wiederhole mich sehr im Reden, und ich find oft mit Sätzen nicht zum Ende, das hab ich auch schon bemerkt.

G. Ja das kann doch auch ein Reiz sein.

H. Nein, finde ich nicht. Weil, ich hab so eine seltsame spiralige Sprechart, die kann man schon beibehalten, aber wenn das *zu* ausgespielt wird, dann... Sie haben eine Spinne oder was auf dem Brillenglas oben, es ist eh ganz schön.

G. Sieht aus wie ein Erdfloh.

H. Ah, schön! Lassen Sie ihn doch drauf. – Die Blume sollte man vielleicht in ein Wasser geben [*bezieht sich auf das Leberblümchen in meinem Knopfloch*], warten Sie mal. (*Geht ins Haus, ein kleines Glas mit Wasser holen. Auf dem Band sind die Vogelstimmen wieder ungestört*). (*Pause*)

G. Ich hab nach den Schauplätzen gefragt – um darauf nochmals zurückzukommen –, weil die für Sie ja nicht einfach so ein Absprung zum Phantasieren sind, sondern als unverwechselbare doch erhalten bleiben, nach meinem Eindruck. Und da wärs dann ganz spannend, die Schauplätze zu sehen, um dadurch die Phantasieleistung genauer erkennen zu können, die ja diese Schauplätze verwandelt, umwandelt, aber doch eben nicht beliebig.

H. Sie haben ganz schön gesagt: unverwechselbar. Daß sie unverwechselbar erhalten sind, das ist schon meine Ambition. Daß man ein paar Sachen vielleicht verrückt, aber eigentlich nur, um das Innenbild dann besser wiedergeben zu können. Meine Subjektivität spielt ja schon, ohne die würde der Gegenstand gar nicht mehr erscheinen.

G. ›Innenbild‹, das ist das Bild, das Sie in sich haben?

H. Das ich von dem Ort...›Schauplatz‹ ist vielleicht...ja, ein Ort wird dann zum Schauplatz, ohne daß man will, daß da an diesem Schauplatz sich etwas ereignet. Man möcht den Ort eigentlich nur offenhalten, daß er ein Schauplatz würde, aber ohne bestimmte Phantasterei von, was man so sagt, Story. So wie man

sagt, das ist ein Landeplatz, in dem Sinn; ohne daß da aber ein konkretes, beschreibliches Objekt dann landet, so wie eine Untertasse oder so was. Daß nur man das Gefühl hat, da könnte was passieren... nicht passieren: da könnte sich immer was ereignen. Ja, um diese Schauplätze zu erleben, für einen, der liest, glaub ich genügt es aber nicht, daß der sich ins Auto setzt und da... Wo zeigen Sie hin?
G. Das Tier kann fliegen.
H. Ja ich hab mich auch gewundert. Es konnte auf einmal fliegen (*lacht*)... ja ich wollte sagen, da kann man nicht nur mit dem Auto sich hinkutschieren lassen, sondern man muß die Schauplätze ergehen, man muß sich annähern, langsam, und dann wird man vielleicht auch mehr die Orte als Wirklichkeit erleben. So wie es eben mir ergangen ist mit der Sainte-Victoire von Cézanne. Wär ich da mit einem noch so klapprigen Auto vorgefahren, hätt ich das nie so wiederholen können, oder wiedererleben können, oder auch wieder*be*leben können. Das Ausfindigmachen, die Mühe, die schöne Mühe, die gehören auch zu dem Gefühl, daß das ein Schauplatz ist, sonst ist es ja nur etwas wie Disneyland... (*Der Lärm eines startenden Flugzeuges überdeckt weiteres.*)
Ich weiß auch nicht, was die Phantasie für eine Rolle spielt, ob das nun eine Zutat ist von mir, eine Verzerrung, eine Erfindung. Ich glaub, bei mir ist die Phantasie, das glaub ich zumindest erkannt zu haben, mehr ein Reinigen des Ortes: also daß ich da die Einzelheiten, die unverwechselbar da sind, erkenne und miteinander verknüpfe, das ist meine phantasierende Arbeit. Also ich möcht überhaupt nichts dazutun. Ich erinnere mich da nur an einen Spruch von Ludwig Hohl, der sagt: »Das

Phantasieren ist ja nur eine Erwärmung des Vorhandenen«, also des Materials. Daß da keine Zutat passiert, sondern eine Erkenntnis der Einzelheiten und deren Verknüpfung zu einem... sagen wir, ich glaub das ist ein ganz schönes Wort: zu einem einzigen Sachverhalt. Würden Sie die Orte nun angehen oder erleben, die ich versucht hab zu erzählen, würden Sie die Phantasie glaub ich als Treue spüren, und nicht als Färbelung oder nicht als zusätzliche Farbigkeit; was meine Bemühung und meine Mühsal ist und zugleich meine Freude, das ist ja nichts als mit der Sprache, mit einer möglichst klaren und reinen Sprache, dem was ich sehe und zugleich tief erlebe, zu *entsprechen*.

G. Das heißt, das Innenbild ist dann auch das ›Inbild‹?

H. Ja, ich kann dafür ›Inbild‹ sagen, ja.

G. ›Inbild‹ meint aber das Innere des Gegenstands, während das Innenbild Ihre subjektive Seite wiedergibt?

H. Ja ich hab eben damit eigentlich auch... nur das Wort ›Inbild‹ ist so gebraucht, als auch romantisches Wort, daß ich ganz plötzlich damit zu kommen mich scheue. ›Innenbild‹ gibts glaub ich gar nicht als Ausdruck, oder? Zumindest nicht als terminus technicus.

G. Hingegen ›Inbild‹ gibts mehrfach bei Ihnen.*

H. Früher. – Ein Außenbild gibts ja nicht. Es gibt das Bild, das ein Photoapparat macht, es gibt das Bild, das ein Schnellzeichner liefert, aber über das hinaus wird eine Mitteilung, eine Mitteilung des erlebten Dings ja nur erreicht durch das Inbild (ich brauche jetzt auch das Wort).

G. Und das würde dann heißen, mit dem Terminus Cézannes: realisieren?

H. Genau. Parallel zur Natur. Das ist ja so einleuchtend.

G. Und dadurch, also indem Sie den Ort gleichsam reinigen und Zusammenhänge sehen, wird er dann zum bewohnbaren Ort, eigentlich erst zum Ort?

H. ›Bewohnbar‹ ist ein schönes Wort, das aber vielleicht ein bißchen verführt zur Illusion. ›Betretbar‹ vielleicht: er wird zur Umgebung – das ist das Wort, das Wort, das zugleich das Subjekt mitbegreift.

G. Wird er nicht zu einem Stückchen Heimat, sei es auch nur vorübergehend?

H. Ich würd nicht das Hauptwort verwenden in dem Fall, obwohl es mich schon anstachelt. Man kann es vielleicht sagen mit dem Verb: man erlebt ein Beheimaten, oder man fühlt sich beheimatet. Das ist vielleicht nicht so ideologisch dann, wenn man es zu einem Zeitwort macht – in dem Sinn auch, daß dieses zeitlose Substantiv zu einem Zeitlichen, wie Sie auch sagen: Vorübergehenden, wird. Man ist beheimatet, aber nicht für immer. Das ist ja ohnedies so klar, wie die Griechen sagen, für uns Eintagswesen, die Ephemeren. ›Heimat‹ hab ich glaub ich noch kaum je richtig gebraucht, ich hab nie den Platz gefunden in einem Erzählen, wo das nun der Fall gewesen wäre, wo ich das dinghaft erlebt, wo es als Ding auch sein Recht gehabt hätte.* Ein jedes Wort ist glaub ich verwendbar, nur muß es seinen Platz finden. Ich bin sicher, daß sogar ein Wort wie ›Heil‹ verwendbar ist, oder auch ›Erlösung‹, vielleicht sogar ›Sieg‹**: ich habs noch nie so erlebt – aber das Wort ›Heil‹ hab ich schon erlebt in meinem Dasein.

G. Im ersten Satz von *Langsame Heimkehr* wirkt es so ähnlich wie am Anfang von Büchners *Lenz* die Aussage, daß es ihm nur manchmal unangenehm war, daß er nicht auf dem Kopf gehen konnte. Es wirkt unerwartet und provokant.

H. Ja, mit diesem Satz bin ich eben, was vielleicht auch gefährlich war, zwei Jahre schon herumgegangen. Den hab ich ja mir nicht ausgedacht, das wär ja schlimm, den hab ich einfach erlebt; angesichts der Leere, angesichts des Glücks, und im Erlebnis des Spalts, des Risses zwischen der schönen Leere, dem Glück, und dem Nichterfüllbaren hab ich eben das Wort, ein Wort wie ›Erlösung‹, zum erstenmal eigentlich, auch schon im vorgerückten Alter, körperlich erlebt. Ich kann eigentlich kein Wort aufschreiben, das nicht sozusagen meinen ganzen Körper durchpulst. Und so ging ich fast zwei Jahre mit dem Satz herum, und das war... ich weiß nicht, ob's gut oder schlecht war, aber es hat mich an den Rand des Scheiterns gebracht, weil ich nach diesem Satz überhaupt nicht weiter wußte. Ich bin drei Tage gesessen bei *Langsamer Heimkehr* und hab gedacht, es ist aus. Ich konnt nicht weiter, und das war ein Moment, wo ich mir vorgenommen hab: Mein Lieber, du darfst nie den ersten Satz, wenn du dich hinsetzt an eine lange Geschichte, darfst du nie den ersten Satz vorher wissen. Und das Spiel, das ich da eingegangen bin mit diesem ersten Satz, war so schwierig, weil die Sätze ja sozusagen auf der Höhe der Frechheit und der Sehnsucht und auch auf der Höhe der grammatikalischen Suche, die dem ja entspricht, sein mußten, damit ich überhaupt weiter konnte. Also das möcht ich nicht noch einmal. Das ist für mich natürlich eine Art Dreh- und Angelpunkt, dieser erste Satz, der mir immer noch weiterhilft, wenn auch in ganz kleinen Drehungen. Aber nie mehr etwas vorauswissen, auch wenn ich das, was ich vorausweiß, tief erfahren habe.

Bei dem *Chinesen des Schmerzes* hab ich mich extra hingesetzt und gedacht: Nein, ich will nicht wissen, wie's anfängt. Hab ich einfach nur die Augen zugemacht und bin Stunden gesessen, und aus diesen geschlossenen Augen ist dann eben der erste Satz entstanden, wo Autor und Leser ein und dieselbe Person sind: »Schließ die Augen, und aus dem Schwarz der Lettern bilden sich die Stadtlichter.« Das war eigentlich mein Erlebnis, ich hab mich einfach vor die Schreibmaschine hingesetzt, bei geschlossenen Augen, ich wußte, daß die Stadt Salzburg da vorkommen soll, und aus dem Nachbild der Lettern sind dann Laternen entstanden. Ich wußt auch gar nicht, wo das spielt, ich wollt es auch gar nicht wissen. Und das ging viel leichter dann weiter.

G. Sie wußten wirklich noch nicht, wo das spielt?

H. Nein, ich hab mir gedacht, jetzt mach ich mal die Augen zu und laß die Stadt so vor mir abziehen, also laß mir so wie ein Panorama, ein drehbares, die Stadt... und irgendwo hat es eingerastet, und da hab ich gedacht: Ach, fang ich dort an. Das war eigentlich die Lehre aus *Langsamer Heimkehr*, die ich mir selber gezogen hab. Ich hab nicht gewußt... ich hab dann halt diese Obus-Kehre vor mir gesehen und die Laternen dort, und dann hab ich halt einmal angefangen.

G. Sie hatten sich nicht dort eingemietet?

H. Ach nein, nein. Da gibts auch keinen Supermarkt. Es gab damals auch keine Telefonzelle dort; die gibts inzwischen an der Stelle, und den Supermarkt wirds vielleicht noch geben. Der Almkanal, der dort vorbeifließt, der wird vielleicht einmal zerst[ört], ausgetrocknet sein, den wirds vielleicht nicht mehr geben. Aber die Erzählung gibts, in der Erzählung bleibt alles wie am ersten Tag. Es ist ja auch die Herrlichkeit des Erzählens, daß Dinge wie am ersten Tag sind, auch wenn sie in der Tatsachenwelt oder in der Nachrichtenwelt zerstört sind. (*Pause*)

G. Dieser erste Satz der *Langsamen Heimkehr*, der wirkt ja auch wie eine Angabe des Weges, der jetzt beschritten wird, wie eine sehr kurze Ouverture, wo das Wesentliche...

H. Aber ich hab gar nicht gewußt mit diesem ersten Satz, wo mich das alles genau hinführen sollte, ich mußte mir den Weg, den ich ja auch nicht vor mir gesehen hab, erst mit dem Schreiben bahnen. So hab ich eben das Gefühl gehabt – und deswegen hab ich das auch in der *Sainte-Victoire* schon erwähnt (S. 35 und 41) –, als hätt ich das unter der Erde geschrieben, als hätt ich unter der Erde den Weg gepflügt. Das war mir überhaupt nicht klar, wie das... ich hatte eigentlich vorgehabt, ich fang da mit dem Hohen oder Großen Norden Amerikas an, laß da sozusagen die Exposition spielen und laß den sofort aufbrechen. Und nun spielt sich fast die Hälfte der ganzen Erzählung in Alaska ab, an dem großen Strom, der Yukon heißt. Ich dachte an zehn Seiten, und das wurden dann neunzig. Und ich wollte immer mehr nicht *weg* von dieser Weite, die ich erst entdeckt habe durch das Schreiben. Also ich wollte nicht weg aus dem Norden. Der Plan war, daß der zurückgeht in sein Europa, und dann auf vielfältigen Wegen, durch verschiedene Staatsformen und auch religiöse Formen auf seinen Geburtsort zugeht. Das ist im Grund ein Fragment geblieben. Also das ist ganz anders gekommen, als ich mir das je vorgestellt hab. Alle Konstruktionen, die ich hatte, sind eigentlich im Lauf des Erzählens vernichtet worden. Alle.

G. Das heißt, es wäre in einem viel traditionelleren Sinn als Entwicklungsroman gedacht gewesen?

H. Richtig, das war eigentlich ganz wie eine Erforschung von Rückkehr, hab ich mir schon gedacht, ja.

G. Und fast so im Sinn des 18. Jahrhunderts: Staatsformen, Religionen...

H. Ja, das hab ich aber auch erlebt, weil ich sehr [damit] beschäftigt war, was eben, wie Sie sagen, was Heimat jetzt ist und wo man...wo der Platz ist und...weil ich selber das...schon ein Bedürfnis hatte, mir mit dem Schreiben den Platz erst zu finden. Und da dacht ich mir, ja der geht durch das...andere Sprachgegend auch, durch das Jugoslawien; durch die andere Staatsform, durch die kommunistische Staatsform kehrt er zurück in einem großen Bogen in sein Ursprungsland. Und das ist überhaupt nicht gegangen, vor allem durch die Struktur des ersten Satzes war nichts an vorgefaßtem Erzählen mehr möglich. Aber ich hab so nach diesem ersten fürchterlichen... ja, kann ich's ruhig sagen: fürchterlichen Kampf der drei Tage, wo ich dann nicht weiterkonnte, immer neu anfing, vielleicht hundertmal neu anfing...

G. Also als Fortsetzung nach diesem Satz neu angefangen?

H. Ja, ja. Immer neu angefangen. Hab ich gedacht, das wollt ich ja überhaupt nicht; jetzt bin ich extra nach Amerika gefahren, hab mich da eingemietet, und hab überhaupt nicht vor, das zu schreiben. Dann hab ich aber nach diesen drei Tagen ein seltsames Vertrauen gekriegt in die Sprache. Ich hab gesehen: Ach, das geht auf das Religiöse zu, auf das religiöse Erlebnis; nicht auf eine Religion, sondern auf das religiöse Erlebnis im Menschen. Ich hab mich ja nie richtig damit beschäftigt, hab ich gedacht. Aber seltsamerweise hab ich das Vertrauen gehabt in die Materialität meiner Sprache, die ich eben mir erobern muß mit jedem Satz. Ich bin da oft ins Wanken und ins Gerütteltwerden gekommen, im schlimmsten Moment nah an den Sprachverlust. Aber ich hab mich – nicht ›durchgeschlagen‹, das wär das falsche Wort... aber ich hab so lang geschrieben, so lang ich das mit äußerster Geduld und Anspannung konnte. Dann wars auf einmal aus, im Grund bricht es ab. Diese Erzählung ist ein Fragment. Aber diese Erlösung, kann man ruhig sagen jetzt, die ich gespürt habe, als ich gemerkt hab, es ist ja alles schon da, was du erzählen wolltest, nur viel viel weitschwingender und viel weniger sinnlich zwar, aber genau so materiell; nur viel philosophischer natürlich als ich es mir vorgestellt hab... diese Erlösung ist eigentlich eine, die ich mir als die irdische Erlösung vorstelle eben durch die Form, die man, ohne zu wissen, daß sie schon da war, sich erobert hat. So gings mir zumindest. Andere, die das gelesen haben, sind ja überhaupt nicht dieser Meinung, die finden das unleserlich und langweilig und... undsoweiter.

G. Mich haben am stärksten die ersten etwa dreißig Seiten fasziniert. Das war eine ganz seltsame Erfahrung: ich hab im letzten Winter eine Lektüre an der Uni abgehalten, und zur Vorbereitung hab ich an einem stillen Sonntagabend diese etwa dreißig Seiten zum ich weiß nicht wievielten Mal ganz intensiv gelesen und hab dann plötzlich das Gefühl gehabt: Jetzt hab ich's begriffen. Es war eine Erfahrung von Form und Rhythmus. Ich bin frohgemut dann nach Zürich gefahren – und es war die schlimmste Stunde, die ich dort je erlebt hab: ich wußte nichts zu sagen über das Erlebnis...

H. Das geht Ihnen doch oft so, oder? (*Lacht*).

G. Aber so ausgeprägt nicht. Ich wußte nichts darüber zu sagen und hatte doch das sichere Gefühl, ich habs begriffen.

H. Das ist doch eigentlich schön, oder?

G. Irgendwo war es schön, aber...

H. Sie sind natürlich in der Pflicht dann.

G. Ja, ja. Ich habs so körperlich erfahren, wie der Sorger zurückkommt von der Indianerin, dann noch ein Glas Wein trinkt, und man spürt das so richtig, wie er dann so langsam schläfrig wird, und dann versinkt er, und draußen irgendwo versinkt ein Indianer im Fluß; man weiß nicht, ist es der Schläfer, der jetzt in den Traum versinkt, oder versinkt draußen ein Indianer; und dann wird es so still über dem Fluß, plötzlich ändert die Perspektive, es ist jetzt nicht mehr der Sorger, jetzt ist es der Erzähler, der...

H. Richtig, ja.

G. ...sozusagen als der liebe Gott über den Wolken beschreibt, was auf der schlafenden Erde passiert – nehmen Sie das nicht so wörtlich: einfach eine neutrale Instanz sozusagen.

H. Ja, das war mir immer mein Hauptproblem, daß ich aus dem rauswollte und dann eine Perspektive, als ob ich dem über die Schulter blicke und dann sozusagen zugleich auch den Arm über die Schulter lege, dem Sorger. Es gab dann manche Momente...also am Schluß waren wir halt beide eins. Das ist aber ganz schön. Es war auch ein ungeheuerliches Erlebnis für mich, nach langen Skrupeln da meinen Helden oder meine Hauptperson am Schluß mit Du anreden zu können. Diese Perspektive, daß man dann überwechselt zum Ich, vom Er zum Ich, und am Schluß sind wir alle...spricht der Schriftmensch, also der Erzähler, seine Gestalt mit Du an. Das war, dieser Schritt ... das hab ich noch nie erlebt gehabt. Das werd ich auch nie mehr erleben. Das ist alles ein sehr dünnes Band. Da fällt mir ein, wie Kafka in seinen Tagebüchern über Goethes *Iphigenie* schreibt, diese Sprache sei ganz dünn, aber es sei Sprache.* Das hat mir sehr sehr weitergeholfen bei *Langsame Heimkehr*, weil die Sprache wirklich gegen Schluß, oder im Lauf der Geschichte, ganz ganz dünn wird, aber grad dadurch erst so zittrig wird, wie Sprache einfach zu sein hat zwischendurch. Sie kann nicht immer mit fester Stimme gesprochen werden, sie wird ungeheuer dünn, aber sie wird nie ... keiner der Sätze, die ich da aufgeschrieben habe, war, wie soll man sagen, ein literarischer Satz. Jeder Satz ist ein Ereignis gewesen, wie Sie sagen: körperlich; jeder Satz mußte erst körperlich werden, um sozusagen grammatikalisch werden zu können. Und das merkt man auch. So lang die Sätze auch sind, sie sind nie konstruiert; sie beschreiben immer eine Suche. Ich versuche natürlich, diese Suche nicht zu verschmieren, also die Suche rein zu halten. Ja, da könnt ich viel erzählen ... und wenn Sie da nichts zu sagen wußten vor Ihren Studenten, da hätten Sie zu mir kommen können und ich hätt es verstanden – also mit dem Nichts-sagen-Können.

G. Für mich reduzierte sich das einfach auf das sinnliche Erleben von Abendwerden, Nachtwerden und wieder Morgenwerden.

H. Ja, das ist überhaupt immer mein Ideal gewesen, wie in der Odyssee, wenn da beschrieben wird, wie die Burschen, der Odysseus und seine Gefährten, sich hinsetzen, dann schmausen, essen und trinken, wie's Abend wird, wie sie schlafen, wie's dann wieder Morgen wird. Ich wollt ... das war eigentlich so ... das war mein Ausgangspunkt eigentlich. Tagwerden, Abendwerden, das Schneien, das Wasser vom Fluß...nichts anderes. Ich hab nicht gewußt, wie schwer das ist, daß es da notgedrungen – also in unserer Zeit, ich weiß nicht, ob's den anderen genau so geht, das würd ich gern mal wissen –...daß es da notgedrungen auf das Metaphysische, auf das Zum-Himmel-Flehen, was ja da ein bißchen durchscheint durch die Erzählung, hinausläuft. Das war mir nicht bewußt; ich war so selbstbewußt vorher, daß ich einfach schon alle Tricks des Erzählens kenne und sie natürlich auch meide. Aber irgendwas wird sich schon ergeben, hab ich mir immer gedacht; wenn ich nur einen Ausgangspunkt hab und so ein paar Konstruktionen, dann kann bei einer Erzählung nichts schieflaufen. Und da hab ich gemerkt, daß bei solch einer Erzählung, also bei der Erzählung des Morgen- und Abendwerdens, was es ja im Grund ist – »von Sonne und Schnee«, sagt er einmal (S. 201) –, daß man da auf nichts sich verlassen kann. Ich weiß nicht, ob das jetzt mit unserm Jahrhundert zusammenhängt. Alle Dichter oder Schriftsteller reden sich ja immer auf ihr Jahrhundert aus, das so schlimm sei, mit den Kriegen und Morden und Völkermorden. Aber mir hat es wirklich ein Problem bereitet, ich konnt einfach jetzt nicht den Fluß... walten lassen allein – verstehn Sie das Wort? –, wie ichs wollte. Es mußte dazwischen kommen: die Vorfahren, die Untaten...so gings mir halt. So gings mir dann auch beim *Chinesen des Schmerzes*, obwohl ich da am Schluß ganz froh war, diesen schönen langsamen Auslauf zu haben, wo nur das Wasser vorkommt und was da an Farbe und Wind sich ändert, und die Jahreszeiten wechseln einander ab so wie in einer Weltzeit. Da bin ich schon sehr froh drüber gewesen, daß ich überhaupt keine Geschichte mehr hab erzählen müssen. Ich mag schon erzählen, das ist das Problem – das schönste überhaupt ist der erzählende Mensch für mich –, aber ich mag keine Geschichte erzählen. Dieses ganze Romanzeugs, das kann mir wirklich gestohlen bleiben, das ist eine Verirrung des 19. Jahrhunderts für mich. Die größten Leute, wie der Flaubert, die haben gelitten unter diesem blöden Romangehabe. Das ist ausgeartet im 20. Jahrhundert ,in diese monströsen Überromane, von Musil, oder *Ulysses* von James Joyce. Immer braucht es da diese Story, oder man muß Zeitzeuge sein, oder man muß philosophieren, man muß Stellung nehmen – irgend was Blödes ist in dem Roman immer drin...

(*Der Wind schlägt das Tischtuch hoch, so daß das Mikrophon umgeworfen wird. Lachen.*)

H. Gerettet.

G. Es wär nicht viel hin gewesen.

H. Tun'S vielleicht einen Stein drauflegen. (*Sucht einen Stein.*)

G. Es waren ja...

(*Das Band ist zuende. Es fehlt ein Stück des Gesprächs, das während dem Auswechseln des Bandes fortgesetzt wurde. Es ging da anscheinend um Forderungen an die Literatur.*)

G. ...ja ob sie soll, ist wieder eine andere Frage; aber ich kanns schon verstehen – also was Brecht mal auf die Formel gebracht hat: Wer eine Fabrikmauer beschreibt, hat nichts von der Fabrik begriffen. Die Wirklichkeit ist nicht mehr das, was man sieht, sondern es sind verborgene komplexe Strukturen, Funktionszusammenhänge...

H. Man fragt sich natürlich auch – man kann ja so viel

herumfragen –, ob nicht der, der eine Fabrikmauer beschreibt, und ob nicht ein Fabrikarbeiter *in* der Beschreibung einer Fabrikmauer mehr von der Fabrik, von seinem Fabrikleben erfahren könnte als von der genauen Beschreibung einer Herrschaftsstruktur. Ich bin überhaupt nicht sicher. Ich bin mir auch nicht sicher, ob es mich erotisch anzieht, eine Fabrik zu beschreiben, ob ich das lesen möchte: darauf kommts *mir* an. Die Simone Weil, die jüdische Theologin, kann man sagen, die dann zum Katholizismus konvertiert ist vor dem zweiten Weltkrieg, die ist, um das zu erfahren, in die Fabrik gegangen als Arbeiterin und hat dann ihre Fabriktagebücher verfaßt und beschreibt aus der Perspektive der Leidenden alle Unterdrückung und alles Unglück und Elend, was ein Fließbandarbeiter auch von seinesgleichen an Unterdrückung erleben kann. Ich mein, das ist nützlich – aber ich weiß nicht, ob bei der Nützlichkeit mein Lesen anfängt; mein Lesen hat immer woanders angefangen. – Auch mein Erleben hat woanders angefangen. Es gab gewisse körperliche Arbeiten, die ich verrichten mußte, wo ich gedacht hab, da geh ich dran zugrunde, da hör ich zu denken auf, zu träumen auf – aber das hat mich andererseits nie dazu gebracht, aus Empörung diese körperlichen Arbeiten oder die Zwänge, die dabei entstehen, zu beschreiben, oder davon zu erzählen. Das les ich dann lieber in einem Artikel, in einem Aufsatz, auch lieber in der Zeitung, oder ich laß mir erzählen davon, und dafür ist auch das Fernsehn gut, für solche Sachen, aber nicht das Buch, finde ich. Das Buch ist für mich immer noch die Verkörperung der Sonne irgendwie kommt mir das vor. Die Buchstaben, die Wörter sind für mich so... die Sonne der Welt, also damit... hat man... (*fest:*) hat man der Sonne gerecht zu werden. Ich schlag auch nur ein Buch auf und vertief mich darin und erfreu mich dran und richt mich dran auf und krieg davon Augen und Ohren eingesetzt, wenn... wenn... wenn... wenn die Sätze von der Sonne geführt werden. Ich mein gar nicht jetzt mit ›positiv‹ oder was; nein: wenn da diese Sehnsucht und diese Energie zum Entwurf vorhanden ist. – Aber das ist natürlich auch sehr plakativ. Mir ist das alles so selbstverständlich, deswegen bin ich so plakativ. Praktizieren tu ichs ja dann im Schreiben; im Reden kann man ja nur so drumherumreden.

G. Das versteh ich nicht. Sie sprachen vorhin von der Sonne als dem Vorbild des Geschriebenen, und dann sprachen Sie von Entwurf. Ist das für Sie dasselbe?

H. Aber die Sonne gibt doch im Wortsinn ein Vorbild. Also wenn man sich der aussetzt, gibt sie ein Vorbild für das, was man machen möchte, und dem Vorbild folgend, möchte man entwerfen, verstehn Sie? – Statt Sonne könnt man... was kann man da sagen? – Ja doch, ich beharre halt auf dem Wort, das ist mir am meisten kurzsilbig, alles andere müßte man mit mehr Silben benennen.

G. Ich kanns schwer nachvollziehen.

H. Sie sollens ja auch nicht nachvollziehen, ich mein, im Reden. Ich kann ja nicht dogmatisieren, ich kann ja nur erzählen, wovon... Wenn ich zum Beispiel jetzt, Herr Gamper, an die Geschichte denke, die ich in den letzten Monaten geschrieben habe – es war ja wenig Sonne, es war Winter –, und wenn ich denke, das wird jetzt ein Buch, die Geschichte, und das wird noch niemand gelesen haben, da hab ich vielleicht eine kurze Zeit, wo das Buch nur mir gehört, das ist mein Buch, das ich hervorgekehrt hab aus mir, und da kommt mir immer die Sonne in den Sinn, als ob, wenn ich das Buch aufschlagen würde, als ob, auch wenn keine Sonne scheint, die Sonne drauf scheint oder die Sonne, sagen wir herausscheint. Also ein Buch – vielleicht ist das nur ein Traum –, das ist in meiner Vorstellung verbunden mit dem Bild der Sonne. Also die Seiten, die Lettern, auch die Farbe des Papiers.

G. Ist daran auch das Moment der Wärme beteiligt, die Sie mit dem Zitat von Ludwig Hohl erwähnt haben?

H. Die Wärme, die Klarheit, die Reinheit, die Ordnung, das Wort-für-Wort, die Zwischenräume auch vor allem, die Absätze, das Schweigen, die Stille. Mir kommt vor, ein Buch, so wie ichs eben verstehe, das ist die Verkörperung, die menschliche Verkörperung dieses Fixsternes. Das ist halt in mir, so ist meine Vorstellung. Die wird ohnedies dann zerstört, na wenn dann die ersten tollen Denker über das, was ich da genau geträumt hab, schreiben, ist es wieder weg, also es entschwindet wieder, und kommt dann höchstens zurück, wenn irgend eine Übersetzung stattfindet; da find ich dann mein Geschriebenes wieder, und da kehrt auch diese Art von Sonnen-Vorstellung wieder. Es ist zart, ruhig, und fängt dann wieder zu zittern an. Aber die Sonnenfinsternis kommt eh früh genug. – Ich drück diese sehr sehr vage und zugleich sehr tiefe Vorstellung nicht gut genug aus, aber ich glaube, daß ich sie vielleicht andeuten kann.

Bei vielen Völkern kommt ja das Buch vor, das versteckt in einer Höhle, also das Buch, das im hintersten Spalt einer Höhle als Buch des Lebens bereitliegt. Andererseits ist für mich das kein Widerspruch zu der Sonnen-Vorstellung: daß dann vielleicht nach zweitausend Jahren irgend ein Mensch da eindringt, und er sieht da

in einer Felsspalte, so wie das in dem jüdischen Mysterienbuch von Sohar evoziert wird, findet er in der hintersten Spalte der Höhle ›das Buch‹ versteckt.
(*Pause*)
Könnt ich das... wie könnt ich das irgendwie sinnenhafter sagen?
(*Pause*)
Für mich ist eben die Sprachlosigkeit... einen schlimmeren Schmerz kann ich mir nicht vorstellen. Diese Sprachlosigkeit fürcht ich ja immer, und auch das Nicht-weiter-Können, mitten im Satz oft: daß das überhaupt nicht selbstverständlich ist, daß ein Satz dem anderen folgt, Sie müssen ja das Gesetz der Folge finden im Schreiben. Diese Rucke, die man beim Übergang von einem Satz zum andern hat, im Erarbeiten, im Bedenken, im Finden auch, nicht im *Er*finden, sind ja Rucke der Wärme. Vielleicht hat das alles mit Sonne... kommt deswegen meine Parallelität von Buch und Sonne, die eine wiederkehrende Vorstellung ist.
(*Pause*)
Denn jedes Schreiben ist ja nicht nur ein routiniertes Sich-dran-Setzen an die Geschichte, sondern es ist ja ein Anfangen und ein Anheben aus einer Nacht, aus dem Nicht-gewiß-sein-Können, ob man diese Schattenlinie überhaupt überschreiten kann. Und jeder Satz ist wirklich ein Licht der Welt für mich, also der bringt auch einen Zustand oder einen Sachverhalt – besser noch ›Sachverhalt‹ – ans Licht der Welt und verknüpft dann diese... diese... diese Detailstrukturen: es sind ja nicht nur Details wie bei den Impressionisten, sondern es sind detaillierte *Strukturen*, verknüpft dann zu einem scheinhaften Ganzen. Man kann dazu meinetwegen gern sagen, daß es illusionär ist, aber Hauptsache, es

stimmen die Zusammenhänge. Sicher ist jedes Kunstwerk einfach nur eine geglückte, haltbare Illusion, und vielleicht muß man hinzufügen: eine wiederholbare, für jeden Leser wiederholbare Illusion, wo Sie zugleich aber nicht davon hintergangen werden, wie bei Schlagern oder wie bei Reklame. Sie müssen dazu stehen können, Sie müssen jedes Wort verantworten können, auch an seinem Platz. Es ist sicher eine Gegenwelt zur Nachrichtenwelt, aber diese Gegenwelt ist, auch wenn da keine Katastrophen und keine Tote und keine Krankheiten vorkommen, eine stichhaltige Welt, die jeder kennt; man muß sich darauf einlassen. Man muß Vertrauen finden zu der Vermittlung, also zu der Sprache, zu der Form. Das kann man nicht von jedem verlangen. Aber wer da sozusagen mitspielen will, oder vorgibt mitzuspielen, indem er über ein Buch schreibt, der muß sich einlassen auf die Weise dessen, der geschrieben hat, sonst darf er nicht drüber schreiben. Er *muß* ganz ernst mitspielen. Das Schlimme an den meisten Zeitungsschreibern: daß die nicht mitspielen mit dem Spiel desjenigen, der das verantwortet, und der verantwortet es ja mit seiner ganzen Existenz. Wort für Wort ist da nichts nachgebildet und nichts nachgeäfft, sondern Wort für Wort hat er das Ereignis in Form gefaßt.

G. Kritik würde also heißen, daß er den immanenten Maßstab ansetzt.

H. Ja selbstverständlich, sonst find ich das ein Verbrechen am Geist.

G. Das ist die Voraussetzung, das würd ich auch meinen, das muß er auf jeden Fall tun.

H. Aber das geschieht überhaupt ganz selten. Ich bin ja ungeheuer beglückt, auch wenn da jemand Bedenken anmeldet, wenn ich merk, der spielt ernst mit mir mit. Denn ich hab ja auch ernst gespielt. Ich hab nicht nur ernst gespielt, sondern sehr schwermütig; von dem Sorger heißts, er ist ein schwermütiger Spieler (LH 143; vgl. PhW 76). Das ist für mich überhaupt die Metapher für den Künstler: der schwermütige Spieler, der sich auf ein Spiel eingelassen hat, wo er überhaupt nicht weiß, was es ihn kosten wird. Die drüber schreiben, sind willkommen, aber sie haben sich gefälligst auf das Spiel, dieses Spiel einzulassen.

G. Und daß er in einem zweiten Schritt, nachdem er das getan hat, die Spielregeln noch von außen...

H. Ja das wäre herrlich!

G. ...bedenkt: das darf er dann, das würden Sie ihm zubilligen. Also daß er die nicht für selbstverständlich nimmt, sondern noch sich Gedanken macht über die Regel des Spiels und versucht, sie in einen vielleicht metaphysischen oder soziologischen Zusammenhang zu stellen.

H. Na ja, es kann ja sein, daß der Spieler sich selber die Regeln gibt; das darf ja nicht sein. Der muß auch selber in der ihm begegnenden Welt immanente Regeln herausfinden. Es dürfen ja nicht von ihm selbstherrlich hingesetzte Regeln sein, sondern er muß die Regeln finden, die ihm in seiner Überzeugung *und* den anderen entsprechen. Das ist natürlich sofort kritisierbar, sowie einer sich autark Regeln gibt und diesen Regeln dann mehr oder weniger fleißig folgt; so gehts nicht. Die Regeln, dieses sanfte Gesetz, die müssen in der Außenwelt gefunden werden; in seinem Kampf oder Spiel mit der Außenwelt findet der Schriftsteller erst die Regel; die ist nicht sozusagen in seiner Gewalt.

G. Aber ein Buch von Ihnen unterscheidet sich ja doch

stark von einem Buch von Thomas Bernhard oder was weiß ich von wem sonst, von Qualität jetzt einmal ganz abgesehen, einfach in der Eigenart, und das heißt doch, es hat ganz verschiedene Spielregeln, und geglückt ist es, wenn die Durchführung diesen Regeln entspricht –

H. Hm

G. – nicht pedantisch, die Regel läßt sich ja nicht rationalisieren, sie läßt sich nicht herausdestillieren, so mein ich das nicht; die ist nur erfahrbar im Vollzug des Ganzen.

H. Und wie wäre das zu beurteilen dann, ob derjenige sich dann sozusagen an die Regeln gehalten hat, an die Regeln, die zu finden waren, gehalten hat, oder ob er manchmal falsche Übergänge – das ist ja ein Regelverstoß – oder Übergänge, die Tricks sind... das würde ich immer herausfinden.

G. Darf ich mal ein Beispiel dafür sagen? Ich finde in der *Kindergeschichte* etwa diese Schmähung, diesen rhetorischen Ausfall...

H. Ja es gibt mehrere, zwischendurch gibts immer welche.

G. Ich glaube zwei: auf die Kinderlosen und auf die »Endzeitler«.

H. Ja. Ja.

G. Und das, find ich, verstößt gegen die Regel; weil es so gar nicht bildhaft ist, sondern einfach abstrakte Rhetorik, verstößt es nach meinem Empfinden gegen die Spielregel des Buchs, oder man kann vielleicht auch ›stilistische Einheit‹ dafür sagen.

H. Das hab ich überhaupt nie so verstanden. Das kam mir ganz aus einem langen Erleben und Bedenken... weil ich auch das so in mir habe, daß in einer Erzählung ich immer warten kann auch auf die möglichen Wendungen, die ich nehmen kann, daß ich die alle ausnützen muß. Also wenn da ein Raum entsteht in der Erzählung, der jetzt, sagen wir, Schmähung sein kann oder Abwehr: daß ich das ausnützen soll, und daß das Leerlassen dieser Energiestellen, die entstehen... daß das ein literarischer Trick ist. – Wie soll ich Ihnen jetzt antworten? – Ich hab das nicht so empfunden; ich hab das ganz körperlich empfunden. Da kommt ja noch einmal vor, daß ein Vater sein eigenes Kind schmäht in einer langen Litanei, ein drittes Mal. Ich hab gedacht: Endlich kann ich abrechnen. Ich wußt ganz genau, daß das viele vor den Kopf stoßen und viele sich da betroffen fühlen und daß das dem Lesen des Buches natürlich schaden wird, aber ich hab gedacht: Ich möcht jetzt endlich abrechnen. Das find ich eine ganz legitime Sache im Schreiben, auch als Abwehr, weil mir das ja oft genug begegnet ist. – Ich will nur sagen, ich hab ganz genau gewußt: Das ist jetzt die Stelle, jetzt oder nie, verstehn Sie? Das ist ja auch ein Moment: Etwas, was einen schon lange quält oder beschäftigt oder ärgert oder zornig macht – was ja noch am besten ist, der Zorn –... jetzt, unvermutet hab ich, durch das Schreiben, mir den Raum geschaffen, daß ich sagen kann: Jetzt bring ich das an, jetzt kriegt ihrs. Das hab ich eigentlich ganz gern, und ich finde nicht, daß das irgendwie das Kunstwerk zerstört. Das ist eine sehr schöne... das sind sehr schöne Litaneien, das empfind ich auch ziemlich konkret.

G. Ja die des Vaters gegen das Kind; das würd ich unterscheiden von den andern beiden.

H. Auch gegen die Endzeitler. Wir habens jetzt leider nicht vor uns. Da müßten wir es einfach herunterbeten. Gegen die Kinderlosen: das hab ich in meiner tiefsten

Seele immer empfunden, da hab ich halt losgelegt. Das sind halt diese Wendungen, die man sich erlauben darf. Ich würds jetzt nicht mehr machen – aber ich hab ja die Geschichte auch schon geschrieben. Das sind halt gewisse Epochen des Lebens, wo die Autorität von selber sich einem ergibt. Man beansprucht gar nicht, eine Autoritätsperson zu sein, als Schriftsteller – aber kurz spielt man eine. Das macht ja auch Spaß: eine Invektive, die zugleich durchgebildet ist. Da spielt man eben die Autorität aus und tritt dann wieder in sich zurück – und spielt beim nächsten Mal ein anderes Spiel. Es ist ja nie, nie... ich geb mich ja nie... das hab ich auch gelernt oder hab ich instinktiv von Anfang an gewußt: ich darf mich nie ganz preisgeben, ich muß immer was für mich zurückbehalten, eine Kraft. Also wenn ich jetzt so loslege, dann halt ich mich immer zugleich ganz zurück, weil ich weiß, es muß weitergehen. Bei der nächsten Sache werd ich ganz woanders stehen. Es gibt ja so Ein-Buch-Autoren, die den Instinkt nicht haben und gleich loslegen, also ihre Eingeweide statt ihre... das geht nie weiter.

G. Also was Sie mit dem ersten Satz von *Langsame Heimkehr* ein bissel getan haben?

H. Ja. Man muß ja auch ein bissel schlau sein. Zum Schreiben gehört auch ungeheuer viel Schlauheit. Aber sie ist nicht im Machen anzusetzen, sondern im Vermeiden. –

Nun, das Schmähen und Schimpfen ist halt auch Teil meiner Physis. Ich bin halt ein Hin und Her zwischen... ich bin kein harmonischer Mensch – in dem Fall muß ich halt wirklich von meiner Art und Weise reden. Es sind ungeheure Ausbrüche von Zorn, die ja immer ihren Gegenstand haben – obwohl ich mich natürlich viel wohler fühle, wenn ich in mir bleib. Der größte Zustand des Menschen ist die Ruhe, die ruhige Aufmerksamkeit und dieses Geltenlassenkönnen und Aufnehmen und im Wahrnehmen schon sozusagen das Epos sehen – auch wenn gar kein Krieg ist...(*bricht ab*).

G. Was mich daran störte... ich nehm jetzt ein Gegenbeispiel, wieder aus der *Kindergeschichte*, das ich für gelungen ansehe in dieser Beziehung, sogar geradezu als etwas vom Schönsten, was Sie überhaupt geschrieben haben: diese Geschichte vom Bethlehemitischen Kindermord, der dann die Gegengeschichte auslöst von dem Mann auf dem Schiff. Da sind die beiden konträren Prinzipien bildhaft vorhanden.

H. Haben Sie nicht ein bißchen eine zwanghafte Vorstellung von Bild? Es gehören doch zum Erzählen auch diese Ausfälle; es ist ja das Erzählen oft ein Kampf – kein Krieg, nie ein Krieg, aber ein Kampf, und da hat man auch einmal Lust, jetzt einmal loszuschlagen. Ich bin ja ohnedies so fürchterlich introvertiert. Aber dann empfind ich zumindest vorübergehend... Warum soll ich nicht sozusagen mein Wesen nachbilden? Ich würd mich ja sonst verleugnen. Ich mein, ich muß mich schon objektivieren, das ist klar; ich kann nicht auf mein Wesen mich verlassen, das ist die schlimmste Literatur, das ist der Subjektiv-Kitsch: daß man sich aufs Wesen verläßt und sagt, das hab ich ja erlebt, das bin ja ich, also ist das, was ich da wiedergebe, gut. Das ist überhaupt nicht wahr. Ich muß mein Wesen durch die Form lenken, und auch durch die Form bessern und reinigen. Aber mein Wesen bestimmt den Rhythmus meiner Arbeit. Also so etwas wie diese Invektiven oder diese Schmäh-Litaneien entspricht mir organisch – vielleicht als Alter nimmer, ich weiß es nicht, ich hab keine Ahnung. Eine dauernde starke Sanftmut, die man ja auch spüren kann vielleicht in meiner Erzählhaltung, ist auch nicht wahr, es stimmt nicht: es *kommen* diese Brüche. Natürlich muß ich schauen, daß diese Brüche durch das Schreiben harmonischer werden, also ich darf mich nicht gehen lassen in meinem Auf und Ab. Das ist ja auch der Vorteil für den Schreibenden, daß in seinem zerrissenen Leben er durch die Schreibarbeit eine Einheit zumindest fingieren kann für die Zeit der Arbeit – nicht nur fingieren, sondern sich wirklich schaffen kann. Deswegen geht einem ja manchmal das Nichtstun oder die Untätigkeit – nicht auf die Nerven, aber es schmerzt einen, weil man dieses wunderbare Plateau-Gefühl von Einheit, das durch das stetige Schreiben entsteht, nicht mehr haben kann. Da kommen wieder die Launen, kommt wieder das Private, das man nur mit Ruhe aufnehmen kann, damit das Private auch dann die Struktur zeigt, die es mit dem anderen Leben verbindet... Ich red jetzt etwas zuviel.

G. Nein, nein. Das ist ja der Zweck der Übung. – Sie haben angedeutet, es wäre vielleicht wünschenswert, dieses Sanfte durchzuhalten, was aber nicht Ihrem derzeitigen Naturell entspricht. Ist das ähnlich dem, was Sie früher gesagt haben: Es gehe nicht, die Natur einfach schön darzustellen, es müsse eine Geschichte hereinkommen, die das wieder zerstört?

H. Der Konflikt.

G. Ist das jetzt dasselbe?

H. Das ist kein Dogma von mir.

G. Aber von der Erfahrungsseite her ist es vielleicht doch dasselbe?

H. Ja, das kann man gleichsetzen.

G. Und indem Sie im *Chinesen des Schmerzes* diesen Mann da erschlagen: ist das auch ein Schlag gegen Sie selbst, also gegen diese Seite, die immer wieder den Unfrieden und den Zwist hereinträgt?
H. So hab ich das nicht begriffen, in keinem Moment. Ich hab nur erfahren in meinem Leben, wenn ich tätig werden wollte – über das Schreiben hinaus, das ich schon als eine Art Tun ansehe –, also tätig werden gegen etwas, ist es immer auf mich zurückgekommen, ich hab da nie durchgehalten. Wenn ich aber tätig war für etwas – für mich ist das Schreiben halt immer ein Tun für etwas –, ist es gut zu mir zurückgekommen, hats mich bestärkt, während das Aktionsverhalten ... wann immer ich auch nur einen Artikel geschrieben hab, ob das nun ein Brandartikel war oder eine Polemik, hab ich nicht dazu stehen können – zu dem Geschriebenen schon, aber das bin nicht ich. Also das kommt nicht als Freude auf mich zurück, während ein Buch, was auch immer damit passiert, zu gewissen Zeiten so wie Ebbe und Flut als Belebung auf mich zurückkommt. – Also ich hab nie gemeint beim *Chinesen des Schmerzes*, daß der Steinwurf auch gegen mich ... hab ich nie gespürt. Nur hab ich bei allen meinen Aggressionen im Leben, die ich ausgeübt habe – oder auch nur Aktionen –, im nachhinein das Bewußtsein des Falschen, der falschen Richtung gehabt.
G. Wie ist es dann zu verstehen, daß es von Loser heißt, er habe im Augenblick, als er den Stein warf, sein eigenes Gesicht vor sich gesehen?*
H. Ich hab damit nicht gemeint, daß der Mann, das Opfer, jetzt das Gesicht annimmt des Werfers, sondern der Werfende erlebt im Augenblick der Tat sein eigenes Gesicht. Das geht ja auch manchmal einem im Traum so.

G. Als Täter?
H. Ja. Er sieht nicht sein Gesicht einkopiert in das des Opfers, sondern er erlebt sein eigenes Gesicht.
G. Also er findet eine neue Identität...
H. So ist es, genau.
G. ...in diesem Tun.
H. In diesem Moment erlebt er die genauen Konturen seines Gesichtes, wie es eben einem manchmal, in manchen Grenzsituationen des Lebens ergeht – zumindest ist das meine Erfahrung.
(*Pause*)
H. Wollen Sie in den Schatten rücken? (*Während dies geschieht:*) Na Katze? Kriegst dann was zu essen. Jetzt müssen wir arbeiten. Mit dem Herrn aus der Schweiz. (*Tiefes Ein- und Ausatmen*). Es ist so schwer zu sprechen: das pur Konkrete ist so erkenntnislos, und das Abstrakte, da ist man so leicht in Gefahr, die vorhandenen Begriffe einfach so herumzuschaukeln. Und dazwischenzufinden, das ist für mich immer... das ist es, was mich eigentlich antreibt zu reden, wo man aber selten genau arbeitet. Ein bißchen gings mir vorhin so, weil ich Ihnen gesagt hab, daß mit dem Schmähen, jetzt... also wie ich gesagt hab: Jetzt oder nie, jetzt mach ichs, also das ist die Zeit, der Raum; die Zeit da, der Raum da, es aufzuschreiben...
(*Pause*)
G. Ich würd Sie gern noch auf ein paar Dinge aus der *Langsamen Heimkehr* ansprechen, so weit es überhaupt möglich ist, ohne daß man das Buch vor sich hat.
H. Sie können dann vielleicht ein paar Zitate...das ist immer ganz schön, wenn man ein paar Zitate einsetzt. Sonst weiß man ja überhaupt nicht, woran...So Gemeingut sind die Sachen ja wirklich nicht.

G. Bei denen, die sich für solche Äußerungen interessieren, vielleicht schon. – Ich hab nach wie vor mit diesem Buch größte Mühe. Ich habs viele Male gelesen und finde die Einheit nicht; die Formel von der »Geschichte von Sonne und Schnee« (S. 201), die kann ich nicht nachvollziehen. Ich kann wunderbar nachvollziehen diese ersten etwa dreißig Seiten von Abend- und Nacht- und wieder Morgen-werden, dann einzelne Partien dazwischen; aber im ganzen erscheints mir als Werk des Durchbruchs, wo...

H. Aber die letzten zehn Seiten, die sind doch...die müßten Sie doch eigentlich nachvollziehen können.

G. Die vor dem Museum?

H. Ja, und wenn er aufsteht da am Morgen... aber auch schon, wenn er mit diesem Zufallsbekannten, dem Esch, in der Schneenacht nach Hause geht, und wenn er sich verabschiedet, und wenn die Flugzeuge oben am Himmel sind und unten, aus dem Untergrund, kommen die Scheinwerfer der Subway, der Métro, und auf der Straße gehen die Leute und machen eine Schneeballschlacht. Als ich es noch einmal durch... – ich habs nicht durchgearbeitet, ich habs einfach nur abgetippt, weil ich da nichts mehr anrühren wollte: es gibt manche Prosastellen, wo man weiß, man kommt in einen Wirbel, wenn man da ein Wort anrührt –, da hab ich beim Abtippen so genau auch körperlich die Vorstellung gehabt, daß diese Sätze, diese zehn Seiten, ein Gegenentwurf zu den letzten zehn Seiten von dem *Prozeß* von Kafka sind – es ist mir so aufgegangen –, also daß da eine andere Weltstruktur vorgeschlagen wird, aber ganz konkret, und aber auch genau so zittrig, und jämmerlich, und auch zugleich in der Form so gewissenhaft und ereignishaft, daß ich denk: Da muß doch jedem das

Herz aufgehen – wenn er dann wieder liest, wie der sich schlafen legt in seinem seltsamen Hotelzimmer, wie er träumt, wie er liegt als Träumender, wie er sozusagen die Wurzel Jesse aus dem Alten Testament nachbildet, wie er all die Personen im Verlauf seiner Erzählung im Traum wiedertrifft, wo sie sozusagen ein Kartenspiel bilden... wie er dann am Morgen aufsteht, bevor's noch hell wird, wie es Morgen wird, wie der Schnee von den Bäumen staubt, wie unten der Teich des Central Park von New York ganz allmählich andere Farben annimmt, wie dann das Licht, das Tageslicht von dem Wasser aufsteigt, wie die Läufer rundherum rennen, wie im Nachbarhaus irgendeine Frau mit weißen Tüchern, wo die Sonne draufscheint und mal Schatten ist, durch die Räume geht... wie er dann denkt: Ja, Sinn für die Wiederholung kriegen, hinunter zu den Leuten... wie er dann von Unbekannten plötzlich gegrüßt wird auf der Avenue, weil wahrscheinlich von ihm ausgeht diese – wie soll man sagen? – Weltoffenheit... wie er dann sozusagen wiederholt wie er als Kind zur Kirche ging, wie dieses ungeheure Ereignis des Niederkniens – für mich jedenfalls ein ungeheures Ereignis – stattfindet in einem Satz... wie er begreift, was die Symbolkraft der Wandlung in einer Messe ist, also die Verwandlung des Brotes in den Leib, und des Weins in das Blut, und auch die Worte, mit denen das eingeleitet wird, wo auf lateinisch gesagt wird: *simili modo*, also »auf ähnliche Weise« oder »auf gleiche Weise«... der Übergang, der stattfindet, als er hinausgeht – also auf gleiche Weise geht er auf die Straße, auf gleiche Weise sieht er eine fröhliche Beerdigungsgesellschaft, auf gleiche Weise trifft er einen Bekannten von früher im Central Park: daß da einfach ein Übergang stattfindet nur in diesem

Wort »auf gleiche Weise« – also daß er ein Taschentuch aus der Tasche ziehen kann, und das ist auf die gleiche Weise wie am Himmel ein Flugzeug fliegt. Für mich war da jeder Satz und jeder Übergang war ein so großes Ereignis... dann in das Museum zu gehen, das Erlebnis der Kunst zu haben, und durch das Erlebnis der Frechheit der großen Künstler – »es knistern vor Frechheit die Bilder«, glaub ich steht da* – hat er das Raumerlebnis – also er sieht nicht zum Horizont, er sieht da keinen Gott, sondern er sieht die Staffelung des Raums: den Vordergrund, den Mittelgrund, den Hintergrund. Er ist durch seine langsame Reise fähig geworden zu diesem langsamen Durchdringen des Raums, bis am Schluß am Horizont dann eben dieser Vogelschwarm hin- und herfliegt wie in einer Art Ewigkeit und im Umkehren immerfort unsichtbar wird, und dann noch dieser winzige Schimmer von dem Meeresarm am Ende der Manhatten-Straße. Wo der dann auch wirklich zum erstenmal einen Ausruf machen kann im Leben – das ist ja auch ein Ereignis für einen Menschen –, wo er sagt: »O langsame Welt!« Das ist mir jedenfalls noch nie fast in meinem Leben passiert, wirklich einen Ausruf – was gehört da für ein Verb dazu? –...einen Ausruf......: mit einem Ausruf auch irgendwie was umarmen zu können, also auch etwas fassen zu können, nicht nur so schwächlich dahinzujammern, sondern mit einem Ausruf was zu erfassen, was zu erkennen...
G. Das wäre also eine Art Zielpunkt. Nur: Ausrufe stehen schon im ersten Teil. Ich seh die große Linie nicht. Es sind viele Dinge vorweggenommen. In diesem eingeschobenen fast Monolog im ersten Teil, wo auch die Perspektive gewechselt hat – da weiß man auch nicht genau, wer jetzt spricht; es scheint so, daß der Autor da

wieder spricht, im Namen von Sorger –, das endet auch mit Ausrufen.

H. Das ist mir jetzt nicht gegenwärtig.

G. Es ist ein Dithyrambus, etwa anderthalb Seiten. Es sind auch Formulierungen dabei, die mich an die idealistische Philosophie erinnert haben: ›Welt, die sich selber denkt‹, undsoweiter.*

H. Ja das hab ich eben so erlebt auch im Schreiben. Ich hab versucht, dem förmlich Rechenschaft zu geben. Aber es sind ja nie Dogmen, es sind halt auch Stufen oder Stationen: Stationen des Schreibens und des Denkens. Ich hab ja nicht gewußt, wohin mich das führt. Ich hab mich auch willig und fast dankbar auf jeden Umweg eingelassen. Fast einer der für mich bezeichnendsten Sätze in *Langsame Heimkehr* ist ja der, der in New York stattfindet, bevor er den Unbekannten trifft und wo dann steht: »Er hatte Zeit und machte Umwege.«** Ich war schon so froh, daß ich so einen kurzen Satz hab einmal schreiben können. (*Lacht*). Aber den find ich sehr bezeichnend, auch die Verknüpfung: »Er hatte Zeit« – ein anderer hätte vielleicht, um das zu verdeutlichen, geschrieben: ›und deswegen machte er Umwege‹. Ich fand das sehr schön: »Er hatte Zeit und machte Umwege« Punkt. Ich hab schon geschaut, daß ich nichts begründe, sondern daß jeder Satz, auch wenn er noch so reflektierend ist, den sinnlichen Schwung in sich hat.

G. Dadurch wird die Verknüpfung so schwierig?

H. Richtig, ich konnte fast nicht weiter, es war so eine Anstrengung, jeder Satz, es war so wie eine ganz feierliche, auch stille Musik dann, wo Sie nicht den nächsten Takt wissen – wo Sie aber den nächsten Takt schon ableiten müssen aus dem vorhergehenden. Ich bin immer wieder zurückgegangen, hab das nochmals versucht zu erleben, den Satz, um überhaupt weiterzukommen, die Brücke zu finden. Das hab ich auch in der *Geschichte des Bleistifts* aufnotiert, wo da steht: »Um einen Satz aufzuschreiben, muß ich erst einmal mich völlig beruhigen, und dann muß die Aufregung kommen über das Erlebnis des Gegenstandes oder des Sachverhalts – und dann, um das zu einer Form zu bilden, muß ich mich wieder völlig beruhigen.« Also dieser dreifache Vorgang. Und dann schreib ich ja da frech dazu: »Nun seht ihr endlich, wie schwierig das Schreiben ist.«* (*Lacht*). Ich war manchmal froh, wenn ich zehn Zeilen am Tag nach fünfzehn Stunden gehabt hab. Ich hab gedacht: Ja immerhin besser als gar keine. Weiter *mußt* ich, also ich *mußt* weiter, ich mußt Tag für Tag weiter.

G. Das ist aber nicht Ihr durchschnittliches Schreibtempo?

H. Ach nein, früher war ich ja viel frecher; als ich *Die Angst des Tormanns* schrieb, *beim Elfmeter*, da waren es hundertzwanzig Zeilen am Tag.

G. Und bei der *Langsamen Heimkehr*, waren es da besonders schwierige Phasen, wo Sie nur zehn Zeilen zustandebrachten?

H. Da war überhaupt nichts, da war totale Sprachstille. Stellen Sie sich das einmal vor: Sieben, acht Stunden lang sitzen Sie davor – und Sie tun ja nicht sich ablenken, sondern Sie wollen den Gegenstand fassen, sich konzentrieren – und der hat keine Sprache, der hat wieder keine Sprache. Vielleicht ein Wort leuchtet da mal auf, leuchtet wieder eins auf: dann haben Sie vielleicht, wenn Sie ganz ruhig sind... – ich mein, da ist ja auch die Gefahr der Panik sehr nahe, daß Sie überhaupt nicht mehr weiterkönnen; nicht nur in diesem Satz nicht weiterkönnen, sondern nie mehr werden weiter...: wenn Sie das nicht schaffen, dann werden Sie nie mehr weiterschreiben. Und dann kommen ein, zwei Wörter, wo Sie denken, ah die Wörter, die gehören in den Satz, und dann ist es dann halt doch so gewesen, daß aus diesen zwei Wörtern sich der schwingende Satz ausgebildet hat. Ich mein, es ist nicht so, daß man auf die Stimme wartet, was immer ideal ist: daß man einfach nur mitschreibt – das Ohr gehört ja sehr dazu –, daß man sozusagen... auf einmal bildet sich der Rhythmus des Satzes schon vor den Wörtern, und aus dem Rhythmus, wie Satz und Nebensatz und so weiter funktionieren, bildet sich dann der...der...der...wie sagt man...der Gegenstand, dem man eben grad durch das Schwingen und die Wörter am richtigen Platz gerecht geworden ist. Es ist ja im Grund, wenn man Prosa ernst nimmt, ist es genau so wichtig und genau so schwierig und genau so ein Prozeß wie das Gedichteschreiben.

G. Wo der Hölderlin für einzelne Zeilen nur die Versmaße notierte...

H. Ich hab grad an Hölderlin gedacht; aber ich kann Ihnen bei *Langsame Heimkehr* versichern, oder eigentlich bei fast jedem Satz, den ich in der Prosa – ich bin ja Prosaschreiber –...daß das genau der gleiche Fall ist. Und wenn da nicht einmal der Rhythmus sich bildet, also nicht einmal...Sie haben weder den Gegenstand: Sie haben den Gegenstand verloren...Sie haben nicht das Inbild – das ist schon einmal die Voraussetzung –, Sie haben das Inbild nicht und können dadurch auch nichts be-denken. Denken allein, das kann ich nicht, also ich bin kein Philosoph und kann also nicht aus dem Denken einen Prozeß machen. Ich kann nicht das Denken in eine Folge bringen, das erscheint mir einfach nicht...ist auch nicht mein Spiel. Also ich muß etwas be-denken. Hab ich kein Inbild, kann ich nichts bedenken, kommt aus dem Be-denken auch kein Schwingen, kein Rhythmus, also sitz ich da wie ein armer Wicht, na (*lacht*).

G. Was tun Sie dann?

H. Ja, ich versuch mich halt zu beruhigen und zu warten, ich hab da ein gewisses Daseinsvertrauen – aber auch nur ein gewisses; das kommt halt dann immer nah an das Raumverbot.

G. Sie fuchteln dann nicht so mit Zufalls-Sätzen herum, sondern Sie warten, bis sich der...

H. Ja freilich. Mach ich einen Satz, der nicht weiter... von dem ich nicht weiß, daß er ein Ereignis ist; wo ich weiß, den tu ich nur... den formulier ich jetzt so, so aus Panik auch: dann weiß ich, daß ich verloren bin. Denn ich kann den Satz nicht wegtun. Mit diesem Satz bin ich schon in der falschen Richtung, also in der verlogenen Richtung, erlogenen Richtung, die gar nicht stimmt. Ich kann den Satz sozusagen nicht rückgängig machen – vielleicht ist das eine Manie von mir; aber was ich geschrieben hab, das hab ich geschrieben.

G. Etwa den ersten Satz von *Langsame Heimkehr*.

H. Daran muß ich mich halten, ja.

G. Eher hätten Sie das ganze Werk preisgegeben, als diesen ersten Satz ersetzt.

H. Ja sicherlich. Der erste Satz hat es erst ausgelöst. Also ich muß mich daran halten, und ich muß immer an dem vorhergehenden Satz anknüpfen. Und wenn das irgendwie ein Satz ist, der nicht stichhaltig ist, dann gehen alle andern Sätze...aus ist es.

G. Und wegstreichen?

H. Nein, kann ich nicht.
G. Können Sie nicht?
H. Nein, ich denk, es muß ja seinen Grund gehabt haben, daß ich diesen Satz aufgeschrieben hab, ich bin ja lang genug da gesessen. Ich kanns vielleicht im nachhinein, bei den Fahnen, vielleicht einen Satz; aber in der Regel ist es so, daß ich nur Wörter korrigieren kann, nie Sätze wegstreiche.
G. Und Sie haben also im Schreibprozeß nie das Gefühl, jetzt bin ich auf einen falschen Weg gekommen, jetzt muß ich zurück und anders weiterfahren?
H. Nein, wenn ich schon auf einem falschen Weg bin, bin ich schon verloren. – Ich dramatisiere jetzt, aber es stimmt ja auch: ich kann nicht zurückgehen. Ich hab das ein-, zweimal doch gemacht, hab einen Satz dann weggestrichen, aber das war so ... das war so eine Art von Niederlage auch vor mir selber, weil ... ich wußt nicht genau, ist der Satz, hat er jetzt sein Recht oder nicht. Ich hab dann noch einmal angefangen – aber das war schon eine äußerste Seltenheit. Also wenn ich überhaupt dann nach diesem Satz nicht mehr weiterwußte, ganz und gar, nach acht Stunden, nach diesem Satz nicht den weiterführenden Satz ... wenn der den nicht hergegeben hat, der Satz – das muß er ja –, dann hab ich mich entschließen müssen, den wegzutun und noch einmal ganz von vorn anzufangen, also bei dem vorletzten Satz wieder anzuknüpfen. So ist es halt. Das war extrem so bei *Langsame Heimkehr*, das wird nie mehr so extrem sein dürfen, denn das hält man nicht durch. Ich hab mir oft gedacht – beim Schreiben war das fast eine Zwangsvorstellung –, hier würd eine Filmkamera stehen und mir zuschauen beim Schreiben, so acht Stunden, und das wär ein ganz spannender Film, da zu-

zuschauen, da würd man sehen, wie in acht Stunden zwei, drei Sätze entstehen. Das wär also ein richtiger Monumentalfilm (*lacht*). Sie wechseln schon die Perspektive ein bißchen, aber die Hauptsache wär aufs Blatt. Ich hab manchmal so eine Zwangsvorstellung fast gehabt mit jedem Buchstaben, daß der ganz riesig auf einer Filmleinwand steht zugleich. Dann konnt ich auch deswegen (*lacht*) auch deswegen fast nicht weiter (*lacht*). Es war richtig monumental, es war wie so ein Bibelfilm.

G. Aber in der langen Zeit, da müssen Ihnen doch auch Vorstellungen im Kopf herumgehen – also wenn Sie kein Inbild haben, dann kommen doch lauter so beliebige, willkürliche Vorstellungen?

H. Das ist ja das Schreckliche.

G. Eben. Das muß man einfach aushalten?

H. Man muß das alles abwehren.

G. Und warten…

H. Grad wenn man so leicht an die Angst oder Panik herangerät, dann kommt jede Menge von Auswegen, die aber alle falsch sind. Also jede Menge von Formulierungsmöglichkeiten, die man hat; ich hab ja doch schon über zwanzig Jahre geschrieben, hab sozusagen Praxis, in dem Sinn; aber wie gesagt, Praxis dient eigentlich nur zum Vermeiden, zum Abwehren, aber nie zum Machen, obwohl das ein Widerspruch ist, denn ›Praxis‹ kommt doch von Machen.

G. Wedekind hat gesagt, Kunst besteht darin, wegzulassen.*

H. Wenn er das nicht so versteht, daß man das Aufgeschriebene dann wegstreicht…

G. Nein nein, so versteht ers nicht, sondern als konzentrieren aufs Wesentliche.

H. Ja, daß man die Vorstellungen abwehrt und wartet auf die, die wirklich Inbild ist. Das merkt man auch sofort: da rastet alles ein. (*skandiert gesprochen*). Das ist der Moment der himmlischen Ruhe. Wenn aus diesen vielen vielen Vorstellungen oder schrecklich vielen Möglichkeiten die zwingende sich einstellt, ist es ein Einrasten, und die totale Freude dann drüber...

G. Wo man dann nicht mehr fragt, ist jetzt die richtig oder ist die andere besser...

H. Nein, da schreiben Sie's einfach auf, schreiben Sie's jetzt auf.

G. Einfach: So ists.

H. Das wissen Sie, das ist unumstößlich. – Aber da gehört natürlich auch so eine physische Robustheit dazu, die ich vielleicht nicht habe, wie so jemand wie Flaubert; das war ein starker, robuster Bursche. Man muß einfach körperlich – nicht trainiert sein und nicht Tennis spielen, das mein ich ja nicht; aber ein starkes Herz muß man glaub ich haben. Das ist eben...man kann sich's nicht aussuchen. Diese ungeheure Empfindlichkeit, die ich habe, ist natürlich auch...gibt mir auch viel Botschaften. Viel kommt an bei mir: vieles ist Mist, und es quält manches davon; vieles...manches – nicht vieles – erfreut, erquickt. Das muß ich halt aushalten. Es nützt nichts, wenn ich mich trainiere. – Aber das ist auch ein wichtiges Element, ein guter Körper.

G. Ich denk dabei an Hofmannsthal, der unter dem Wetter immer so gelitten hat und von einem Hotel ins andere gefahren ist, in der Hoffnung, daß es jetzt einraste. Da gibts ja den einen Band in der neuen Kritischen Gesamtausgabe, das ist das Quälendste, was ich überhaupt je gelesen habe: Es sind etwa siebenhundert Seiten und sind nur Fragmente, die er immer wieder neu begonnen hat; ein paar Wörter geändert, und wieder neu begonnen und wieder neu begonnen – immer vor einer Wand. Es ist fürchterlich, das zu lesen.

H. Was ist es denn?

G. *Timon der Redner.*

H. *Andreas* ist ja auch ein Fragment geblieben.

G. Ja, der hats immerhin ein Stück weit gebracht.

H. Und die siebenhundert Seiten sind immer neue Anfänge?

G. Es gibt praktisch keine einzige ausgearbeitete Szene.

H. Wie schrecklich. Ja, jeder hat seine Art und sein...

G. Das hat mich eigentlich zu der Frage veranlaßt, was Sie dann machen, wenn einfach acht Stunden lang nichts passiert.

H. Ein gelassener Mensch – was ich nicht immer bin –, der würde halt sagen, es ist halt heute nichts, dann steh ich auf. Ich hab das schon öfter gehört. Aber ich weiß ganz genau, wenn ich jetzt nicht bei der Sache bleib – ich sage jetzt mit Bedacht ›bei der Sache bleiben‹ –, dann ist morgen die Sache verschwunden. Zumindest ist das so meine Zwangsvorstellung. Also ich muß irgendwie weiterkommen. Auch wenn das nur ein ganz winziger Ruck ist. (*Tiefes Atmen*). Anderseits dadurch, daß ich diese Erfahrung mit *Langsame Heimkehr* hinter mir habe, ist es glaub ich nicht mehr so auf Biegen und Brechen. So eine gewisse Wurstigkeit, wie man so sagt, hat sich dann doch eingestellt: daß ich mir sage, na wenn du versagst, dann versagst du halt – das hab ich damals nicht vertragen: zu versagen –, dann hörst du halt auf zu schreiben, dann bist du halt gescheitert, ist doch nicht schlimm, sind ja schon viele gescheitert, so sag ich. Und außerdem bin ich jetzt 44 Jahre alt, ein paar Seiten gibt es jetzt schon, oder mehrere Seiten, oder viele Seiten, die ich gerne hab – also was solls. Also es geht nicht mehr so um Leben – tut mir leid, daß ich das sage: es geht nicht mehr so um alles, wie damals, als ich... Ich hab ja auch drauf hingelebt, auf *Langsame Heimkehr*, über Jahre und Jahre. Ich war 36 Jahre alt und ich hab – verzeihn Sie, daß ich das sag –... ich bin in einen andern Kontinent gefahren, weil ich all die Jahre nur im Haushalt sozusagen schreiben konnte, um endlich da, wie man so in der Vorstellung das halt hat, ein Hotelzimmer für mich und Stille und Ruhe zu haben und mein Werk zu machen. Und da hab ich gemerkt, ich hab auf was Falsches vielleicht hingelebt, die ganzen Jahre waren ein Irrtum: das überhaupt schreiben zu können, überhaupt metaphysische Erfahrungen umkreisen zu können mit Sprache. Und ob es nicht doch besser gewesen wäre, sich an das Goethesche Wort, das ich natürlich erst im nachhinein gelesen hab, zu halten, daß man das Unerforschliche schweigend verehren soll, statt es irgendwie zu beschreiben. Ich habs ja auch nicht beschrieben, ich habs ja umschrieben, was auch wieder ein Unterschied ist. Na ja. So. (*Lacht*).

G. Das merkt man dem Buch an, daß da alles auf dem Spiel steht, daß es da um Sein oder Nichtsein geht. Es sollte doch auch ein *chef d'œuvre* werden? *Das* Werk?

H. Nein. Das hab ich nie gedacht. Ich wollt nur dem Rechenschaft geben, was ich in mir erlebt hab, was so seltsam großartig ich als Gestalt noch ungeformt in mir gespürt hab, das wollt ich eben in die Folge einer Erzählung bringen. Und es ist mir immer eine Freude gewesen, die Folge zu finden.

G. Was die Folge betrifft, da hatten wir große Schwierigkeiten: Wie hängt ein Teil mit dem nächsten zusammen – beispielsweise diese Erdbebenpark-Geschichte: Sorger geht zeichnen in den Erdbebenpark, und dann tauchen diese Frauen auf, und zwar nach dem Satz, der als Selbstzitat in der *Sainte-Victoire* wiederkehrt...

H. »Jeder Moment meines Lebens gehört mit dem andern zusammen. Ich muß ihn nur freiphantasieren.« *

G. Ja, so eine Art Allmacht-Erlebnis.

H. Ja, es hat alles seine Folge, ich muß sie nur freiphantasieren.

G. Sind jetzt diese Frauen vorbehaltlos als Erfüllung dieses Satzes zu werten? Oder markieren sie einen Irrweg in Richtung auf die Verantwortungslosigkeit, die der Sorger später dann ablegt? Also die Art, wie sie beschrieben sind: da kann ich auch schwer glauben, daß Sie das genau so meinten, wie es dasteht, daß da nicht eine Distanzierung mit drin enthalten ist.

H. Ja sicher ist eine Distanzierung, aber andrerseits ist aus diesem Erlebnis, daß die Momente des Lebens zusammengehören und nicht Bruchstücke sind, daß die Phantasie sie freisetzt, also isoliert und aneinanderfügt, die Momente...das gibt schon einen Übermut und gibt, was Sie sagen, schon diese Allmacht. Die Frauen sind nicht die Emanation dieser Allmacht. Sie kommen, aber der Übermut ist dann, einfach zu denen gehen zu können und keinen Widerstand zu spüren. Das gehört schon dazu. Aus dieser Heiterkeit – vielleicht besser als Übermut –, die er in diesem Moment erlebt, aus dieser Heiterkeit heraus ist er fähig, da zwei Frauen so anzusprechen, daß die ihm sofort – nicht verfallen, aber daß die mit ihm gehen. Das stimmt auch, das kann jeder auf seine Weise erleben, daß in einer Heiterkeit jeder Argwohn abfällt. Das kann nur gut sein. Das hat nichts mit Verantwortungslosigkeit zu tun. Jetzt gibts nur die Gegenwart, in dem Moment; in dieser Heiterkeit bin ich der Herr der Gegenwart, es kann mir nichts geschehen. Ich kann wirklich, was jetzt mir als Wunsch sich einstellt, kann ich mir erfüllen, so wie der Wunsch als mögliche Verkörperung dann auftritt.

G. Das kann ich verstehen. Bloß versteh ich nicht die sprachliche Form dafür, das ist ja einige Zeilen richtige Kolportage-Sprache, die dieser ›Gegenwart‹ nach meinem Empfinden gar nicht entspricht, und auch die Studenten fanden, das könne nicht positiv gemeint sein.

H. Weil die Berührung durch das Leder geht oder wie?

G. Man müßte die Sätze zitieren, es ist die Sprache. Ja, Leder, glaub ich, das aneinanderklebt und dergleichen...

H. Kleben tut da nichts. – Ich finde nicht, daß das Kolportage-Sprache ist. Das müßte man jetzt vor sich haben.

G. Es dürfte es ja auch nicht. Es muß ernst gemeint sein, sonst klappt der Anschluß nicht. Aber das wär... (*Band zu Ende*).

H. (*hat inzwischen das Buch geholt*). Da ist natürlich der Übergang mit dem Wort »So«. Nach »freiphantasieren« kommt nicht ein einfacher Satz, sondern so eine Art Koordination, wenn da steht: »So erschienen bei Sonnenuntergang zwei Frauen.« Normal würde ich ja schreiben: »Bei Sonnenuntergang erschienen zwei Frauen«; nun stelle ich aber eine Verbindung her... »denen Licht auf die Hüften fiel.« Man muß ja auch ein bißchen diese liebevolle Ironie in dem sehen, oder?

G. Eben doch.
H. Ja, aber keine böse...»denen Licht auf die Hüften fiel«, das ist ja wie eine Erscheinung. Das Verb »erscheinen« ist ja bewußt gewählt: »So erschienen zwei Frauen bei Sonnenuntergang« – das ist ja natürlich wie so in einem großen Film –, »denen Licht auf die Hüften fiel, in einem der Durchgänge zwischen den Hügeln, derart prachtvoll und übermütig, daß der Zeichner, selber beschwingt, ihnen unwillkürlich zurief: ›Seid ihr Filmstars?‹ – das kommt ja da heraus, nicht –; »worauf sie zurückfragten: ›Bist du ein Offizier?‹ und sofort die paar Schritte aus dem täuschend weit unten liegenden ›Talgrund‹ herauf auf die Kuppe kamen.« Na ja. »Sorger wußte: wenn er sich jetzt diese Frauen mit allem Ernst wünschte, würden sie die seinen. Und so war hier alles möglich: schon die erste Berüh...« – ich kann überhaupt nicht mehr vorlesen –...»schon die erste Berührung, ganz nebenbei, im Dastehen, ging durch Tuch und Leder«... – Naja, da sind die Stiefel und Schuhe und... gemeint. Also »Tuch und Leder« ist ein bißchen reklamerisch vielleicht genommen.
G. Die ganze Bildhaftigkeit erscheint mir aus Reklame und billigen Filmen genommen.
H. ...»und sie hafteten zu dritt sogleich aneinander; er dabei nicht der ›Verführer‹, sondern bloß für sie bereit, die auf einen wie ihn gewartet hatten.« – Das ist auch aus dem Jargon: ›Auf dich haben wir nur gewartet‹, genommen. – »Weiterzeichnend versuchte Sorger noch, sich gegen seine jähe Macht zu wehren, aber die beiden unterbrachen ihn: ›Laß es dir doch gefallen.‹« – Das find ich wieder ganz lustig. – »Schöne Verantwortungslosigkeit, mit der diese Abenteuerinnen« – die Bezeichnungen dieser Gestalten wechseln wie in alten Roma-

nen: einmal steht da »die Frauen«, dann »die Filmstars«, dann »die Abenteuerinnen« – »unterwegs waren: und ihre Schönheit hatte recht. Oder kannte er ein anderes Gesetz?« – Ich find das ganz lustig. – »Sie waren sogar fähig, ernst zu bleiben« … – ich mein, es ist ja da schon sichtbar, wie unwirklich und lustig, wie alles an der Oberfläche ist: »Sie waren sogar fähig, ernst zu bleiben, und er erfuhr mit ihnen den Triumph vollkommener Geistesgegenwart. ›Die Sonne ging unter, und überschattet wurden alle Straßen‹:« – das ist aus der *Odyssee* – »er bat sie nicht, mit ihm zu kommen; sie folgten ihm. Ihre Verantwortungslosigkeit hatte nicht nur recht; sie war herrlich.« (*Auflachen*:) Ich find das ganz lustig. »Die Kälte ihrer Fingernägel. Die Klarheit ihres Leibesinnern! Er sah sich in der warmen Nacht durch die Kontinente gestreckt und die Frauen, die sich um ihn kümmerten, als das letzte Mal für unabsehbare Zeit. Nachdem die Erscheinungen ihn verlassen hatten, saß er im Dunkeln« – man merkt, wie ich da Schwierigkeiten hatte, nicht mit der Szene, sondern, es selber wirklich zu finden – »und schaute auf das gegenüberliegende Haus. ›Nein, ihr wart wirklich‹, beteuerte er« – das ist natürlich auch so ein Wort –, »trank den übriggebliebenen Wein aus den drei Gläsern und wünschte sich einen Regen« – das ist ja wie im Märchen –, »der dann auch schon zwischen den Kiefern niedersprühte.« Und so weiter. »Über dem Meer war ein tintiger Horizontstreifen: dort zitterten noch die geschlossenen Lider der fremden Frauen, und ihre Schreie erfüllten jetzt erst die leeren Räume.« – Das ist alles übertragen auf den … man weiß gar nicht, was nun wirklich ist, das ist halt wie … Ich wollt auch nicht wirklich so parodistisch-ironisch sein, es ist halt auf dem Grat dahin, na, wie soll man sowas machen?

G. »Ganz lustig« scheint mir einfach dann nicht das einzulösen, was dieser doch zentrale Satz von der Möglichkeit des Zusammenhangs verspricht.
H. Ja, da kann ich vielleicht etwas sagen, Herr Gamper, was mir wichtig ist. Nach zentralen Sätzen hab ich mir irgendwie angewöhnt, daß irgendeine... ganz wichtig ist eine Ablenkung, die schon aus dem zentralen Satz kommt, aber das ist mir auch – ich sag zu oft das Wort ›physisch‹ –... aber das ist eben auch eine physische Erfahrung von mir, des Schreibens, daß es da eine lustige Ablenkung braucht, daß man sich das auch erlauben kann. Und zwar hab ich das vor allem im *Chinesen* oft eingesetzt, nicht als Rezept, sondern es als Möglichkeit *erwartet*: Immer wenn ich abgelenkt werden konnte, hab ich mich ablenken lassen. Allerdings ging es immer nur kurz, es sind nur lakonische Ablenkungen; deswegen bin ich ja auch kein Epiker im alten Verstand. Und zwar, wenn das jetzt nicht zu einschüchternd wird – aber ich habs ja auch erst gelernt, und ich bin immer ein Schüler gewesen –, muß ich da die Form von chinesischen Mönchs-Dialogen erwähnen. Diese Dialoge oder Sprüche heißen *Koans* – es ist nicht wichtig zu wissen, aber ich erzähls jetzt halt. Wenn da ein Mönch etwas unglaublich Wichtiges sagt, also: »Diese Schönheit der Erde ist nicht auszuhalten«, da antwortet der andere drauf: »Mein Gott, dieser Baumschwamm könnte aber auch einen weniger trockenen Rand haben.« Und dann sagt der dritte Partner: »Hätte der zweite das jetzt nicht gesagt, so sähen wir jetzt überall Totenschädel herumliegen.« In dem Sinn. Es ist überhaupt nicht exakt zitiert, was ich sage – aber daß also etwas ganz Mächtiges oder Ausrufhaftes, Kernhaftes gesagt wird, und der Zweite, um das um Gottes willen

nicht da weitergehen zu lassen – das führt in die Sprachlosigkeit oder wirklich in das schlechte Nichts, in das furchterregende Nichts –, sagt jetzt irgendwas. Irgendwas. Wirklich nur irgendwas. Also: »Der Efeu hat hellgrüne Adern« … irgendwas. Und dann sagt der Dritte: »Ah, Gott sei Dank hast du das gesagt.« (*Lacht*). In dem Sinn. Also das hab ich oft gemacht. Der ganze *Chinese des Schmerzes* ist durchsetzt von diesen Koans – die man nicht erkennen *muß*, es geht ja niemanden was an, aber die mir als Schreiber ungeheuer viel weitergeholfen haben. Ich bin nicht mehr so auf dieses ungeheuer strenge Gesetz aus wie in *Langsame Heimkehr*. Ich kann das auch nimmer. Ich hab irgendwie auch gelernt, diese Umwege, diese Ablenkungen, diese Bedeutungslosigkeit zu schätzen. Natürlich darf diese Bedeutungslosigkeit keinen Raum einnehmen, nur irgend einen Platz, eine Nische, einen Winkel.

G. Eben, sonst besteht die Gefahr, daß es beliebig wird.

H. Es wird auch beliebig. Das weiß ich aber, *glaub* ich zumindest zu spüren, wanns beliebig wird und wanns einfach nur eine Art Ausatem-Stelle benötigt – ohne daß ich das vorher natürlich sagen kann; ich kanns nicht planen und konstruieren.

G. Dieses Koan-Prinzip, war das schon wirksam in der *Langsamen Heimkehr*?

H. Das hab ich damals überhaupt nicht gewußt – aber instinktiv hab ichs oft schon angewandt. Im *Chinesen* hab ich das auch am Anfang nicht gewußt, aber da bin ich unglaublich ins Gedränge gekommen und hab zu der gleichen Zeit – da kann man ja nur ganz klassische Texte lesen, *ich* kann nur klassische Texte lesen bei der eigenen Arbeit – … und da ging mir wirklich ein Licht auf und ich hab gemerkt, daß ich das ja schon die ganze Zeit *mach*, und dann hab ich natürlich für die Dauer des Buches sozusagen gelauert: Wo kann ichs denn noch machen. Ich warte, wann sichs ergibt – ich kanns nicht planen –, so wie ich bei *Langsame Heimkehr* im voraus schon gewußt hab: Wann auch immer sich ein Ausruf ergibt oder eine Möglichkeit zur Klage, wenn sichs *ergibt*, läßt es vorkommen. Das ergibt ja dann im nachhinein die Struktur, diese Sachen. So hat eigentlich *Der Chinese des Schmerzes* sehr genau die Struktur dieses Beiläufigen, Unauffälligen, dieses Nicht-mit-der-Sache-zu-tun-Habenden. Sehr viel davon verdank ich dieser Lektüre.

G. Ist das im ersten Teil schon wirksam, bei der Stelle zum Beispiel, wo der Kleine der Onkel des Großen ist?*

H. Jaja, genau. Die Geschichte da, wo der auf der Schulter sitzt**, dieser Südländer, das ist ja völliger... was man in Österreich sagt, ein blöder Schmäh. Aber es dauert ja nicht lang. Es ist nie ausgespielt – das sind halt diese kleinen Ablenkungen. Ich könnt Ihnen hundert aufzählen, die ich ganz bewußt eingesetzt habe: Wie die Frauen verschiedene Frisuren haben in dem Café oder was die für Stiefel anhaben, wie sie manikürt sind. Normalerweise hat das ja in einer Erzählung, die auf die Aufdeckung eines Gesetzes aus ist, nichts zu suchen. Aber das war für mich eine große Erleichterung, einmal von der Linearität abgehen zu können.

G. Nach meinem Empfinden ist das im ersten Teil des *Chinesen* ohne Bedeutung, da könnten Sie was immer erzählen. Was mich daran fasziniert ist diese sicher durchgehaltene Balance: daß Sie zwar Realität beschreiben und doch immer in einem Phantasieraum sich aufhalten. Diese Verzauberung, die mit jedem Satz stattfindet, das scheint mir das Wesentliche, da können Sie beschreiben egal was.

H. Sicher kann man das nicht als Grundgesetz für jede Arbeit haben. Es ist auch so der Fall, daß man wie beim Katalysator das im nachhinein, wenn man es gedruckt, in den Fahnen, vor sich sieht, was ich jetzt Koan nenne, dieses à part-Sprechen – mir fällt eben kein deutsches Wort dafür ein – ... kann man das natürlich im nachhinein, wenns noch Zeit ist, wieder herausnehmen. Das hab ich auch bei vielen Stellen dann gemacht. – ›Ablenkung‹ oder ›Flapserei‹ sagt man vielleicht auf deutsch. So wie ich seit der Kindheit immer ein Bedürfnis gehabt hab, jeden, der so ganz bedeutend zu reden anfängt, zu unterbrechen und irgendeinen Blödsinn zu sagen, hab ich das halt für mich selber benützt – weil beim Schreiben spricht man ja immer mit sich selber –, damit ich weiterkomme. Wenn man nur so auf dem Grat immer geht, kommt man sich auch lächerlich vor. Da denkt man: Warum gehst du freiwillig auf diesem Grat, du brauchst ja nichts zu schreiben. Das kommt da alles zusammen.

G. Im *Chinesen* schienen Sie sich auf dem Grat oder eher auf dem Seil sehr wohl zu fühlen, man spürt da überhaupt keine Anstrengung.

H. Viel wohler, ja ja, ich war viel freier, ich hab auch die Räume vor mir gehabt, die täglich dann nachzuprüfen, ob ichs auch richtig gemacht hab, und da die Phantasie herumspielen zu lassen an dem Kanal, und zu wissen, das geht alles auf die entheroisierte, das Ich losgewordene, das enge Ich, den »Pfahl des Ich«, wie der Doderer sagt, losgewordene Welt des strömenden Wassers hin, und daß da die Jahreszeit sich endlich auch nicht mehr...das ist ja auch ein sehr interessantes Problem vielleicht sich zu unterhalten: ich hab nicht mehr das Eins-nach-dem-andern-Problem des Erzählens wie: Was mach ich dann mit der Nacht, mit dem Tag, mit dem Morgen, mit den Stunden; sondern ich kann AL-LES, ich kann Eine Zeit sein lassen, immer als ob die Zeit steht, als ob die Zeit doch geht; also jetzt in dem Satz ist Frühling, im nächsten ist es Winter, dann ist es Nacht, dann ist es Tag...das ist eine sehr, sehr... menschliche Befreiung. Zum Beispiel – um darauf zurückzukommen, wenn es Sie interessiert –: Mein Problem bei *Kindergeschichte* waren nicht die Invektiven – die haben mir ein Ergötzen bereitet –; mein Problem war das Erzählen über Jahre. Ich hab das noch nie gemacht, ich hab immer vom Tag zum Abend, vom Abend in die Nacht, von der Nacht in den Morgen... im *Tormann*, im *Kurzen Brief zum langen Abschied*, in der *Stunde der wahren Empfindung*, hab ich immer Tag um Tag erzählt, und kam mir immer eigentlich als ein kleiner Betrüger vor, wenn ich einen Sprung gemacht hab, also »ein paar Tage später« zu schreiben, verstehen Sie? Und bei *Kindergeschichte* war das Problem: Ich hatte zehn Jahre zu erzählen. Wie mach ich das – das hat mich ans Scheitern gebracht –, ohne daß ich eine Abhandlung schreibe und ohne daß ich sag: »im Jahr neunzehnhundertsoundso« und ohne daß ich anhand von konkreten Gegenständen die Erzählung schreib, sondern Bewegungen, die in der Erinnerung halt nicht bestimmbar sind an diesem Tag, sondern ein Jahr einnehmen: Wie bring ich das in einen anschaulichen, klaren Satz, wie geht das weiter. Und da war auch eine Art Erlösung in einem menschlichen Werk, das war eben der Thukydides, die Geschichte des peloponnesischen

Krieges. Ich kannte das aus meiner Jugendzeit, ich hab das sehr gern gelesen; auch die Haltung, die da drin war, und auch die Sprache. Mir ist eingefallen: mein Lieber, du wolltest doch immer die Geschichte eines einzelnen Menschen so wie die Geschichte eines Volkes schreiben. Eine Erzählung, die müßte die gleiche Konsistenz und Klarheit haben wie so eine Geschichtsschreibung zum Beispiel eben von Thukydides. Und da war ich schon ein bißchen fortgeschritten in der *Kindergeschichte*, hatte vielleicht so zwanzig Seiten, und wußte überhaupt nicht mehr weiter, und hab Thukydides gelesen, und da hab ich gemerkt, wie er die Übergänge schafft, also wie er... er hat ja zwischendurch schon, wenn Schlachten beschrieben werden oder erzählt werden, hat er natürlich den Einfall der Nacht und so weiter beschreiben können; aber die Kriege und Vorbereitungen, und der Frieden, das geht ja doch über die Jahre hindurch, und da hat er ganz organisch diesen Unterschied von Winter und Sommer gehabt: Im Sommer wurde immer Krieg geführt, und im Winter ist man nach Hause gegangen, oder im Herbst, und hat, so gut es noch ging, die Felder bestellt, hat die Häuser ausgebessert, hat die Schiffe neu aufgebaut – und da hab ich gemerkt, ja in der *Kindergeschichte* hast du das ja eigentlich genau so schon gemacht, immer: im Sommer, im Winter, im Herbst; du hast es mit den Jahreszeiten ja gemacht. Aber das hat mich ungeheuerlich bestärkt, daß ich das vorgefunden hab schon auch bei jemand anderm, das bestärkt mich halt, das hat mir dann sehr weitergeholfen. Das hab ich dann auch eingesetzt: im folgenden Sommer, im folgenden Winter, im folgenden Herbst... das hat mir wirklich – es ist vielleicht ein kleiner Trick, aber es hat mir... dem Trick voraus ging eben die Entdeckung.

G. Die Erinnerung ist Ihnen während des Schreibens gekommen, nicht vorher.
H. Nicht vorher. Mitten im Schreiben drin kam mir die Erinnerung und damit eigentlich auch so eine Art Methode, die sich da eingestellt hat. Ich war aber froh drüber. Also dadurch konnt ich die Jahre erzählen. Aber ich fühl mich, muß ich sagen, immer noch viel viel wohler im Erzählen von Tagen und Nächten.
G. Weils konkreter ist?
H. Es scheint einfach so ein Urzustand des Erzählens scheint in Tagen und Nächten vorzugehen.
G. Sie haben sich auch nicht verlassen dann auf diese Abfolge von Jahreszeiten, sondern mit Bildern die Struktur verklammert.
H. Ja ich hab mich gerettet in die Bilder und in die Räume. Und ich war auch immer froh, wenn ich schreiben konnte: »eines Tages«, wenn ich den Tag erzählen konnte ... jene Ohrfeige ... verstehn Sie? Oder wenn der Jude den Drohbrief schreibt, und der Erzähler ...
(*Tochter Amina kommt nach Hause. Kurzer Unterbruch*).
H. Wir gehen auch gleich weg. – Wollen Sie noch eine Frage stellen, und dann gehn wir, sonst kriegen wir nichts mehr zu essen.
G. Jene Stellen aus *Langsame Heimkehr* möcht ich Ihnen noch zeigen, die ich vorher gemeint hab mit dem »Dithyrambus«.
H. Ja, da bin ich neugierig, was Sie meinen. – Da redet er einmal die Katze an.
G. Das mein ich nicht. »Du Katze«, drei Wörter glaub ich ...
H. Da hält er so eine Ansprache ...
G. ... bevor er einschläft. Das mein ich nicht.

H. Er möchte der Katze eine Seele einreden.

G. Da. »Leidenschaft zu sammeln...« Lauter Ausrufe. (S. 63).

H. Das sind eigentlich keine Ausrufe, das sind Verkürzungen.

G. Ja es geht weiter, am Schluß kommen dann die Ausrufe.

H. Ah: »Du, der Fluß. Du, das Haus.« (S. 65).

G. Ja... oder Anrufe.

H. Das würd ich gar nicht als Ausrufe...ja doch, es steht in Klammer ja »Ausrufe«. Ah da hab ich das schon vorbereitet, ich weiß, daß dann am Schluß...ich hab gedacht ich muß auf die Ausrufmöglichkeit hin...da sagt er ja auch, als er den Nachbarn da am Tisch da nach dem Raumverbot die Ansprache hält, sagt er ja auch, wie fast in einem Monolog, in einer Predigt sogar: »Ich habe mich heute an eine Erlösung erinnert: dabei ist mir aber kein Gott in den Sinn gekommen, sondern die Kultur. Ich habe keine Kultur; und ich habe so lange keine Kultur, als ich nicht ausruffähig bin; solange ich mich beklage, statt streng zu klagen. (...) Mein Ausruf ist: Ich brauche dich! Aber wen rede ich an? Ich muß zu Meinesgleichen. Aber wer ist Meinesgleichen?« und so weiter (S. 147). Das Ganze ist durchsetzt von dieser Möglichkeit: Kann ich einen Ausruf machen? – bis zu dem größten da am Schluß: »O langsame Welt!« (S. 208).

G. Und haben Sie vorher diesen Schluß vorbereitet oder das später noch eingefügt?

H. »O langsame Welt!« nicht, aber ich wußt immer, wenn ich einen stillen Ausruf machen kann, mach ich den, auch wenn ich das ohne Ausrufezeichen hinsetze. An dieser Stelle, die Sie grad erwähnt haben – »Du, der

Fluß. Du, das Haus.« –, gibts ja nicht einmal Ausrufezeichen; deswegen hab ich in Klammer leicht ironisch hinzugefügt: »Ausrufe.« Also ich hab das sozusagen schon als Grundstruktur, auch als emotionale Struktur, die sich übersetzt in eine Form, geht das durch die ganze Geschichte durch. Ich hab das auch erst entdeckt im Schreiben, und dadurch wirkt ja manches so fast verklammert. Aber Sie haben recht, daß Sie mich auf diese Passage hinweisen, denn diese Stelle hatt ich beim Durcharbeiten – in *Langsame Heimkehr* hab ich manche Stelle fürchterlich durchgearbeitet – ... hab ich in Versform aufgeschrieben gehabt...

G. Aha, so wirkts, als ein Dithyrambus.

H. ... hab ich probiert, in Versform zu schreiben. »Vom Liegen ins...«, glaub ab diesem Moment: »Vom Liegen ins Stehen; aus dem Stand ins Springen und Laufen. Rede- und Wettstreitlust. Unlust zu spielen, doch Freude, einen anderen spielen zu sehen. Heftiger Wind, ohne daß ein Blatt von den Birken fällt. Eine Zeit Stille: dann ein leichter anderer Wind, und die Blätter fallen in Schwärmen zu Boden« ... und so weiter halt (S. 64).

G. Von da an erst? Nicht vom Anfang?

H. Nein, von da an.

G. Und ist das eine Art innerer Monolog Sorgers? Man weiß ja gar nicht mehr, wer eigentlich jetzt spricht.

H. Ja das war ja auch mein Ideal: wegzukommen von der Person, nur die Person zu durchdringen, daß nur noch die Stimme spricht. Also daß der Erzähler halt der reine Erzähler ist, in dem Fall der lyrische Erzähler. Es ist ja am Schluß dann, indem es wirklich in die Gedichtzeilen mündet...

G. Also es nimmt eigentlich diesen Schluß vorweg.

H. Ja. Was ich da vorher schon probiert hab, hab ich

gedacht, na das sieht ja so ... das fällt so aus dem Bild heraus, wenn man das so in Verszeilen aufschreibt, das ist ja viel zu unorganisch. Das hab ich am Schluß dann verwirklicht, indem ich dann halt wirklich die Gedichtzeilen ...

G. Die Romantiker haben das ja auch gemacht ...

H. Ja, das war ja auch mein Vorbild, der Eichendorff in dem Fall, daß ich bei *Ahnung und Gegenwart* immer diese Gedichte dazwischen hatte. Aber dann erschien mir das, wenn ich das auch so gebrochen setzen lasse, wie eine Nachahmung. Ich hab gedacht, das muß der Leser selber spüren, das haben Sie ja auch gespürt. Es erschien mir wie eine Imitation der Romantik. Aber das wars schon, was mich auf den Weg gebracht hat, vor allem Eichendorff.

G. Warum ich jetzt da drauf gekommen bin, das ist, weil jetzt der Anruf – gut, ich habe jetzt die Nuance nicht bedacht, daß es hier erst vorbereitet ist – aber ...

H. Auch noch ohne Rufzeichen ...

G. Ja ...

H. ... und auch ohne Anführungszeichen.

G. Ja, dann wirds natürlich klar; sonst ist das Problem, was ich oft hatte, daß zwar das Muster des Entwicklungsromans zugrundeliegt, aber ich Mühe hab, die Phasen zu identifizieren.

H. Ich hab beim Anfang schon lang nicht mehr an Entwicklungsroman gedacht, nachdem ich den ersten Satz da hatte. Es entwickelt sich ja auch nichts, es wird ja nur eine Entdeckung von dem, was in der Weite, die in ihm ist ... es entwickelt sich ja nichts, es ist ein Entdekkungsroman, ein metaphysischer Entdeckungsroman ...

G. Also »Werde was du bist!« Das ist auch eine Entwicklung: die Weite entdecken, die man selber in sich hat.

H. In dem Sinn ist es eine Entwicklung, ja. Ja, so ja... (*vor sich hin sprechend:*) »Werde was du bist«, ja. Wenn man mich damit fängt, dann hat man mich gefangen. (*Lacht*). Das ist auch richtig.

G. Aber es ist doch erklärlich, daß man sich fragt...

H. Nein: »Entdecke was du bist« vielleicht, nicht: »Werde was du bist.« Er entdeckt ja mehr, er wird ja nicht. Also es ist nicht richtig, wenn man sagt, »er wird.« Es ist kein Werden; es ist ein Entdecken dessen, was in ihm ist, was er an Erfahrung hat. Das Entdecken der metaphysischen Erfahrung, oder... (*Pause*).

G. Er verändert sich doch mit seinen Entdeckungen...

H. Es ist weniger ein Entdecken – ich muß noch einmal mich korrigieren –, es ist ein Erforschen. Und natürlich verändert er sich damit – oder? Das weiß ich nicht. Aus eigener Erfahrung würd ich denken, daß er nur das Gesetz gefunden hat, aber nicht grundsätzlich verändert ist. Er weiß, was das Gesetz *ist* für ihn – so heißt ja auch der dritte Teil –, aber das heißt nicht, daß er ein anderes Leben führen soll, also daß er jetzt weniger trinkt oder... ganz banal... oder daß er jetzt monogam wird oder... sagen wir ganz kindisch jetzt, na? Soll das nicht heißen. Er entdeckt nur das Gesetz und weiß, er wird das Gesetz, wenn immer jemand ihm ein anderes Gesetz vorschlagen wird, wird er das nicht akzeptieren. Auch wenn er sich gar nicht dran hält – oder halten kann. Er will kein anderes Gesetz mehr. So gehts mir auch. Also in dem Fall bin ich dann identisch. – Aber ob er sich nun wirklich verändert hat, das möcht ich eigentlich bezweifeln. – Es ist ja keine psychologische Erzählung. Das ist ein ganz durchsichtiger Held, aber der schon seine Konturen hat, um überhaupt durchsichtig zu sein; also [um] die Welt durchsichtig erscheinen... also die Durchsicht zur Welt zu ermöglichen – so ist es richtig –, muß er natürlich auch feste Konturen haben – damit man durch *ihn* durchschauen kann. Denn jede Kontur verengt und verschärft den Blick. – So wars halt mein Ideal, muß ich sagen. Das war halt auch mein großes Problem: Wie vermeid ich, daß das ein Charakter wird, daß da Psychologie ins Spiel kommt. Ich wollte schon die großen menschenumfassende Struktur... also eine starke Leerstelle schaffen mit dem Sorger. Ich wollte das nicht – das ist auch mein Instinkt –, daß jeder sich darauf hin projizieren kann, auf die Erlebnisse, auf den Blick, auf das Ohr, auch auf das Bedenken.

G. Das wird aber dann schwierig in bezug auf die Nebenfiguren, auf den Lauffer...

H. Da ist halt noch so ein Rudiment da, in dem Lauffer, von einer geplanten Erzählung. Da sieht man noch so Fragmente von Romangestalten. Das find ich aber auch ganz schön, daß die eigentlich nur Fragmente bleiben – wie die Indianerin, sein Kollege Lauffer. Das war vielleicht die letzte Erzählung, die man noch verantworten kann, die *Langsame Heimkehr*. Also letzte romanhafte Relikte. Die hab ich halt nicht geschafft zu entwickeln, ich habs auch gemerkt, daß das eigentlich vergebliche Liebesmüh wäre, daß es mir gar nicht drum geht und daß ich da gar nicht mitfühlen kann – obwohl es mir Freude gemacht hat, dieses Kartenspiel zum Beispiel zu erfinden, am Schluß, also am Schluß des ersten Teiles, wo sein Kollege, die Indianerin und er Karten spielen, und er, der jetzt abreisen wird, merkt, daß er gar nicht mehr dazugehört.

G. Und sie ist der Joker.

H. Sie ist sozusagen der Joker.

G. Das kommt ja dann gegen Ende des dritten Teils...

H. Also da träumt er alle diese fragmentarischen Begegnungen träumt er da sozusagen noch einmal, wie ein Kartenspiel.

G. Heißt das nicht, daß er doch eine Entwicklung durchlaufen hat: Im ersten Teil ist die Indianerin der Joker, und dann ist er's selber. Hat das nichts zu sagen? Man ist geneigt, einen solchen Schluß zu ziehen.

H. Steht da, daß sie der Joker ist?

G. Ja.

H. Da kann ich mich gar nicht erinnern.

G. Mit ihren maschinenhaft leeren Augenhöhlen.

H. Das weiß ich. Sie hat die Lider gesenkt, so daß man denkt, die Lider seien zweite Augen. (*Sucht die Stelle im Buch*). Ich glaub, so ganz recht haben Sie es vielleicht nicht zitiert, nicht? »Danach saßen sie zu dritt um den Tisch und spielten Karten, aus einer (...) neuen Pakkung, die die Frau als Abschiedsgeschenk gebracht hatte.« Oder vielleicht ist das später: »Die Karten zeigten Raben, Adler, Wölfe und Füchse; und auf dem Joker bildeten alle diese Tiere einen großen Kreis um ein Indianergesicht in der Mitte.« (S. 79).

G. Ja so ists: »Indianergesicht.« Ich hatte das vorschnell identifiziert.

H. Also es ist nicht die Indianerin gemeint, daß die da der Joker ist.

G. Das war jetzt ein Schluß von mir, ja. Aber liegt es nicht doch nahe, die beiden Stellen miteinander zu vergleichen: Hier ist ein Indianergesicht die Mitte der Jokerkarte, im dritten Teil ist Sorger selber der Joker (S. 202).

H. Ja, das ist ja ganz natürlich, oder organisch.

G. Das würde aber doch eine Art Entwicklung implizieren.

H. (*lachend*) Jetzt werd ich verlegen, weil ich nicht recht mitkomme. Die Entwicklung?

G. Ja, in dieser Strukturveränderung wäre sie beschlossen. Jetzt am Schluß ist er der Mittelpunkt des Spiels, oder die Figur, die alle andern vertreten kann.

H. So hab ich das nicht verstanden. Er träumt halt nur, daß alle Leute, die er kennt, sind Figuren eines Kartenspiels geworden, also vielleicht eben dieses Kartenspiels, das er da im Hohen Norden gespielt hat. Also das ist so eine Aufnahme in die Heiterkeit der Formen, so würd ich das eher nennen. Er als Ich-Erzähler – er ist ja dann der Erzähler: da steht ja dann einmal: »Ich, Sorger«, unter Anführungszeichen (S. 199) – ... er ist sozusagen als Erzähler der Joker. – So gehen eigentlich alle meine Erzählungen darauf hin, daß die Erzählung selber vorkommt als Heldin ... zum Spiel wird, sich auflöst, als ob das Erzählen das große Spiel wäre ... das Einzige, was übrig bleibt, also in jedem Sinn ... was einem übrig bleibt. Was am Schluß übrig bleibt, ist das pure Erzählen. So wie im *Chinesen des Schmerzes*, da ist ja eigentlich nur noch das Erzählen vom Wasser und so weiter. Das kommt mir nur deswegen in den Sinn, weil das mich in dem, was ich jetzt geschrieben habe, wieder stärker beschäftigt hat: das Erzählen, der Erzähler, die Erzählung.

G. Am Schluß der *Stunde der wahren Empfindung* ist es ja besonders deutlich.

H. Ja, der Schluß ist auch dieser ironische Anfang. *Die Stunde der wahren Empfindung* endet so, wie sonst im 19. Jahrhundert die Romane angefangen haben. – Immer spielt bei mir die Form der Erzählung mit, sie spielt sehr oft unterirdisch als Bewegungsmittel mit und kommt oft so dann hervor als benannte Sache (sagen wir so) – im *Chinesen des Schmerzes* sehr oft –: der Erzähler; es endet ja auch im Erzählen: »Der Erzähler ist die Quelle, was ist der Reim auf Quelle?« * – so endet der dritte Teil ungefähr vom *Chinesen des Schmerzes*. – Und der Anfang ist ja schon ... diese Leerform entsteht, wo der Mann hinausschaut auf die Straße und auf die Obus-Kehre ... die Leerform entsteht, die erst die Erzählung möglich macht; also die fruchtbare Leere entsteht, die eine Schwingung ist, die in den alten Erzählungen der Anruf an die Muse war. Das ist bei ihm keine Muse mehr, sondern ist die Leere, und damit kann die Erzählung anheben. So geht es auch durch die ganze Geschichte durch. – Ist zuviel jetzt?

G. Ja. Das Thema »Leere« ist vor allem etwas, worauf ich dann gern zurückkommen möchte, das ist jetzt zuviel. Wenn ich bloß noch anfügen darf zu dem, was ich über das Kartenspiel bemerkt habe: Ihre Bücher verlangen offensichtlich eine andere Art zu lesen als etwa ... wenn jetzt etwa in Hofmannsthals *Andreas* diese beiden Kartenspiele stünden, wär es ganz klar, daß er damit einen Entwicklungsgang hätte signalisieren wollen, daß man sie aufeinander beziehen müßte. Wollen Sie gar nicht, daß man die beiden Bilder aufeinander bezieht?

H. Beziehen schon, aber keinen Entwicklungsgang.

G. Wie soll dann diese Beziehung sein?

H. Ich habs gern – das ist vielleicht musikalisch zu verstehen –, daß es sich in einer andern Variante wiederholt. Aber nicht entwickelt, sondern – vielleicht das Fremdwort: modifiziert. Also das in einer anderen Tonart, in einer andern Weise.

G. Aber man fragt sich dann doch, zwangsläufig: Was will er mit dieser Modifikation mitteilen?

H. Ich frag mich das nie. Ich mein, es kommt mir halt... ich bin immer froh, wenn etwas wiederkehrt, also wenn etwas, was ich erzählt hab, im Verlauf des Erzählens noch einmal wiederkehrt. Zwar nicht beliebig wiederkehrt, sondern in dieser Form des Einrastens wiederkehrt. Dann kann ich wiederholen. Aber ich wiederhol ja nie wörtlich, sondern eben, wie's in dem Moment, wo's wiederkehrt, sich mir zeigt. Das ist wirklich die ganze Lösung. Ich kann's auch nicht anders erklären. Ich *will* auch nichts damit sagen; es kehrt eben wieder. – Wollen wir nicht jetzt aufbrechen?

Während des Mittagessens im Garten des Gasthofs Krimplstetter in Mülln (eingemeindeter Vorort von Salzburg, am nördlichen Ende des Mönchsbergs) kamen wir unter anderm auf die S. 51 erwähnte Stelle aus der »Kindergeschichte« nochmals zu sprechen, zunächst auf den Ortsnamen »Gallizien« (S. 99), der hervorgehoben ist durch die Bemerkung: »Dritter Ortsname in der Geschichte des Kindes« (ebd.). Ich hatte dazu ›Galizien‹, und also Ostjudentum assoziiert, aufgrund der Bedeutung, die dem jüdischen »Volk« in der Erzählung zukommt, zusammen mit der Vorbildlichkeit des fremden Mannes bzw. der »Beispielgruppe« (S. 11 und 25) von Vater und Kind auf dem Schiff; als »Farbe eines Volkes« habe der Erzähler das Schwarz der Kleidung des Mannes neu begreifen können (S. 99). Handke freute sich

über die Mitteilung, daß ein Student herausgefunden hatte, Gallizien sei ein kleiner Ort in Kärnten, in der Nähe von Klagenfurt. Gleichwohl schien er die Assoziation ›Galizien‹, die er direkt weder bekräftigte noch in Abrede stellte, indirekt zu bestätigen, indem er meinte, Paul Celan stamme von dort.
Ich sagte ihm auch, daß ich im Bild des Mannes ein Idealbild von ihm selber glaubte sehen zu können, sowohl aufgrund der beispielhaften Vater-Kind-Beziehung, als auch wegen der Kleidung: dunkler Anzug mit offenem weißem Hemd (S. 98). Als so gekleidet hatte ich Peter Handke in Erinnerung. Er sagte, dies sei eben die gute Kleidung in der Gegend seiner Herkunft gewesen, und er fügte hinzu, daß eine Schiff-Fahrt auf dem Wörthersee zur Zeit seiner Kindheit ein Sonntags-Luxus war.
Ich sprach ihn auch an auf das Bild des Staubes, der sich unter dem ersten Regen zu Kugeln rollt (S. 99). Er verneinte eine Beziehung auf Goethes Divan-Gedicht (»Schöpft des Dichters reine Hand, / Wasser wird sich ballen.«), sagte aber – und dabei geriet er in eine freudige Erregung –, es sei dies sein Lieblingsbild, das er, wo immer sich Gelegenheit bot, verwendet habe, zum Beispiel in den »Hornissen« (oder GB 145). Es gehe zurück auf Erinnerungen an Spaziergänge mit dem Großvater.

NACHMITTAG 9. 4. 1986

G. Mit der »Leere«* habe ich immer Mühe gehabt. Zufällig hab ich eine Äußerung der Lasker-Schüler gefunden: »Dichten ist ganz einfach. Man muß sich nur leer machen, dann senkt sich Gott in einen hinein.«
H. Ja es gibt so viele Bemerkungen, wenn sie die ganze

Weltgeschichte der Kunst und Literatur durchgehen. Denn jeder Künstler wird doch von der Leere sprechen. Es ist ja so seltsam und auch tröstlich, daß durch die Zeiten und durch die Geschichtsepochen durch alle das wiederholen, was der Bursche oder das Fräulein oder die Frau vorher schon geformt, gesagt, verkündet, beiseitegesprochen haben. Es ist in Variationen immer das gleiche. – Die Sache mit der Leere kann man glaube ich nicht im Gespräch anfangen. Die kann man nur in dem Moment, wo sie sich auftut – das ist glaub ich das Verb dazu – abhandeln, sonst wird man pfäffisch, verstehn Sie? Aber eine Erforschung dieses Wortes oder des Wortbildes durch die Geschichte der Menschen, das fänd ich ja eine schöne Sache für einen Forscher. Ich kann jetzt nur rekapitulieren, was ich da formuliert habe, und das ist immer viel schwächer als das, was als Ereignis in dem Moment des Schreibens da war. Das Schreiben ist ja immer ein Ereignis, und das Reden ist... mein Gott, das ist so eine bemühte Sache, die manchmal sich befreit, aber nie sich rechtfertigen kann. Deswegen kann ich mir auch nie vorstellen, vor Gericht gut mich zu verteidigen. Das ist schon wahr. Weil ich schon im voraus denk: Wie kann ich das rechtfertigen. Aber man kann ja nichts machen, indem man sich rechtfertigt.
G. Ja das ist eine Gefahr. Ich hab manche Einwände, und ich wag die gar nicht vorzubringen, weil das dann so Rechtfertigungen hervorruft.
H. Sie haben das ja auch gefälligst zu akzeptieren: die Einheit, in der ich das mache. Das ist ja immer eine Einheit, das ist ein Tag zum andern, und das ist eine einzige Geschichte. Wie kann man da wie ein Beckmesser zu diesem und jenem Satz... Wenn man bei irgend einem

Autor – das ist ja selten genug – eine Einheit sieht oder spürt, dann muß man das halt akzeptieren. Würde man den Goethe, sogar Goethe, so untersuchen, könnte man wahrscheinlich bei jedem dritten Satz etwas anmerken. Ich trau mir das zu. Wenn ich die Lust hätte und wenn das mein sadistisches Vergnügen wär – obwohl (Vergnügen) da ein Euphemismus ist, eine Umkehrung des Gemeinten – würd ich mir zutrauen, ihm bei jedem dritten Satz da irgend etwas ›nachzuweisen‹.

G. Nein, im ganzen akzeptiere ich das, nein, ich bin froh, daß es das gibt, aber ich möcht nicht blinde Gefolgschaft leisten.

H. Ja wo gibts denn das!

G. Ja und wenn es das nicht gibt, dann ist ja klar, daß an bestimmten Punkten sich ein Widerstand regt.

H. Sie glauben an ein Phantombild von einer blinden Gefolgschaft, das gibts ja schon längst nimmer. Wer hat denn das? Eine Gemeinde... das ist doch alles legendenhaft. Das gabs vielleicht nie. Gabs jemals einen Schriftsteller, der eine Gefolgschaft oder eine Gemeinde hatte?

G. Ja.

H. Wer war das? Vielleicht ist der Karlheinz Waggerl hier im Salzburger Land noch einer gewesen.

G. George.

H. Da hab ich überhaupt keine persönliche Erfahrung. Ich glaubs auch nicht ganz. Ich glaub auch, daß das so im nachhinein zurechtgebogen ist. Der wird sicher genug gekämpft haben und sicher genug gestritten haben, und diese paar Leute haben halt sich vielleicht um ihn geschart, weil's halt einsam waren. Aber die haben ihm sicher auch nicht die Treue geschworen, die werden sicher auch mit ihm gestritten haben oder zumindest untereinander gewisse Blicke ausgetauscht haben. – Ich weiß es nicht. Diese Mythifizierung von Gefolgschaft und Gemeinde ... ich glaub nicht, daß das stimmt. (...) Es ist ja alles Parteiung mehr als Gefolgschaft, oder Zersplitterung mehr als Treue – also ›ich halte zu dem, weil der andere so und so böse zu dem ist‹. Ich möchte wirklich einmal ein freies Mitgehen, Mitdenken erleben, das ist ja viel schöner, und dann irgendeimal streitet man. Es muß doch eine Gewißheit da sein, daß der, der's verfaßt, von einer gewissen Position ausgeht, die überhaupt keine künstliche ist, die er selber mit jedem Wort neu schaffen muß. Dann ist es ja keine Schwierigkeit, mit dem mitzudenken – und auch dem zu widersprechen natürlich ...

G. Ja eben ...

H. ... eine Lust zu widersprechen; ich widersprech auch sehr gern. Alle die – das ist in Deutschland viel mehr als in Österreich – ... die als Schriftsteller auftreten und eine gewisse ... auf die Kothurne geraten, vielleicht ohne das selber zu wollen, die glauben dann an ihr Amt – müssen es auch. Ich denk, jemand wie Grass, daß der vielleicht glaubt, er muß da dauernd auftreten als politischer Mensch und fühlt selber überhaupt nichts mehr von dem Naheliegenden, hat überhaupt keine Lust mehr, was zu erzählen, was ihn wirklich betrifft, wo ihm ein bißchen das Herz aufgeht. Man kann doch wirklich nur von dem schreiben, wo einem das Herz aufgeht – und natürlich in der Dialektik zu dem, was einen erzürnt. Aber die werden ja alle sofort Staatsschreiber. Andererseits ... also in Österreich ist das nicht die Gefahr. Da werden wir halt sektiererisch. Irgend einen Hieb, einen Stich, irgend eine Seitenlage hat

jeder Künstler. Auch der Ludwig Hohl bei euch in der Schweiz. Das Große, das Reine, das Dingliche, Wahrhaftige, wird erkauft durch eine gewisse Art – mit einem neudeutschen Wort zu reden – von Bescheuertsein. Die biedermännischen Schreiber wie der Dürrenmatt oder der Frisch, ich weiß nicht, ob das irgendwie auch nur vergleichbar da heranreicht an das, was der Walser – ich mein den Robert Walser – und der Ludwig Hohl erreicht haben. Mich interessiert das nicht, das wird vergehen wie die Spreu im Wind. – Irgend ein Spinnen und ein Danebensein, ein gewisses Gehabe, ein Aufbrausen...: jeder... Max Beckmann hat einmal gesagt, ein Künstler hat das und das erreicht und er verlangt zu herrschen. Das ist ja das Problem. Und er weiß genau, er kann nicht herrschen, er will nicht herrschen; aber das, was er mit seinen Werken geschaffen hat, seine Werke verlangen zu herrschen, er nicht selber. Die herrschen natürlich nie, also wird er schlecht gelaunt oder will eine Macht ausüben, die...
(*Lücke durch Auswechseln des Bandes.*)
Dann wird er schon wissen, daß seine Werke in der Mitte sind; aber er selber als Person ist, wie man in Österreich sagt, im Eck oder am Rand.
Es war so ein einzigartiger Moment in der Geschichte, als Goethe aufgetreten ist, auch durch die Geschichte der Kleinstaaten begünstigt, und vor allem durch die eigene Sehnsucht nach Reinheit, nach Dramatisierung des Bedürfnisses nach Reinheit, zu einer Mitte Europas geworden ist. Man kann auch nicht von jedem sagen, der irgendwie von ihm lernt, an ihm sich aufrichtet und ihm – warum nicht das Wort verwenden – nacheifert, daß er nun sein Epigone wäre. Herrlich geht das durch die Geschichte, Goethe hat nicht angefangen; es hat an-

gefangen – weiß nicht was: mit den ersten Sagen, ist dann weitergeführt worden mit Pindar, vorher war schon Hesiod, Homer: es geht alles durch. Natürlich will der Verantwortliche für ... für ... für so ein paar Schwingungen, wo noch ein Hauch von Gerechtigkeit auf der Erde erscheint, also in der Kunst, will natürlich nicht mißachtet werden, das verträgt er schlecht – also als Person. Und trotzdem weiß er, daß das sein Los ist, daß da die mit dem Finger auf ihn zeigen und daß der eine sagt, in unserm Medienzeitalter: Dich kenn ich vom Fernsehen, und der andere schaut ihn bös an, weil er seine Sachen in der Schule hat schon aufgebrummt bekommen, zu lernen oder Fragen zu beantworten. Mein Gott, das ist ein Spießrutenlaufen. Das Volk, zu dem er will, ein Künstler – Künstler und Volk, das ist die engste Symbiose, oder die größte Sehnsucht, die der Künstler hat – ... es ist ein Spießrutenlaufen, wo er nie zum Volk kommt. Das wird er akzeptieren, wenn er älter wird – oder auch nicht. Oder er wird verrückt werden wie Nietzsche, der einer der größten Kindsköpfe und liebenswertesten Menschen war, der sicher nur im Sinn gehabt hat, aufgenommen zu werden, von irgend einem arischen Menschen ... Ja ich verhasple mich, aber es macht ja nichts.

G. Um zum Ausgang zurückzukehren: Ich will nicht beckmessern, aber ...

H. Da müssen Sie mir halt immer genau sagen, was Sie für Sachen meinen.

G. Wenn ich jetzt kritisiere, dann nur aus dem Grund, weil ich eigentlich das, was Sie machen, gern als vorbildlich akzeptiere. Es sind aber bestimmte Punkte, wo ich Mühe habe, und ich möchte gern, daß ich da klar durchsehe und auch das akzeptieren kann, und zwar aufgrund von genauem Verstehen.

H. Versteh ich auch. Es gibt bei allem, was ich schreibe, vor allem bei den sich einheitlich wollenden Geschichten oder Sachen, gibt es diese und jene fragwürdigen Momente des Übergangs, also wo der Übergang beliebig ist – nicht ganz beliebig ist, aber es könnte auch ein anderer sein oder es müßte ein besserer gefunden werden, es müßte ein mehr zwingenderer gefunden werden. Aber Sie können mir glauben, daß mich das quält alles bis durch die Nächte durch, es holt mich aus dem Schlaf heraus, wenn ich, auch ohne es zu wissen, ein bißchen geschwindelt habe. Und das ist ein endloses Grübeln, bis ich dann eine wahrhaftige Lösung gefunden habe. – Ich möcht jetzt nicht gegen Thomas Bernhard herziehen, aber wenn man liest, wie er seine Suggestionssuade herstellt: da ist überhaupt kein Problem mehr von Erzählen, kein Problem eines Gegenstands mehr, vor allem kein Problem eines Übergangs mehr – weder zwischen den Räumen, zwischen einem Raum und dem anderen, noch zwischen den Zeiten, noch zwischen Personen –, weil alles ein rhetorischer Fertigbau ist. Und es ist so verächtlich für einen, der von einem andern Schriftsteller, von einem andern Künstler so lernen möchte, und so sich aufrichten möchte an dem, und auch den braucht, also wirklich braucht – ich möcht ja nicht allein auf der Welt sein –, daß man verzweifelt, wie wenn ein Spiegelreporter als Schriftsteller auftritt: So schreibt Thomas Bernhard in den letzten Jahren. – Für mich ist ja immer das Herrlichste oder das Erfreulichste, wenn ein anderer, der selber schreibt, sagt: Also von Dir und Dir, von dem und dem, was Du da geschrieben hast, hab ich mich besonnen auf das, was ich machen möchte; ich hab das überhaupt nicht nachgeahmt, ich hab nie eine Insinuation bekommen, so wie

Du zu schreiben, sondern ich bin von Dir auf meine eigene Weise gebracht worden. Das denk ich schon, daß im Lauf der Jahre mich das am meisten freut, wenn ich Leser hab, die selber schreiben, und die mir das sagen, daß sie von dem, was ich gemacht habe, auf die eigene Problematik zurückgeworfen worden sind: Was war ihr Ausgangspunkt, was wollten sie eigentlich am Anfang, und wovon sind sie abgebracht worden. Also sie sind auf ihren Ursprung zurückgeworfen worden. – Mit dem Schwindel: das hab ich früher manchmal schon gemacht, es gibt so manche Momente, weil ich ein großer Anhänger der Linearität im Erzählen war: eins nach dem andern, in dem Sinn: er tat das, und dann dachte er das, dann sah er das, dann hörte er das. Das war halt die große Befreiung aus der Psychologie der Romanciers des 19. Jahrhunderts, daß man zumindest den ersten Teil von dem *Fremden* von Camus sich als Vorbild hat nehmen können. Er schreibt nicht von Gefühlen, erzählt nicht von Gefühlen, sieht das und das, ist gleichmütig, und trotzdem merkt man eine ungeheure Kraft und eine Sehnsucht drin, also das Leben zu behaupten, was er in sich spürt; daß das sein Gesetz ist. Daß dann im zweiten Teil dieser Mensch zum Tod verurteilt wird und daß ich das schwach finde, das ist ein anderes Kapitel. Damals hatte ich nicht diese Problematik, in meinen jungen Jahren, da wollt ich eben genau so schreiben, wie es mir entspricht, und Camus hat mich eben... Camus oder auch Kriminalautoren haben mich irgendwie auf meinen Weg gebracht. Aber der Weg ist nie vorgezeichnet, ich kann dem nicht einmal als Strickmuster nachgehen.

G. Es müssen ja nicht unbedingt Schriftsteller sein, auf die Ihr Werk dann so wirkt, daß sie im Eigenen bestärkt werden. Es kann ja auch einfach ein rezeptiver Leser sein. Ich glaube, da liegt sogar eine Schwierigkeit, der Ihre neueren Arbeiten begegnen: daß Sie nicht eine Richtschnur geben, wie man zur Welt sich verhalten kann, sondern nur die Aufforderung an den Einzelnen, jetzt selber aktiv zu werden auf seine Weise.

H. Eine Aufforderung ist gar nicht drin, es ist mir auch selber eine große Ratlosigkeit, die aber eine leidenschaftliche Ratlosigkeit ist. Also es genügt mir nicht dieses Positivistische, Festhalten der Dinge, zugleich mit jugendlichen Wunschvorstellungen. Das gilt auch nicht mehr. So wie im *Tormann* einfach eine Straßenbahn zu beschreiben und Zeitungsleser und das Kinogehen, einfach sozusagen wie ein Historiker den Nachmittag eines Herumtreibers oder eines Herumirrenden festzuhalten, da hat mich einfach die Leidenschaft dafür verlassen. Dafür hat sich eine andere Leidenschaft eingestellt, die ist viel weniger zu fassen. Es ist eine Leidenschaft – wie soll ich sagen – (*lange Pause*) –, es ist eine Leidenschaft, die den Räumen gilt, wie Sie ja auch bemerkt haben. Und die Räume lassen sich fast nicht erzählen. Also da gibts ganz wenige Momente in den Räumen, wo die Räume, die einem ja so gut tun, ohne die man nicht über sich hinausgehen kann... daß es da Momente gibt, wo die Räume dann erzählbar werden. Und diese Momente sind ja ungeheuer selten. Da gibts überhaupt kein zusammenhängendes Rezept wie in dem Schreiben ›Er sah das und das, er fühlte das, er erlebte das und das, dann kam das Flugzeug am Himmel, dann lief ein Pferd übers Feld‹, was mir immer ein schönes Ideal ist: da kann man kurze Sätze bilden, ein Satz gibt den andern, eine Suggestion gibt die andere. Aber das ist eben bei mir nicht mehr der Fall. Ich bin ratlos – und hab aber doch (*lange Pause*) eine immerwährende Anwandlung, etwas festzuhalten, und deswegen frag ich mich auch sehr oft, ob nicht die Form eines Notizbuchs – nicht eines Tagebuchs, sondern eines über die Person hinausgehenden, nur aus Betrachtungen, Beobachtungen, bezeichnenden Träumen bestehenden Notizbuchs – die bessere epische Entsprechung wäre als jede nur durch Kampf, Warten, Geduld und auch Hoffnungslosigkeit sich zusammenfügende Erzählung. Ich frag mich das einfach. Also mein Ideal wär, beides zu verbinden, wissen Sie? Also das Epische, das Zusammenhängende, sich Zusammenfügende zu verbinden mit dem Disparaten, mit dem Sprunghaften, mit dem Augenblickshaften, mit der Notate, daß beides zusammen eine Einheit ergäbe, eine völlig organische, daß sich sozusagen das große Epos und die kleinen Dinge des Alltags, die mich ja oft ... oft berührt mich ja ein Zitronenfalter, der durch den Garten fliegt und alle Dinge deutlicher macht durch seinen Flug, durch seine Farbe, viel mehr als die neuesten Nachrichten, die ich um sieben Uhr früh gehört habe ... daß ich beides – nicht die Nachrichten, aber die Angst vor dem Krieg oder meine Wut gegen den Krieg und meine Lust zu kämpfen *und* meine Berührtheit durch das Kleinste – in eine seltsame Form zusammenbringe, die aus dem Aufzeichnungshaften und aus dem Epopöhaften oder Dithyrambischen ... und alles Lyrische kommt ja dann natürlich hervor, ohne daß man das so zusammenklittert und ohne daß ich mir vornehme, jetzt das und das zu machen; daß ich mir zum Beispiel denk: dieses Jahr wird dieses Jahr sein; wo ich kein Thema hab, sondern nur die Welt walten lasse. Was auch immer mir erscheint und was mir sprachlich faßbar wird, notier ich, und sowie das zur Erzählung wird, dieses Notierte, soll es zur Erzählung werden, so lange nur mein Atem reicht; wie der Atem aufhört, hört es auch auf, und die Notate fangen wieder an. Schwingt sich das auf, zwei Dinge kommen zusammen und fügen sich auch in der Sprache zusammen, wird es zum Gedicht. Und alles bildet aber doch die Einheit dieser Person. Das ist eigentlich mein Ideal. – Aber Sie haben ja gefragt, was die Leser davon haben, die nicht selber Schreibende sind. Ich kann vielleicht nur so ausschweifend dann antworten.

G. Es ist mir nur aufgefallen, in der Rede der Nova in *Über die Dörfer*, da spricht sie zu den Künstlern, und darauf heißt es dann: »Ihr andern« – also Nichtkünstler. (S. 114).

H. Wahrscheinlich, ja. Ich kann mich jetzt nicht so genau erinnern.

G. Primär richtet sie sich an die Künstler.

H. Ja sicher ist die Rede der Nova eigentlich mehr eine Apotheose der Kunst als irgend eine religiöse Beschwörung. Es ist eine Apotheose der Form.

G. Und der schöpferischen Phantasie.

H. Ja, sicher, es hat gar nichts mit Metaphysik zu tun.

G. Aber es ist doch darin enthalten, daß nicht nur die Künstler, die schreibenden oder malenden, diese schöpferische Phantasie aufbringen sollen, sondern jeder, in seinem Verhältnis zur Welt.

H. Das wird wohl damals so gefühlt worden sein.

G. Ist nicht so gemeint?

H. Gemeint ist überhaupt nichts. Es ist vieles instinktiv. Jeder Satz ist aus einem Instinkt genommen und überprüft worden von meinem Verstand. Und das Zusammenfügen war dann das Spiel dieser Sätze. Aber gemeint ist da überhaupt ... das war einfach eine Widerrede gegen das Weltende, was sich da anbahnt aus der Geschichte des Stückes. Eine Widerrede, die ich gar nicht wollte, die sich unwillkürlich im Bedenken des Dramas bei mir eingestellt hat. Satz für Satz hab ich gedacht, man kann ja ein Stück nicht so aufhören lassen – also daß der Hans am Schluß zweimal sagt: »Wie verlassen die Menschheit ist«, als ob wirklich der Karfreitag endgültig wäre. Das, hab ich gedacht, ist doch zu billig. Das hab ich gespürt, und da haben halt sich so ein paar Gegensätze gebildet, also ein paar Widerreden gebildet – und die hab ich dann richtig montiert, wie man Montage macht. All die Zeit an der Arbeit, wie ich von der Arbeit weggegangen bin, hab ich gedacht: So kann ich das doch nicht enden lassen; da hab ich halt mich an meine frühere Erfahrung mit Montage erinnert und das so zusammengefügt, die Sätze, die dagegen gesprochen haben, gegen das Ende der Welt.

G. Die Rede der Nova, das war gar nicht das Ziel?

H. Nein, nein, das hat sich so ergeben. Natürlich nicht.

G. Sie haben eigentlich abgeschlossen mit dem Hans und gedacht: So gehts nicht.

H. Das hab ich schon vorher gewußt, also im Verlauf der Begebenheiten (*lacht*) ist mir schon klar geworden ... Ich hab im Moment gedacht, wie der das gesagt hat, das wär eigentlich stark genug, für ein richtiges Theaterstück wär das ein toller Schluß: »Wie verlassen die Menschheit ist!« Und dann werden alle entlassen, die Zuschauer, und sind total betroffen und geläutert. Aber irgendwie – ich weiß nicht warum ... wahrscheinlich vom künstlerischen Standpunkt, wie man das früher so getan hat, wär das das Richtige gewesen, aber ich habs vor mir selber nicht... Ich wollt es nur so ein bissel auslaufen lassen, irgend so eine andere Musik da hineinkommen lassen. Obwohl, ich hab da auch nichts zu rechtfertigen.

G. Es ist ja schon vorbereitet in der Erzählung der Frau auf der Baustelle: die erzählt ihre Kindheitserinnerung von dem Bildhauer, und dieser Bildhauer, das ist eigentlich der Dichter, das ist ja der, der durch seine Phantasie das Tal ganz neu macht...

H. ja, so häßlich und verbaut es auch ist.

G. ...und als Erlöser – »Menschensohn« wird er ja genannt – ...(S. 26).

H. »Menschensohn« ist aber da in einer anderen Bedeutung gemeint, also er ist des Menschen Kind überhaupt, er ist das Kind unter den Menschen.

G. So ist es gemeint?

H. Ja, freilich, nicht als Erlöser oder Christus. Nein, er ist der Sohn der Menschen, das Kind der Menschen, auf das die Leute besonders achtgeben müssen, daß es nicht verkommt.

G. Und die Nova verkündet doch eigentlich nichts anderes, als was die Frau schon erlebt hat mit dem Bildhauer?

H. Ja, das stimmt schon. Das ist die große Apotheose, das hab ich ja nicht so gedacht, aber das fand ich dann ganz schön, daß das so ausartet da am Schluß.

G. Also die Apotheose der schöpferischen...

H. Ja...

G. ...Phantasie...

H. ...genau so.

G. ...des Künstlers...

H. Genau.

G. ...der die Welt umgestaltet...
H. Genau so hab ich das empfunden. Insofern haben Sie ganz und gar recht: In jedem Zuhörer wird das Tiefste angesprochen, also der Künstler, in der Anrede der Nova: Bedenkt was ihr überhaupt seid... Ich kann es im nachhinein so schlecht klären.
G. Mich hat sie an die expressionistischen Schlußmonologe erinnert, zum Beispiel in Tollers *Wandlung*, wo der Friedrich die Masse anspricht, und seine Rede kulminiert in der Aufforderung: »Werdet Menschen, die ihr seid!«
H. Naja, schön, was soll ich machen?
G. Ich find das ja nicht schlecht, mich hat es sogar gefreut, daß jetzt das expressionistische Pathos...
H. Das hat sich halt so ergeben.
G. ...wieder zurückkehrt.
H. Ich hab schon auch gewußt: Das ist ein ordentlicher Brocken, den ich da loslasse, und es wäre schon vom Standpunkt der dramaturgischen Schlauheit viel besser, würd ich das vorher mit diesem Aufschrei des (*atmet tief ein und wieder aus*) »Mein Gott warum hast du uns verlassen!« aufhören können. Naja. Aber es hat mir halt was gefehlt – mir selber; ich habs eigentlich auch um meinetwegen geschrieben. Es wird sich noch herausstellen.
G. Die Phantasie mache alles neu: Jetzt fragen natürlich die Leser (und ich identifiziere mich mit der Frage): Wie wird das dann aussehen? Ist es so, wie Caroline Neubaur bemerkte: Die Gefangenen, die Eingesperrten, halluzinieren sich eine schöne Welt und vergessen die Mauern? Heißt es: Die Mauern können bestehen bleiben, ich brauch sie nur umzuphantasieren und die Bäume drauf zu projizieren, das offene Feld?*

H. Die sind auch nicht hinter Mauern, die dramatischen Personen; die haben einen Konflikt, den können wir alle auf uns übertragen, wir sind ja keine Gefangenen.
G. Ich als Leser fühl mich als Gefangener.
H. Und Gefangener wessen, von wem gefangen?
G. Von dieser Realität, die Sie auch beschreiben: alles zubetoniert und verwertet – und von da spricht mich dieser Aufbruch an, der im Stück drin ist. Und dann frag ich mich sofort natürlich: Wie kann ich mich jetzt praktisch verhalten? Nur als Einzelner halluzinieren – oder gibt es noch etwas anderes? Wie das im Expressionismus war, wie Landauer gedacht hat: Besinnt euch auf euch selbst, daß ihr Menschen seid, und das wirkt dann wie ein Schneeball, der zur Lawine wird ... daß die neue Sicht auf die Welt, wenn sie nur genug Leute erfaßt, dann auch die Realität tatsächlich ändert. Ist irgend so eine Hoffnung damit verbunden, oder interessiert Sie das gar nicht?
H. Also ich muß wirklich gestehen, daß mich das nicht interessiert. Mich interessiert wirklich nur, das geschrieben zu haben. Und mich interessiert auch nicht, überzugehen jetzt in die Handlung, also im äußersten Fall in die Politik.
G. Also das war die Eigenart aller dieser expressionistischen Aufbrüche.
H. Ja, ich hab das schon begriffen. Nein, ich weiß ganz genau, jetzt mach ich das, und mach das mit dem äußersten Einsatz, und dann weiß ich: Würd ich das jetzt weitermachen, müßt ich aufhören zu schreiben. Aber, wie ich Ihnen gesagt hab, mein Ansatzpunkt ist, daß danach ein anderes Spiel kommt, das schon anknüpft an das, was ich da grad veranstaltet habe, aber das nicht übergehen darf in eine Verwirklichung oder in einen

Vorschlag, den ich auch nicht mehr am Platz finde heut; ich kann keinen politischen, keinen Lebensvorschlag machen, ich kann höchstens in meiner Gemeinde oder in der Stadt, in der ich lebe, dies und jenes eingreifen; aber ich hätte überhaupt keinen Vorschlag zu machen, wie jetzt der Übertritt passieren könnte von der Betroffenheit durch ein Kunstwerk zu einer Änderung des Lebens. Der Appell – nein, das ist eine Binsenweisheit –: der Appell, wenn er glaubhaft und ausführlich und schwingend: musikalisch, und selber zittrig ist von dem, was einen betrifft, dann wirkt er. Was er wirkt, das kann man nicht transitiv benennen: er bewirkt das und das. Das können Sie doch von keinem Stück Literatur verlangen. Also ich, würd ich das Stück sehen, würd ich zurückgehen in meine eigene Welt und denken: Was kann ich da, in dem Umkreis, in dem ich bin, auseinanderreißen und wieder auffrischen und besser machen – »besser machen« ist schon einfach fürchterlich didaktisch. – Jedesmal, wenn ich ein Gemälde gesehen hab oder ein paar Takte gehört hab: das ganze, was erreicht wird, das ist, daß die Welt nicht total zugrunde geht – also es wird aufgehalten etwas, es wird die Katastrophe höchstens aufgehalten. Alle Kultur ist ja immer nur dagewesen, daß man wenigstens auf einem halb...auf dem mindest erträglichen Status von Menschen bleibt, nichts anderes. Ich denk nie an ein Paradies. Alle Kunstwerke haben nur geschafft, daß es nicht total bestialisch wird, nichts anderes. Daß die große Bestialität, die in uns allen ist, aufgehalten wird, daß ein Riß im Bestiarium verstopft wird. Überall bricht es im nächsten Moment wieder auf und wird wieder verstopft. Das ist die Kultur, nichts anderes. Nie wird es was anderes sein, nie. Und das ist aber groß genug.

G. Der Appell könnte dann bewirken, daß die Bestialität etwas weniger schnell aufbricht, oder daß mancher zögert...

H. Genau so, nicht mehr. Ab und zu ein bißchen zurückgehalten wird, oder verlangsamt wird. Nichts anderes. Nichts mehr ist zu erreichen.

G. So ist aber der Ton des Gedichtes nicht.

H. Ja der Ton muß immer anders ... der ist ja auch anders; das Pathos und die Verzweiflung und die Grandiosität im Menschen, die gehn ja zum Himmel hinauf. Und irgendwie ist halt ein kleiner Ton da, ganz, ganz, ganz... der bricht hervor und ist für diese Zeit, für diese zehn, fünfzehn Minuten da, die die Nova spricht. Und dann verstummt er, dann verklingt er wieder. Und dann kommt ein anderer und sagt was ähnliches, fünf Jahre später, oder zwei Jahre später, oder zehn Minuten später in Ecuador. – Der Ton ist natürlich stark. Das kann man wieder nur einmal im Leben haben. Das kann man nur einmal im Leben so... Aber zugleich ist der Ton ganz tonlos. Also ich hab die Ansprache der Nova immer in mir im Vergleich zu dem, was vorher passiert war – Wechselreden, es ist ein Stück aus Wechselreden –, ganz und gar tonlos erlebt. Was sie sagt, ist an der Tonlosigkeitsgrenze. So hab ich mir das auch vorgestellt. Es steht ja auch vorher: »Das Reden fällt ihr immer wieder sehr schwer.« (S. 109) Dadurch wirkt es auch, glaub ich. Sie spricht mit versagender Stimme, was der Fall ist. Also das hab ich ja in den Notizen einmal aufgeschrieben: »Nur das Grenzwort, das Mit-versagender-Stimme-sagen-was-der-Fall-ist, das wird gehört werden in Ewigkeit.« (PhW 33) Das weiß ich auch. Nicht die Machtworte.

G. Auf mich hat das Gedicht überhaupt nur darum gewirkt, weil ich die Widerstände spürte, gegen die es angesprochen ist.

H. Ja natürlich, es kommt ja nicht aus einer Mitte heraus oder von einem Dichterton herunter. Es kommt wirklich vom Rand, kommt nicht mit letzter Kraft, aber es ist mit tonloser Stimme gesprochen. Und der das sagt, der redet sich ja selber damit auch gut zu. Er gebraucht zwar keine Ausreden, aber er redet sich selber gut zu.

G. Aber das himmlische Jerusalem, das ja auch die Utopie von Hofmannsthals Andreas-Roman ist, das scheint doch auch auf dahinter.

H. Sicher wirkt es mit, aber es wirkt bei mir nie als Ziel, schon lange nicht; ich glaube nicht, daß das irgendwie erreichbar ist. Mir wird auch sehr bang zumut, wenn ich das himmlische Jerusalem in irgend einem Gebäude, oder in einem Berg, oder in einem Stück Himmel erblicke, wirds mir eher (*Pause*) schwermütig zumute.

G. Weil dann alles zuende ist?

H. Ja, ich kanns mir nicht vorstellen. Das Irdische, das Alltägliche, das Kleine hab ich irgendwie liebgewonnen. Und dann höchstens einmal ausruhen in der Weite. Aber dann hat die Weite ja auch keine Grenzen mehr. – Aber das sind Binsenweisheiten.

DONNERSTAG, 10.4.1986

Das Wetter hat umgeschlagen, bald wird es schneien. Wir sitzen im Turmzimmer, Peter Handkes Arbeitsraum.

H. Möchten Sie noch eine Tasse Tee?

G. Danke.

H. Gut.

(*Schweigen*)

H. Wie gefällts Ihnen hier im Zimmer?

G. Sehr gut.

H. Nicht sehr kultiviert, gell, es ist keine richtige...

G. Nein, ich finds schön so. Asketisch.

H. Asketisch find ichs nicht. Ich habs sehr gern, ich finds irgendwie gemütlich.

G. Es ist so schön; dort die Weite und da die Nähe.

H. Zum Arbeiten ist die Nähe irgendwie erfreulicher. Wenn man nur in die Weite sieht, wird man leicht beklommen, beim Arbeiten. Beim Sehen ist alles recht.

(*Schweigen. Ein Vogel draußen zwitschert.*)

H. Jetzt hört man wieder die Vögel.

G. Ist ja recht. Bloß nicht so laut wie gestern.

(*Langes Schweigen*)

H. Das sind Haselkätzchen, die herunterfallen im Wind.

G. Sind schon verblüht.

H. Ja. Sie haben auch ganz lang gebraucht, bis sie aufgeblüht sind. Ich war in Paris anfang Februar, da waren die schon ganz gesträubt, und hier hat es fünf Wochen länger gedauert.

(*Schweigen. Der Vogel draußen macht sich wieder bemerkbar.*)

G. Ich muß jetzt schauen, daß ich, was mir vorschwebt, nicht in einer zu engen Art formuliere. Es ist mir nämlich gestern aufgefallen, daß Sie fast alles abwerten, was über das Handwerkliche des Kunstwerks hinausgeht. Und auf mich als Leser wirken vor allem Ihre Schriften seit der *Langsamen Heimkehr* so, daß damit etwas über das Literarische Hinausgehendes noch, wenn nicht intendiert so doch gegeben wird, also in der Art, wie Hofmannsthal über Stifter geschrieben hat, daß er ein höchstes Dichterisches geben wolle, das zugleich Lebensform wäre.

H. Und Sie meinen, ich weigere mich, oder ich wehrte jedes Sprechen darüber, über dieses, was über das Literarische hinausgeht, ab? Das ist eigentlich...

G. Ja, ich könnt es verstehn...

H. Ich wehr das sicher nicht ab, aber es ist so schwer darüber zu reden...

G. Eben.

H. ...oder es ist eigentlich kaum drüber zu reden. Aber es ist drüber zu schreiben. Mir ist bewußt, daß ich grade mit den Arbeiten der letzten Jahre eine Grenzüberschreitung gewagt habe oder eigentlich, besser gesagt, unternehmen mußte... daß die Literatur im Laufe der Zeit viele Positionen aufgegeben hat und sie entweder dem Obskurantismus oder der Leier der Religion überlassen hat, und mir wars schon klar, daß es darum geht, viele Positionen zurückzuerobern, die vormals zum Wesen...oder ein Beweggrund der Literatur gewesen sind. Aber das kann man eben nur praktizieren, im Erzählen, was für mich *Um*-schreiben bedeutet. Also drüber zu reden fällt mir...ist fast unmöglich. Oder man muß auf die Gnade des Moments warten; daß in dem Moment das Erlebnis, der Stoff wiederkommt, so daß man's aussprechen kann. In so einem Gespräch hier sitze ich ja nicht gebeugt über ein Blatt Papier und versetze mich zurück in das Erlebnis und suche die Form des Erlebnisses herauszufinden. Ich bin im Reden... das Reden ist nicht meine Kunst, obwohl ich es gerne hab und ohne es auch gar nicht auskommen möchte und auch wirklich im Reden etwas erforschen und herausbringen will. Aber das müssen wir halt beide machen.

G. Sie sprachen, ich weiß nicht mehr wo, von einem Vorschlag an den Leser...

H. In der *Sainte-Victoire*. (S. 57f.).

G. ...als welchen sie das verstünden, was Sie schreiben. Und »Vorschlag«, das richtet sich ja nicht jetzt einfach an die Schriftsteller, sondern doch an jeden Leser: ein Vorschlag, wie man zur Welt sich verhalten könnte?

H. Ja ich sagte an der Stelle*, daß es nicht jene Vorschläge sind, von denen Brecht gesprochen hat, daß er auf seinem Grabstein die Inschrift haben wollte: Ich habe euch Vorschläge gemacht, so ungefähr, und wir haben sie angenommen...also keine gesellschaftspolitischen Vorschläge sind, sondern sehr sachliche Fragen. Mir kommt es eher drauf an, die richtige Frage endlich zu finden. Das ist jetzt sehr schwierig. Also daß aus einem Problem, das einem – was vielleicht auch zum Schreiben gehört – seit unvordenklicher Zeit beschäftigt, auf einmal die richtige Frage entsteht. Diese Frage kann ja sehr langwierig sein, auch sehr gewunden, das ist ja auch ein Merkmal einer dramatischen und sich selber dramatisierenden Frage. Aber sowie ich endlich die Frage gefunden hab und auch den Moment, die Frage zu stellen, denk ich auch, daß meine Arbeit für andere, natürlich nicht nur für die lesenden Schriftsteller, sondern für die Leser überhaupt, ihren Sinn hat. – Aber ich möchte doch drauf beharren, daß es mir etwas bedeutet, im Leser den Schriftsteller zu wecken. Er muß ja auch dann nicht wirklich sich hinsetzen und etwas aufzeichnen, sondern er fühlt sich selber als der schöpferische Mensch, der er ja ist. Und das dann zurückzubekommen von dem Leser, das Schöpferische, was in ihm ist, das kann ich schon beglückend nennen. Wir müssen ja nicht den jetzt als Autor bezeichnen, der Literat ist oder eingetragen ins Berufsverzeichnis.

G. Und woran sehen Sie dieses Schöpferische des Lesers, von dem Sie sagen, daß es beglückend sei, wenn Sie's zurückbekommen?

H. Ja es ist oft nur ein Satz oder ein Wort, an dem man merkt oder spürt, daß derjenige zum erstenmal in seinem Leben zur Schrift gegriffen hat oder zur Schrift fähig war, zum Schreiben fähig war, und das auch vielleicht nie wiederholen wird; würd er das wiederholen in einem zweiten Brief oder in einem zweiten Zettel, dann wäre das eben nicht mehr der Fall. Man spürt, einmal im Leben konnte er sich aufschwingen, das aufzuschreiben, was ihn schon seit jeher beschäftigt hat; und durch das, was er gelesen hat, wurde er dazu fähig, und hat selber eine Sprache gefunden; aus dem täglichen Jargon oder Jammern oder bloßen Seufzen hat er herausgefunden zu einer Formulierung. Nicht zu einer Formel, sondern zur Form. Man merkt es an der Reinheit der Sprache, die einem entgegenkommt: an der Spontaneität, Reinheit, und auch an der Einmaligkeit.

G. Kann man das so verstehen, daß er von einer unartikulierten oder mit falschen Erklärungen zugestellten Ratlosigkeit jetzt zu einem – nicht Begriff davon... aber daß dieses Ungestalte eine Gestalt angenommen

hat in ihm in der Art einer bestimmten Frage, die er jetzt stellen kann?
H. Das ist einerseits richtig, aber andrerseits muß es bei ihm natürlich nicht allein eine Frage sein, sondern es kann seinerseits eine Erzählung werden oder ein Bild; oder ein Stoß-Seufzer, den er vielleicht oft ausgestoßen hat, der geht ins Offene – diesen Hölderlinschen Ausdruck, ohne ihn mißbrauchen zu wollen, hab ich mir auch angeeignet. Vielleicht, wenn das nicht zu hoch gegriffen ist, vielleicht ist der Ausdruck der Brüderlichkeit, oder der Eindruck der Brüderlichkeit, durch ein Lesen, das eben zugleich ein Begreifen ist, der entsprechende. Vielleicht, anders gesagt, die Vorstellung, nicht allein zu sein. Aber auch nicht in einer Hierarchie untergeordnet zu sein, sondern gleichrangig zu sein mit anderen Menschen. Ich glaub, daß das schon ein Grund zur...wie soll man sagen...zur Lebensfreude oder zum Weitertun ist. Ich kann das jetzt nicht so...nicht genauer sagen.
G: Sie drücken das ja mit dem Wort – dem mißverständlichen, wenn man nur oberflächlich lesen würde – ...mit dem Wort »Volk« drücken Sie das doch aus? Also diese verstreuten Einzelnen, die sich gar nicht kennen – und sich aber dann doch nicht mehr allein fühlen.
H. Ja, ich hab ja heute früh grad in den Briefen der Rahel Varnhagen weitergelesen, als sie zum erstenmal Goethe trifft*: sie wollte ja nie ihm zeigen ihre lebenslange Zuneigung zu dem, was er geschrieben hat, und als er dann von sich aus sie eines morgens besucht, ist sie noch gar nicht recht angekleidet – wie man damals gesagt hat: mehr im Négligée – und wirft sich da eben so einen Überrock drüber, und als er dann aber weg ist – er

ist nur kurz da und ist dann gleich wieder verschwunden –, dann hat sie das Bedürfnis ... dann erst zieht sie sich richtig schön an, als ob er noch da wäre. Also sie zieht sich einfach ein Kleid mit hohem schönem Kragen an und irgendwie ein wunderbares Tuch. Was mir da besonders auffällt: daß sie dann sagt: Ich fühle mich gleichgeordnet, also ich fühle mich – in dem Sinn – auf gleicher Stufe mit ihm, und daß das gar nicht unbescheiden klingt, und daß durch die Begegnung mit ihm sie sich sozusagen zum Ritter geschlagen fühlt, obwohl das wahrscheinlich eine ganz schnelle Konversationsgeschichte war. Das ist gar nicht exaltiert von ihr, sondern so ungeheuer natürlich, und man spürt, daß das immer nachwirken wird bei ihr, daß da einfach zwei Leute gleich auf gleich sich treffen und sich als ebenbürtig empfinden – also nicht beide als kümmerliche Leute im Dreck, auch nicht sozusagen als Adelige oder als Könige, sondern endlich ist man ebenbürtig. Mit sich allein ist man ja nicht ebenbürtig, da gehts ja immer auf und ab. Aber durch die Begegnung mit einer – »gleichgesinnt« ist vielleicht falsch – ... aber mit einem gleichmäßigen Geist, wird man ja selber auch aus diesem Wechselbad der Empfindungen, in denen man ohne konzentrierte Lektüre täglich steckt, herausgehoben, und hat endlich auch das Gleichmaß. Ich mein, was macht die Kunst anderes, als daß sie dem, der sie aufmerksam aufnimmt oder aufnehmen kann, das Gleichmaß gibt – also daß sie das Gleichmaß gibt und zugleich ihn eben gleich auf gleich stellt mit der reinsten der Naturen. Ich sprech jetzt auch selber mehr als Leser, ich sprech jetzt nicht von mir als einem Autor, sondern wie's eben mir mit dem Lesen geht, gegangen ist.

G. Wenn ich Sie recht versteh, ist das im Kern die Erfahrung einer Teilhabe, also nicht so, daß jetzt die Rahel durch diese bestimmte Person Goethe als Individuum sich geadelt fühlt – schon, aber eigentlich durch etwas Unpersönliches, Überpersönliches, was er verkörpert...

H. Das wollt ich grad sagen, ich wollte sagen: durch das, was er vertritt, und Sie sagen »verkörpern«, das ist ungefähr das gleiche.

G. Also eine Art von Teilhabe.

H. Richtig, ja.

G. Und zielen Sie darauf, wenn Sie Wert legen, daß der Dichter, wenn er anfängt zu schreiben, ein Niemand ist – was ja sicher korrespondiert mit der Leere des Urhebens?

H. Also das ist etwas, was zu einem Prinzip geworden ist für mich, daß ich das schaffen möchte, nicht nur wenn ich anfange zu schreiben – die Idee des Schreibens beschäftigt einen ja Tag und Nacht, also sie verschwindet, aber sie ist immer anrufbar oder sie ist latent – ...also daß ich mir das zum Prinzip gemacht hab, auch als Gehender oder, besser gesagt, als Passant, namenlos zu werden; also dieser Zustand der Namenlosigkeit ist ja erst die Voraussetzung dann, sich hinsetzen zu können und etwas aufzuschreiben, das heißt, ich weiß nicht mehr, was mein Name ist, ich weiß nicht mehr, wo ich herkomme, ich weiß nicht mehr, ob ich eine Geschichte habe vor allem, ob ich geachtet werde oder mißachtet werde, davon muß ich mich dann... – auch vor allem von der Achtung und vom Geschätztwerden sich zu befreien, ist eine Voraussetzung, anfangen zu können. Viele meiner Wörter, die ich eben so als Leitsterne gebrauche, sind doppeldeutig, ob das nun das Wort »Leere« ist – davon haben wir ja gestern gesprochen –, das Wort »Wiederholung«, das Wort »Niemand«; die deutsche Sprache ist ja tückisch: daß durch die Wechselfälle der Geschichte jedes Wort seinen pejorativen Beigeschmack haben kann: das Selbst, das Ich, was auch immer, woran auch immer Sie denken. Nun kommt es eben drauf an, diese mißverständlichen Wörter unmißverständlich erscheinen zu lassen. Wenn man sie nun nur herausholt aus dem Zusammenhang der Sätze, dann kriegen sie natürlich wieder ihren Bedeutungshof, den sie durch die Geschichte bekommen haben. Aber was mein Ehrgeiz ist und auch mein Streben, ist eben, die Wörter ursprünglich...das Ursprungshafte oder das Frische oder die Verbundenheit des Worts mit dem ursprünglichen Ding zu wiederholen, oder zu erneuern. In vielen anderen Sprachen ist ja das Wort für Wiederholen zugleich das Wort für Erneuern. Ich denk jetzt nur an die slawischen Sprachen, zum Beispiel im Slowenischen ponovîtev heißt die Wiederholung, aber der Stamm drin ist eben das lateinische novus, das Neue; also die Erneuerung. Und daß man im Schreiben überhaupt sich nicht sagen läßt, was nicht mehr geht, nicht mehr möglich ist, sondern ganz und gar von seiner eigenen Durchdrungenheit ausgeht und sich keinen Moment abbringen läßt von dem, wovon man durchdrungen ist. Also daß man sagt: Es geht das nicht mehr, zu schreiben, und das nicht mehr, davon darf sich kein Schriftsteller auch nur einen Moment beeindrucken...: beeindrucken läßt man sich schon, aber nicht beeinflussen.

G. Und die Wiederholung, die setzt ihrerseits die Leere voraus, also das Freisein von Geschichte auch?

H. Ja so hätt ichs jedenfalls gern, oder so sind die Momente, wo ich ohne Historie mich sehen kann und wo ich mich dann da in diesen Erkenntnismomenten am meisten als der fühl, der ich bin. Sicher ist es ja nur eine Fiktion, aber das ereignet sich ja vor allem angesichts der Natur, der man sich in einer gewissen Mühe genähert hat, es ereignet sich manchmal im Traum, und eigentlich ist das das Gesetz, daß diese Fülle – das ist ja auch eine Art Fülle – ... diese Fülle des Seins, die man in diesen Momenten angesichts der Natur oder in Träumen erlebt, man als das Gesetz des Handelns und in einem geformteren Sinn des Schreibens sich selber vorsagt, also zur Ermahnung auch bei jedem Satz. Wenn ich sag, mit der Leere fängt alles an, mit der »himmlisch schwingenden Leere«, wie ich das glaub ich in der *Geschichte des Bleistifts* einmal spontan aufgeschrieben hab ... mit der »himmlisch schwingenden Leere«, dann mein ich ja, daß diese Leere so wie ein himmlischer Lockruf mir entgegenkommt: ein Lockruf, dieser Leere die entsprechende Form oder Fassung (noch besser gesagt) zu schaffen, damit die Leere sichtbar wird, damit die Leere zur Leer-*Form* wird. Das ist für mich ein Unterschied. Immer, wenn ich diese Leere erlebe, ist es nie – das geht mir jetzt erst im Sprechen auf, daraus kriegt das Sprechen erst seinen Sinn – ... diese Leere, diese wallende, himmlische, befruchtende, verlockende Leere ist nie in der menschenleeren Natur mir aufgegangen, sondern immer in der Nähe der Menschen. Also es war immer am Rand, zum Beispiel am Stadtrand, zum Beispiel an der Grenze zwischen Wald und Steppe, es ist ja seltsam: immer an Grenzen, oder besser gesagt, auf Schwellen. Immer da. Es hat immer auch mit der Nähe, mit der Erreichbarkeit (vielleicht noch besser) der Menschenwelt zu tun, nie in der Wüste zum Beispiel, und nie irgendwo im Hochgebirge, zum Beispiel in einem Kar, wo ja fast gar nichts wächst; immer wo man die Nähe von Menschen nicht nur spürt, sondern sozusagen fast greifen könnte. Also in dieser Leere, da tauchen die Vorfahren, die Nachkommen, die ganze Menschenwelt... die möchte sich bevölkern, die Leere. Und wie möchte sie sich bevölkern? Sie verlangt von mir oder sie ermöglicht mir, besser gesagt, mich hinzusetzen und diese Leere, indem ich schreibe, zu bevölkern – aber die Leere zugleich zu erhalten. In diesem Fall können Sie dann statt Leere auch Stille sagen. Das werden Sie ja bei vielen vielen Künstlern treffen, daß die sagen, sie wollten, indem sie zu einer Form finden wollen, auch das Schweigen erhalten. Indem man schweigt, erhält man das Schweigen nicht. Aber indem man die Stille und das Schweigen und die Leere in eine Form faßt, erhält man die Stille und die Leere und das Schweigen. Das ist ja das Paradox. Es gibt eine Literatur, die zerstört das Schweigen; fast jede Literatur, auch viele Musik, viele Genre-, Schlachtenmalerei, zerstört die Leer-Form. Aber es gibt ganz wenige Werke – und die sind für mich halt die, die zählen, und die immer zählen werden –, die das Schweigen verstärken; die das Schweigen nicht konservieren, aber weitergeben (das ist genau das richtige Wort). Das ist mein Ehrgeiz geworden. Ich wußte das nicht so genau, ich kanns auch immer nicht genau wissen. Aber das ist mein Ausgangspunkt. Ich hab überhaupt kein Thema, also ich hab, in dem Sinn von Flaubert, nichts zu sagen. Aber ich hab die immer sich wiederholende Lust, neu anzufangen in diesem Zustand der Leere, in den ich komme und in dem ich mich – salopp ausgedrückt – am wohlsten fühle. Das ist nicht sehr philosophisch; vorhin hab ich gesagt: mich fühle als der, der ich bin.

G. Ich fasse diese Leere, wie Sie sie jetzt beschreiben, auf als Möglichkeitsraum.

H. Das wär ein guter terminus technicus. Ja, und als Projektionsraum, wo sich Mögliches abzeichnet.

G. Aber nie definitiv wird.

H. Nein, nein, nie; es ist nur die Lust da, das zu bevölkern, wie ich gesagt hab.

G. Wenn ich jetzt sage »Möglichkeitsraum«, dann stellen sich im Versuch, das zu verstehen – was ja immer heißt, mit Bekanntem vergleichen – ...stellen sich die Erinnerungen ein an Jean Paul*, oder an Hofmannsthal, der für diesen Möglichkeitsraum die Formel der Präexistenz geprägt oder übernommen hat, und sein ganzes späteres Werk ist der Versuch, aus diesem Möglichkeitsraum in ein Schicksal zu kommen, was das Werk sehr einengt, es aber hinübernimmt in das, was er das Soziale nannte, wo Treue möglich ist und Bindung, ja, ein Schicksal.

H. Mich interessiert, wenn das nicht zu schwierig ist, was für Sie Schicksal ist.

G. Beispielsweise, daß nicht eine Wunderfrau einfliegt und wieder verschwindet (*Der Chinese des Schmerzes*), sondern daß man mit einer alltäglichen Frau eine Ehe eingeht.

H. Das ist mir völlig klar, daß jede Kunstausübung oder der Vorschlag, den man damit zeitigt, der geht darauf hin, die Alltäglichkeit nicht nur auszuhalten, sondern sie als das Gegebene zu betrachten und damit umzugehen. Alles läuft darauf hin. Also die täglichen Handgriffe, die jemand in der Küche macht oder die er beim Schuhputzen macht, beim Weg ins Büro oder im Büro selber: dem eine Würde zu geben – nicht den Sokkel, auf dem ein Denkmal steht, zu erzeugen, sondern der Alltäglichkeit die Würde zu geben, in den täglichen Wiederholungen das Große, was für mich ein anderes Wort für die Dauer ist, aufzuzeigen. Glauben Sie, es geht da doch um nichts anderes.

G. Ich vermisse jetzt nur in der Art, wie Sie das auffassen, eben das Geschichtliche, das im Begriff des »Sozialen« und dem des »Schicksals«, wie es Hofmannsthal faßt, die Möglichkeitswelt einschränkt.

H. Das war sicher für Hofmannsthal ein weitaus größeres Problem, das war weitaus mächtiger und auch mehr im Vordergrund stehend als für jemanden wie mich, der jetzt vierzig Jahre im Frieden lebt und der auch die Signalkraft eines Kaiserreichs überhaupt nicht erlebt hat und nur in Überresten und kleinen Wegzeichen noch erlebt. Ich hab die Geschichte auch als Verkleinerungsform des Möglichkeitsraums nie so stark, nie so schneidend und auch tragisch erlebt wie jemand wie Hofmannsthal, dessen ganzes Leben ja davon zerschnitten worden ist. Ich wüte und bin zornig über die Nachwehen des Dritten Reiches, die vor allem in Österreich noch fast ungehemmt weitergehen; aber zugleich bestimmt es eigentlich ganz wenig, ziemlich wenig – es bestimmt schon mit – von meinem täglichen Blick aus dem Fenster, also ich müßte dann übertreiben. Man übertreibt zwar immer, aber in diesem Fall macht einem die Übertreibung keine Freude; übertreiben tut man ja etwas, was einen freut. Ich hab in meinem Leben außer dem, was ich über den Nationalsozialismus gelauscht, gesehen und gelesen habe, im Grund kein historisches, mich bestimmendes Ereignis gehabt – es sei denn, wenn Sie das akzeptieren, die Zweisprachigkeit in dem Süd-Kärnten, wo ich aufgewachsen bin, wo ich gemerkt hab, daß da die Gruppe, die die eine Sprache spricht, also das Deutsche, die Gruppe, welche eine andere Sprache, das Slowenische, spricht, unterdrückt und als weniger hochwertig ansieht. Das ist schon ein bestimmendes Erleben, das mich aber nicht verkleinert, in dem Fall. Das ist mir höchstens ein Beweggrund auch, mich auf den Weg zu machen mit dem Schreiben. Das verstärkt sozusagen das Pathos – oder das *be*stärkt das Pathos und gibt dem auch seine sachliche Nahrung. Sonst wüßt ich einfach nichts anderes.

G. Ich hab da immer wieder Schwierigkeiten. Ich würde sagen, auch Goethe, Stifter, sind Momente von Geschichte; für Sie nicht. Eine Ihrer Aufzeichnungen hat mir so Mühe gemacht...

H. Sie sagen immer »Mühe gemacht«, und meinen damit: mißfallen (*lacht*).

G. Ich stoße da immer wieder auf dieselbe Wand.

H. Ja, sprechen Sie.

G. Da schreiben Sie, daß es Goethe noch leichter gehabt habe, in die Leere hineinzuschreiben.*

H. Ja.

G. Aber Goethe hat doch auch in die Geschichte hineingeschrieben, wie Sie auch.

H. Ja aber die Rolle des Schreibenden oder des Dichters war – glaub ich zumindest – eine ganz andere als heute. Heute sind wir ja alle Randfiguren, die schreiben, und wir werden höchstens begönnert; aber zu seiner Zeit war er Diener und Herrscher zugleich, er konnte das sein, und das ist eigentlich auch ganz was Natürliches. Ich erinnere mich wieder an eine kleine Veränderung, die doch im Lauf der Jahrhunderte vor sich ging, zu sehen an einer Tagebuch-Aufzeichnung von Max Beckmann, der sagt: »Die Künstler sind die heimlichen Könige des Lebens«. Also da kommt schon das Wort »heimlich« dazu, also das Verborgene, was mir eigentlich sehr nahe ist: die Verborgenheit, das Clandestine.* Ich hab das Selbstbewußtsein des Künstlers nie, wenn ich auftrete. Es drängt mich schon manchmal dazu, aufzutreten, aber wenn ich auftrete und es zeigen *will*, verlier ich's sofort – oder *mich* zeigen will. Ich kann das wirklich nur praktiziern in der Verborgenheit, und das ist schon vielleicht ein Unterschied zu damals. Obwohl, ich bin auch mir da nicht sicher. Ich fühl mich auch wohler, das ist auch vielleicht ein österreichisches Problem... also ich fühl mich auch wohler, viel wohler. Ich vergebe mir immer etwas, wenn ich mich zeige, in der Rolle, die ich halt nun einmal angenommen habe, also als Person. Während jemand wie Goethe – das find ich so erfreulich und bewundernswert –, der ist halt aufgetreten, als der, der er ist. Ich bin eigentlich immer verlegen. Nicht immer: manchmal so in einer Spelunke, nach der ersten Schwelle, die ich überwinde und die andern überwinden, kann ich mich wunderbar unterhalten, und ich kann auch der sein, der ich bin; ich hab meine Distanz auch, ich verbrüdere mich, fraternisiere nie. Aber auf einmal merkt man auch – das ist ja etwas ungeheuer Seltsames –, daß es eine Achtung im Volk gibt vor dem Künstler, auch wenn man überhaupt nichts von dem gelesen hat. Nicht in dem Bürgertum, grade nicht; also das Bürgertum glaubt ja alles zu wissen, hat alles aus zweiter Hand und glaubt alles zu wissen und erlebt zu haben und auch alles beurteilen zu können. Aber grad bei den Versprengten – es gibt ja noch immer sehr viele und wird immer sehr viele geben –, da ist eine seltsame, liebe Scheu vorhanden vor der Existenz des Künstlers, auch wenn da nie eine Zeile gelesen werden wird (das macht mir auch natürlich nichts). – Aber ich verirr mich sehr oft, mit dem was ich sage, das müssen Sie halt hinnehmen.

G. Dieser Zwiespalt, daß Sie verlegen sind, wenn Sie eine Rolle spielen, im Gegensatz zur konzentrierten Arbeit am Schreibtisch, der ergibt sich ja notwendig aus Ihrem Konzept.

H. Ich glaube ja, wahrscheinlich.

G. Diese strenge Trennung von Schriftsteller und konkretem Individuum, die hat ja eben Goethe zum Beispiel nicht in dem Sinn vorgenommen.

H. Hat er nicht, ja sicher nicht. Ist das nicht auch ein Unterschied in den zwei geschichtlichen Epochen? Ich frage Sie.

G. Ich glaube schon. Es hat wahrscheinlich auch mit dem zu tun, was Sie gestern noch antönten: daß es Ihnen so schwer falle, die Harmonie herzustellen, und dann zustimmten, daß es mit der Epoche zu tun hat. Mir kommt es so vor, daß Sie das praktisch nur noch wie in einer Experimentieranordnung unter einer Vakuumglocke noch können, während ein Goethe das immerhin noch im geschichtlichen Raum wenigstens versuchen konnte. Hingegen haben Sie, das im geschichtlichen Raum herzustellen, schon überhaupt keine Chance mehr, das versuchen Sie schon gar nicht mehr, weil es so aussichtslos ist.

H. Oh, meinen Anspruch hab ich schon: daß das, was ich tue, eine Gegenwelt aufstellt, die vorhanden ist, nicht erfunden ist, den Anspruch hab ich schon, daß sozusagen die Leute, die das aufnehmen, begeistert sind, endlich in ihre Welt, also in unsere Welt überlaufen [zu können], sonst würd ich ja gar nicht schreiben, mich interessierts doch nicht, Belletristik herzustellen oder irgend ein Lesefutter; ich hab meinen Anspruch, das zu entwerfen, aus dem, was ich als das Lebenspendende erlebe, ein zwingendes Modell herzustellen, das als Gesetz gilt.

G. Aber als Gegen-Welt.

H. Ja was bleibt einem übrig? Ich mein, gegen das Fernsehen, gegen die Zeitungen – das ist vielleicht ein bißchen banal –, gegen das Technische auch, gegen die Automatisation, hat man keine... Sie können da nicht eingreifen und das verändern. Das ist ja auch ein großes Problem, das bejahen zu sollen, was mir eigentlich entspricht: die Maschine, auch meinetwegen die Automatisation, es aber nicht beschreiben zu können, das also nicht erzählen zu können...

G. Sie bejahen es, es entspricht Ihnen?

H. Selbstverständlich.

G. Also der »Weltstadtstaat«* ist nicht eine Horrorvision, sondern als positive Utopie gemeint?

H. Also ich hab außer gegen manche Autos gegen Maschinen... die Autos, weil ich halt viel gehe, nerven mich; aber ich weiß ganz genau, daß es für viele, die unterdrückt sind, die in der Hierarchie drin stecken, ist es das Instrument ihrer Freiheit, auch das ziellose Herumfahren; ich kenn viele, die wie die Katharina Blum von Heinrich Böll ziellos durch die Nacht fahren, und da denk ich sofort: Also was kannst du gegen das Auto haben, es ist ihr einziges Movens noch. Da ein Flugzeug zu sehen am Himmel, das find ich oft, also nicht immer – aber das ist ja auch deswegen, weils hier in Salzburg selten ist – so eine erhebende Geschichte; ich bewundere dann ohne Zwang den Erfindungsgeist. Aber beschreiben... es ist nicht zu erzählen. Dann denk ich, also wenn ichs nicht erzählen kann, dann muß doch etwas dran sein an diesen Dingen, was sich sträubt. Also irgend eine futuristische Haltung zu den Maschinen oder eine neufuturistische Haltung zu den Automaten einzunehmen, ich glaub das geht auch nicht mehr. Aber vorkommen lassen, das muß man schon. *Die Wahlverwandtschaften* – es wäre auch witzig, wenn da eine Eisenbahn durch die Ebene führe, oder was auch immer. Ich hab einmal von Goethe geträumt, fällt mir jetzt ein, und da gabs ein Telefon, also ich hab nicht ihn gesehen, ich hab nur das Telefon gesehen, das er benutzt hat bei einer Kur in Marienbad. Und das war also... die Verkörperung von Goethe war dieses seltsame Kurtelefon von 1828 – ich hab auch noch die Jahreszahl dazugeträumt, obwohl ich gar nicht weiß, ob er in diesem Jahr überhaupt noch dort war. Das geht mir nie aus dem Kopf, für mich ist das fast so ein [déchiré croupe?]-Bild von der großen Gestalt Goethe, dieses Schwarze – es hieß auch im Traum Kur-Telefon. – Das ist wieder eine Abweichung. (*Lacht*). Ja aber das ist ein großes Problem. Ich bin nicht unter einer luftdichten Glocke oder einer schalltoten oder sterilisierten: fühl ich mich überhaupt nicht. Das, was ich beschreibe und evoziere und dann in Zusammenhang bringe durch die Erzählung, ist für mich schon die duftende, die greifbare, die nahe Welt, also die geltende Welt – also was ich vorhin als Gegen-Welt bezeichnete. Ich will nichts anderes kennen. Ich weich aber nichts anderem aus. Dieser Nietzsche-Satz, daß ein reifer und starker Mensch das Üble und das Häßliche und das Minderwertige – das ist das Wort: übersieht oder die Kraft hat, es zu übersehen, das hat für mich immer Geltung gehabt. Ich hab mich auch seit je bei meiner Arbeit – das ist ja keine »Wende« von mir, die mit *Langsame Heimkehr* eingesetzt hat... seit je hab ich mich äußerst ungemütlich gefühlt – nicht nur das, sondern als beging ich ein Sakrileg –, sowie ich etwas herabsetzen wollte, statt einfach nur zornig zu sein im Schreiben, oder wo ich mich über etwas lustig gemacht hatte oder wo ich einen Elendsblick auf die Welt geworfen habe und es auch formuliert hab. Ich hab immer gedacht, da überschreit ich etwas – was sich nicht gehört. Ich habs dann doch manchmal getan, weil ich eben auch lange Zeit ein Kind meiner Zeit war, und dazu natürlich auch stehe. Mir geht immer noch... es ist mir einfach nicht recht, zum Beispiel jetzt, daß ich im *Kurzen Brief zum langen Abschied* da eine Onanie-Szene beschreibe – ob die erfunden ist oder authentisch, das ist ja egal – ... würd ich nie mehr so machen.

G. Das hat damals offenbar für Sie einen quasi erzieherischen Wert gehabt, nämlich die Schamgrenze zu durchbrechen.

H. Ich hab mich überwunden.

G. Ja, eben.

H. Ich hab gedacht, das muß so sein, ich muß mich da überwinden. Ich hab gedacht, zu einer Erzählung gehört auch zumindest nicht die Beschreibung, aber die Andeutung einer geschlechtlichen Vereinigung, ich sag das jetzt halt so technisch. Das würd ich auch...

G. Das war auch eine Konvention.

H. Es war so in mir. Also insofern bin ich – ich wiederhole das – halt auch ein Kind der Zeit gewesen. Daß man denkt, also Henry Miller hat jetzt eine große Befreiung bewirkt, oder Wilhelm Reich, des Sexuellen, und das gehört jetzt auch evoziert... oder ein größerer wie D. H. Lawrence. Das war ja damals sehr wichtig – aber jetzt ist es das Gegenteil von einer Befreiungs-Aktion, ich kann diesen Mist von dem Bukowski oder...das ist ein Fall von Grenzüberschreitung, die niemanden...wo man höchstens etwas wiedererkennt, aber nichts Neues *erkennt*. Es ist selbstverständlich geworden, daß man viele Sachen frei läßt. Es gibt ja keine erotischere Szene der Weltliteratur als jene Nacht in den *Wahlverwandtschaften*, wo das Ehepaar miteinander ist, und in Gedanken ist jeder mit dem Geliebten abwesend. Und wie biblisch herrlich und tragisch schon, also fast himmelsliedhaft ist dieser kleine Teil. Das ist schon weitaus mehr mein Ideal; das war ja nie ein Ideal, den Schriftstellern dieses Jahrhunderts nachzueifern, ich kenn da ganz wenige. Aber es ist ein Ideal *geworden* und ein sehr physisches Ideal, das mich jedesmal neu packt, an Händen und Füßen, den Klassikern nachzu...nicht nachzuempfinden, natürlich nicht, aber das, was sie auf ihre Weise waren, auf meine Weise auch zu [sein] – es geht ja nur auf meine Weise, mit der Zeit, nicht nur gegen die Zeit, natürlich auch mit der Zeit, denn ich bin nicht allein, ich fühl mich auch nicht allein.

G. Also doch Kind Ihrer Zeit.

H. Ja, hm, da wär ich neugierig, das müßten Sie vielleicht, ob das...ich fühl mich eigentlich nicht... Ich hab auch nichts gegen die Kinder ihrer Zeit; also als ich *Publikumsbeschimpfung* geschrieben hab, war ich wirklich das reine Kind meiner Zeit, das war auch damals die Befreiung für mich aus einer verschlungenen, sehr introvertierten Kindheit, aber auch mehr herauszutreten und eine lustige Rede zu halten. Ich bin froh drüber, daß mir das gelungen ist, auch Kind meiner Zeit zu werden, denn ich war die ersten zwanzig Jahre meines Lebens überhaupt nicht Kind meiner Zeit. Da war ich, im Abseits, verbohrt, manchmal aufatmend, aber ich war abseits, entging der Gefahr, verschroben zu werden. So gern ich *Die Hornissen* habe als Bild der Kindheit und auch der Kindheits-Landschaft und der Strukturen dort, so verschroben ... – das gehört wahrscheinlich beides zusammen, ohne das eine wär das andere gar nicht möglich gewesen: ohne die Verschrobenheit und die Verbohrtheit und das Verschautsein in die Kindheitsbilder, hätt ich gar nicht anfangen können, also mein erstes Buch gar nicht schreiben können. Indem ich mich entäußern konnte – oder besser gesagt: äußern konnte, ist natürlich so eine Beschwingtheit eingetreten: Ich hab ein Buch geschrieben. Das ist ja damals ein ungeheures Ereignis für mich gewesen, das Buch; ich hab ein Buch schreiben *können*, ich hätte das nie geglaubt. Heute ist es ja für viele etwas Selbstverständliches; vor allem für Bürgerliche, für Sprößlinge des Bürgertums ist es oft etwas Selbstverständliches, ein Buch hervorzubringen. Für mich ist das Buch immer etwas Ungeheuerliches: das Buch, ein Buch, auch nur: wieder ein Buch. Das ist etwas Göttliches für mich, ich sag das jetzt so. Und dann aus diesem Übermut: das Buch! hab ich mich bekannt zu dem, was ich eigentlich nur verhohlen immer erlebt habe: die Freude an Schlagern, die Freude am Kino, die Freude, die Hitparade zu hören. Ich hab mich immer leicht geniert gehabt, meine ersten Jugendjahre, und auf einmal hab ich gedacht: Das ist mein Teil dazu, darin lebe ich, und aus diesen Einzelheiten der Freude kann man montieren. So ist die *Publikumsbeschimpfung*, so sind die ersten Sprechstücke entstanden. Es sind im Grund Montagestücke dessen, was aus der oberflächlichen Welt zu mir gedrungen ist und wo ich mich doch auch wiedererkannt habe, ob das nun die Musik der Beatles war oder die

Reklameschriften oder die Aufschriften an einer Tür, wo dann steht: Ziehen oder Drücken oder Stoßen. In der *Selbstbezichtigung* steht: »Ich habe Türen durch Stoßen öffnen wollen, die durch Ziehen zu öffnen waren« vor Albernheit da. Dann kamen eben zehn Jahre meines Lebens, wo ich – aber auch nicht nur natürlich – das Kind meiner Zeit war und mich dabei eigentlich auch in Gesellschaft gefühlt hab (was ich auch gebraucht habe). Aber natürlich, um ein Buch weiterschreiben zu können, muß man dann aufhören, das Kind seiner Zeit zu sein. An irgend einem Moment erkennt man dann, daß die Schreibarbeit gar kein Mitsprechen mit der historischen Epoche ist, sondern immer ein Heraustreten – ob das nun *Die Angst des Tormanns beim Elfmeter* ist, *Der Hausierer*, *Der kurze Brief zum langen Abschied*: es ist immer ein Widerstand. Also ist es ein Widerstand zu überwinden; erst einmal aus der Zeit heraus, aus dem Wohlsein in der Zeit, in den Kinos und auf den Straßen, herauszutreten, ist ein Widerstand zu *überwinden*, und dann ist in der Arbeit des Schreibens ein Widerstand zu *setzen*. Sonst gibt es mir kein Gefühl von Wirklichkeit. Das war eigentlich immer so, auch so in einem Buch, das fast ein Kultbuch geworden ist wie *Der kurze Brief zum langen Abschied*, mit Amerika, den Kinos, den Highways und so weiter. Es ist doch eine ganz altmodische Haltung wiederholt in der ganzen Geschichte. – Aber ich red jetzt schon wieder viel zu viel, Sie schaun mich so sorgenvoll an.

G. Die Sprechstücke wären aus dem Übermut über die Freude des ersten Buches geschrieben.

H. Ja, genau.

G. In der Zeit der Entstehung hat man das kritische

Moment immer in den Vordergrund gestellt: das war Ihnen gar nicht so wichtig.

H. Nein, überhaupt nicht.

G. Es war bloß Spiel, ein übermütiges Spiel.

H. Genau, aber schon ein kontrolliertes natürlich. Ja, es kam auch aus dem Bewußtsein, daß etwas, woran ich nie gedacht hätte: daß *ich* Schriftsteller sein könnte; ich hätt das nie geglaubt, daß mir das gelingen würde; daß auf einmal das möglich schien. Und dann hab ich halt ein paar Frechheiten losgelassen. Aber ich glaub, daß diese Frechheiten... die erscheinen mir oder erschienen mir schon damals liebenswürdig.

G. Und woher kommt dann plötzlich das Bewußtsein, daß es nötig sei, sich in Opposition oder in Widerstand zur Epoche zu begeben?

H. Das kommt eigentlich mehr aus der Arbeit an der Erzählung.

Es fehlt ein kurzes Stück des Gesprächs, das während des Bandwechsels weiterging.)

Auch als ich die Stücke geschrieben habe, war ich mir nie bewußt, ein Dramatiker oder was auch immer zu sein. Zeit meines Lebens war es immer die Vorstellung, ich sei ein Prosaist. Die Mitte meiner Arbeit konnte immer nur die Erzählung sein. Das Vollgefühl von etwas Gemachtem oder von etwas Geschaffenem hab ich auch immer nur durch Prosa gehabt. Auch die paar Gelegenheitsgedichte, die ich geschrieben habe, waren ja in der Regel erzählende Gedichte. Und auch wenn ich ein Stück geschrieben habe, hab ich mich am wohlsten oder bei der Sache (besser gesagt) erst gefühlt, wenn da jemand von den Personen der Handlung anfing zu erzählen. Ich muß das versuchen noch klarer zu sagen. – Zur

Erzählung gehört auch, daß es lang ist, gehört aber nicht, daß es ein Roman ist; ich hab noch nie etwas, was ich geschrieben hab, mit reinem Gewissen als Roman bezeichnen können, das wurde dann vom Verlag ab und zu hinzugefügt, oder in Übersetzungen haben dann die ausländischen Verlage es »Roman« genannt, aus diesen und jenen Gründen. Das, was mir vorgeschwebt hat als meine Sache und mein Fall, ist immer die lange Erzählung gewesen. Es kam mir immer wie ein nicht so ganz ernstes Spiel oder ein Nebenbei vor, wenn ich an einem Drama war. Das hat sich dann mit der Zeit, bei *Über die Dörfer*, hat sich das dann gegeben, so daß sozusagen alles ein Strang wurde.

G. Ist es richtig, daß Sie das ursprünglich als einen einzigen Monolog geplant hatten?

H. Das weiß ich nicht mehr.

G. Haben Sie irgendwann mal gesagt.*

H. Ja, es war mal da ein Vorbild ein Lied von dem Jacques Brel, ein sehr sehr langes Lied, das ich in einer live-Fassung gehört habe, wo er sozusagen die Armen, Elenden und Verdammten der Erde ansingt, mit einer ungeheuren Wut und Zärtlichkeit die versucht aufzurichten und denen einen Stolz zu geben. Da hab ich gedacht, ja, das ist eigentlich auch das, was ich immer tun wollte. Da dacht ich auch, es würde nur einer auftreten und eine lange, erzählende Rede mit einem Schluß-Aufschwung an die verborgene Menschheit halten. Das war aber schon 1974 ... ich mein, diese Anlässe oder diese Aufbrüche gehn ja immer weit zurück in der Zeit, und das hat dann sieben oder acht Jahre gedauert, und da treten doch ein paar Figuren hinzu.

G. Es war, noch bevor Sie es als Familiengeschichte konzipierten?

H. Ja ja, am Anfang war eigentlich nur diese Ansprache. – Aber das hat sich nun ein bißchen verwischt, die Grenzen zwischen Drama, Gedicht, Erzählung: in meinen letzten Arbeiten oder Tätigkeiten sind die Grenzen nicht mehr so scharf ziehbar, also ich trau mir zu, oder ich verlange auch von mir, daß, was ich schreibe, auch den Gedicht-Einschlag oder die Gedicht-Möglichkeit, den lyrischen Aufschwung und auch das dramatische Element – ich mein jetzt nicht eine dramatisierte Aktion, aber das Dialog-Moment – drin hat. In der *Langsamen Heimkehr* kommen ja auch ein paar Stellen vor, wo da nur steht: Sorger, Doppelpunkt, und dann spricht, und dann Lauffer, Doppelpunkt, spricht. Und dann kommen die lyrischen Elemente. Also es ist mir selbstverständlich geworden, daß all diese drei Elemente in Eine einheitliche Sache sich fügen. Und trotzdem bildet die Mitte meines... also das Herz meines Schreibens ist das Erzählen, also das lange, ausführliche, schwingende, mäandernde und dann wieder lakonische Erzählen. Das bin ich. Das bin *ich*, das bin ganz ich. Aber es ist ja auch eine Erfahrung von mir... was mich vielleicht auch dazu gebracht hat: daß ich mündlich das nie geschafft hab, schon in der Kindheit nicht; es hat mich immer gedrängt, etwas den Angehörigen oder wem auch immer, einem Freund, zu erzählen, und mündlich hab ich das nie geschafft. Es war auch immer so langweilig, es ging nie um eine Aktion, um einen Vorfall, um ein dramatisches Ereignis, sondern eben – jetzt bin ich wieder bei der Leere –, es ging irgendwie die Welt auf. Für ›Leere‹ können Sie ja sagen ›das Offene‹. Und das war nicht mündlich zu erzählen, ist auch nicht mündlich zu erzählen. Und so hats mich einfach ganz natürlich hin zur Schrift gebracht, zur

Schriftlichkeit – ich glaub das ist wichtig zu sagen. Da konnt ich auch die Folge finden, konnt mich vorbereiten, also konnt weit ausholen. – Naja. – (*Tiefes Ein- und Ausatmen*).

G. Sie haben selber von der Zweideutigkeit all dieser Begriffe gesprochen, und ich bring die einfach nicht los, also mir scheint da auch Zeit-Kindschaft mit drin zu sein, zum Beispiel eben etwa in der Leere das Wert-Vakuum, wie es Broch beschrieben hat in seinem Hofmannsthal-Aufsatz. Es erscheint mir dann so, als ob aus diesem Wert-Vakuum jetzt eine Tugend gemacht würde, es umgedeutet würde zur Möglichkeit von allem, zum Offenen, und das Untergehen in der Masse, was Sie ja auch als Gefahr beschrieben haben im Journal *Das Gewicht der Welt* – also ambivalent, einmal als erstrebenswerten Zustand und dann wieder als Gefahr des Verschlungenwerdens –, dann in diesem Niemand wiederkehrte.

H. Ja sicher ist das alles ambivalent. Es ist ein ewiges Oszillieren auf dieser Schwelle, für die vielleicht ein anderer Ausdruck ›fruchtbare Grenze‹ wäre. Anderseits würde ich nicht Wert-Vakuum sagen, das klingt so negativ. Es gibt für mich – das kann ich Ihnen klar sagen – keinen größeren Wert als dieses Erlebnis, dieses Sich-Auftun der Leere... daß in den Menschenmassen diese Zwischenräume sichtbar werden, und durch die Zwischenräume in den Menschenmassen, grad in den größten Menschenmassen, kriegen die Einzelmenschen ja erst ihre Gestalt – ich glaub das ist genau richtig. Es ging mir einmal so auf dem Markusplatz in Venedig: Wenn man da gradeaus vor sich hin schaut oder links und rechts, wird man ja taumelig vor Körpern oder vor ununterscheidbaren... vor Ununterscheidbarem, sagen wir kurz. Und mit dem Blick auf den Boden, mit den Füßen der Gehenden oder Stehenden, wurde mir auf einmal bewußt, wie viel Leere da noch übrig ist. In diesem Gedränge der Boden ist mir leer erschienen, also viel viel Platz. Und da kam mir eben so wie ein Orakelspruch in den Sinn: ›Schau auf den leeren Boden im Gedränge‹. Vor mir war eine gesichts- und gestaltlose Masse, und aus dem seltsam leeren Boden entstanden dann die Gestalten erst. Ich erzähle das. Und es ist kein größerer Moment an Zuneigung vorstellbar als in diesem Aufsteigen der Leere. Ich kann Ihnen das nur *erzählen*, um Ihnen das deutlich zu machen, was für mich ›Leere‹ bedeutet. Das ist wie eine Furt vielleicht, also als sähe man plötzlich den Durchgang. Da hätt mich auch jeder anrempeln können, in diesem Moment ist es mir recht, außer ich werde erschossen. Und dieser Moment ist auch fruchtbar, also es ist keine flüchtige Sache. Diese Momente, wo die Leere sich auftut, das sind Dauermomente, mit denen man – wie man in der Umgangssprache sagt – etwas anfangen kann. Man kann sich damit hinsetzen und arbeiten. Man kann da mit diesem *wertvollen* Moment von Leersein, kann man... das gibt sozusagen wie eine Tongabel die Werte erst an, die man natürlich erst herausfinden muß im Bedenken, im Sich-Vorstellen, im Wünschen, im Abwehren. Ich mein, all das, was ich versucht hab aufzuschreiben in den letzten Jahren, kommt nur aus diesem Anfang. Und das können Sie mir sicher wieder vorhalten, das Wert-Vakuum – was auch immer das ist –, das sei nur möglich durch die Geschichtslosigkeit, in der ich – auch aufgewachsen bin natürlich und in der ich weiterlebe.

G. Das mit dem Aufwachsen, das sag ich nicht, aber

ich seh schon einen Zusammenhang mit der immer wieder erstrebten Geschichtslosigkeit.
H. Aber wenn Sie mir, Herr Gamper, wenn Sie mir dieses Moment, dieses ohnedies sich selten ereignende Moment nehmen, dann hab ich gar nichts mehr. Das ist mein Ausgangspunkt. Das laß ich mir auch nicht nehmen, außer ich nehm es mir selber. So wie in *Über die Dörfer* der Gregor sagt, er stammt von niem..., von nichts, von Leuten ab, die nichts waren, und drauf besteht, und dann zeigt er auch den leeren Friedhof, also wo kein Kunstwerk, kein Buch zu sehen ist, und sagt: Dieser leere Friedhof, das ist mein Ausgangspunkt, dieser leere Friedhof ist meine *Kultur*. Das ist sozusagen die Antwort zu dem, was der Sorger sagt: »Ich habe keine Kultur. Ich habe so lange keine Kultur, als ich nicht ausrufen kann.« Das würde ich sagen, wäre doch eine Entwicklung: von *Langsame Heimkehr*, von dem Sorger, der keine Kultur hat, zu der Entdeckung, daß die Leere, der leere Friedhof mit den Vorfahren, die nichts waren...: Das ist meine einzige Kultur.
G. Diese Deutung befremdet mich jetzt wieder: der leere Friedhof, die Vorfahren, die nichts waren. Ich hab das so aufgefaßt – wieder in meinem Bestreben, Geschichte und nicht ein Nichts vorzufinden –, daß der Friedhof eben... daß im Bild der Nova, die auf der Leiter über die Friedhofmauer hinaufsteigt, der Anschluß an die Vergangenheit versinnlicht sei, das Herauswachsen der Zukunft aus dem wiedergewonnenen Anschluß an die Vergangenheit. Und zwar hätte ich da auch ein Gegenbild gesehen, grad gegen die heutzutags grassierende Geschichtslosigkeit; das Gefühl für Geschichte geht ja immer mehr verloren und damit auch das Gefühl für eine Zukunft.

H. Das ist so pauschal, das mit der Geschichtslosigkeit. Ich würd selber wirklich einmal gerne wissen, wie's mit mir und der Geschichte steht. Ich weiß es einfach nicht.
G. Sie schreiben ja oft, daß Sie die Geschichte hassen und sie loswerden wollen, und verstehen dann einfach die Geschichte der Schächer und Mörder darunter.
H. Nein auch insofern die Geschichte, als so vieles – auch durch die Psychologie der Geschichte – mich einschränkt, also ich seh mich nicht als der, der abhängt von der Geschichte, die er selber erlebt hat, der abhängt oder bestimmt ist oder der Gefangene der Geschichte seiner Kindheit und seiner Vorfahren und der Landschaft ist. Ich mein, sowie es mir gelänge – und das ist mir ja vielleicht, so bild ichs mir ein, öfter schon gelungen –, die Geschichte für den Entwurf – für die Gegenwart natürlich – fruchtbar zu machen, dann bin ich jederzeit bereit, mich in jeden Vorfall der Geschichte zu vertiefen. Wenn ich wüßte, daß das für mich fruchtbar ist, daß es mich nicht verkleinert, nicht mich psychologisch erklärt oder mich nicht auf eine verkürzte Weise verstehbar macht. Also so viele Leute, viel zu viele, die mich – was an sich schon eine Zumutung ist – beschreiben wollen, machen das auch noch mit Hilfe der Geschichte und verdoppeln dann das Ungehörige. Ich fühl mich nicht beschreibbar, ich möcht mich auch nicht beschreibbar fühlen. Insofern bin ich wahrscheinlich wirklich geschichtslos und sogar antigeschichtlich, daß ich halt mich mehr wiedererkenne in der Beschreibung einer Wolke, in der Beschreibung eines Baums, eines Steins, auch in der Beschreibung eines Autobusses, auch in der Beschreibung der Drähte des Trolleybusses, als in der Beschreibung von mir selber: da erkenn ich

mich nie wieder, und möchte mich auch nicht wiedererkennen; das ist eine Sache des Boulevard, auch wenn das in Büchern steht, auch wenn das sich als seriös gebende Wissenschaftler anstellen.

G. Und die Möglichkeit, daß Sie wie alle bis zu einem bestimmten Grad beschreibbar sind – selbstverständlich geht das nie drin auf – ... mir scheint, Sie fürchten, daß Sie dann auf ...

H. Ich fürcht ...

G. ... quasi wie ein Ding fixiert werden ...

H. Ich fürcht das überhaupt nicht ...

G. ... daß Ihre Freiheit dabei ...

H. ... ich wills nicht zulassen, ich fürcht das überhaupt nicht, ich find es ungeziemend, und auch ganz und gar falsch. Es ist nicht wahrhaftig. Ich mein, es nähert sich die Beschreibung einer Person, wie auch immer, nähert sich immer einem Polizeibericht.

G. Ja. Wenns ein anderer macht. Aber jetzt mal als Beispiel: Sie haben auch die Träume und die Psychologie erwähnt, das hat ja auch mit dem Thema Geschichte zu tun; ich konnte nur den Kopf schütteln, wo Sie im *Gewicht der Welt* kurzerhand die Bedeutung der Träume bestreiten.*

H. Die Deutung eher hab ich bestritten, nicht die Bedeutung.

G. Also die Möglichkeit einer Deutung haben Sie bestritten. Mir scheint, aus dem selben Grund, weil Sie nicht sich einengen lassen wollen von einer vorgegebenen Deutung; Sie werden dann zum Fall des Herrn Freud.

H. Das ist doch kein Wille, das ist ein Instinkt. Ich lerne das nicht, ich werde es auch nie lernen, mich der Psychoanalyse zu unterwerfen, ich find das auch ein ...

– ja, jetzt sag ichs: So wie man den Turmbau von Babel als Vermessenheit, als Bild der Vermessenheit der Menschheit bezeichnet hat, so würde ich umgekehrt die Psychoanalyse in die andere Richtung als den vermessenen Turmbau von Babel, in die Seele des Menschen hinein, bezeichnen. Ich find das – ich sag jetzt ein emotionales Wort – ...ich find das eine Menschenlästerung, statt Gotteslästerung. Ich hab mich nie auch gemeint gefühlt. Ich fühl mich ja gern beschrieben ab und zu, mündlich, von irgend einem Freund oder auch meinetwegen Feind; aber von einem wissenschaftlichen System sozusagen abgetastet, erfaßt zu werden...ich glaub dem auch keinen Moment. Sie können das ja als Ausflucht bezeichnen, oder daß man sich selber die Scheuklappen vorhält. Ich würd lieber stärkere Worte gebrauchen.

G. Und die Möglichkeit können Sie sich nicht denken, daß daraus, daß man die Träume deutet, natürlich nicht nach festem Rezept und nach Kochbuch, aber schon unter Anleitung der Theorien, daß das auch eine Befreiung bewirken kann. Man muß sich ja da nicht festlegen lassen, aber man begreift vielleicht etwas, was vorher unwillkürlich gewirkt hat.

H. Herr Gamper, indem ich mir am Tag nach der Traumnacht den Traum vergegenwärtige – so ist mein Eindruck – und auch vielleicht aufzeichne, hab ich die Gewißheit, daß mit der Aufzeichnung oder der Vergegenwärtigung schon eigentlich die Deutung da ist. Ich will da nicht noch ein Metasystem drüber haben: ich zeichne das auf oder ich sags mir vor, was war, und es ist mir ganz sonnenklar, was das ist: nicht was es bedeutet, sondern was das eigentlich sagen will. Aber ich übersetz das dann nicht in ein anderes. Das ist vielleicht wichtig zu sagen. Ich übersetz es nicht in ein anderes sprachliches System, sondern es genügt mir die Aufzeichnung oder das Sagen, das Sich-Vorsagen des Traumfilms. Ich hatte auch nie in meinem Leben das Bedürfnis, in einer Zweitsprache, in einer Sekundärsprache drüber was zu erfahren. Und ich kann da nichts anderes dazu sagen.

G. Mir gehts auch gar nicht um den Traum als solchen, sondern eher als Beispiel für geschichtliche Determination – im Traum ist es die innere Geschichte – ... also um den Punkt wo meine Schwierigkeiten mit Ihrem Werk immer wieder kreisen.

H. Sie finden, daß ich bockig bin? (*Lacht.*)

G. Nein, *ich* bin jetzt bockig, aber...

H. Ja das ist ja auch Ihre gute Seite, daß Sie so stur sind, also so hartnäckig.

G. Ich möchte jetzt nicht aufgeben, weil ich das irgendwie begreifen will.

H. Ja ich möchts ja auch begreifen, ich seh das aber nicht als einen Mangel von mir an – das wird man mir nie einreden können –, daß ich den Hintersinn oder den Übersinn nicht will, abwehre.

G. Es geht nicht um einen Hintersinn, sondern um die Determination und dann – es hört sich jetzt so formelhaft an, ist es auch – das Wechselspiel von Determiniertheit und Freiheit, die mit dieser Determiniertheit versucht fertig zu werden und darüber hinaus zu gelangen, soweits möglich ist... also mit andern Worten: das, woraus das bürgerliche Individuum entsteht, als konkretes – das dann allerdings nicht Niemand ist, weder im guten noch im schlechten Sinn.

H. Ja ich merk ja an mir sehr oft, daß wenn ich in Zwangssituationen komme, daß ich sehr wohl fast ein mechanistisches Bündel bin und also determiniert bin.

Das merk ich sehr wohl, daß da eine vorgegebene Struktur ist, deren Gefangener ich bin.

G. Die Psychoanalyse wollte ja nichts anderes als erreichen, daß dieser Automatismus der Freiheit Raum gebe, also, wie Freud sagte: »Wo Es ist, soll Ich sein.«

H. Ja da gibts halt vielleicht verschiedene Wege.

G. Glaub ich auch, ja.

H. Ich bin halt immer so ein Einzel-... Ich glaub nicht einmal in der äußersten Not würd ich wirklich was von mir erzählen – also alles was ich von mir erzählt hab, kommt ja aus der Vorstellung, dieses und jenes Erlebnis hätte so eine Niemands-Kraft in sich, also daß es nicht nur ich bin, also umfassende Kraft, daß ich aus diesem Grund mich an den Entwurf wage. Ich bin halt immer...bracht ich nicht über die Lippen......ist das schwer...... so von meinen Bedrückungen und...und Aussichtslosigkeiten und...und Verkürzungen...Unfähigkeiten, die ich sicher meinem Zurückschrecken vor dem Gesellschaftlichen, vor dem gesellschaftlichen Leben auch...da weiß ich schon, daß das wahrscheinlich durch ein analysierendes Sprechen diese Verstocktheit verlöre. Aber dazu ist dann mein Interesse an meiner Bestimmtheit aber nicht leidenschaftlich genug. Sicher hab ich auch Bedenken, ob das sich denn überhaupt gehört. Es ging mir oft so – vor allem in späteren Jahren –, daß im Teilnehmen oder im Dabeisein bei einer religiösen Feier oder sagen wir Meßfeier ich mich weit mehr selber gemeint fühlte als in den Schemata der – wie sagt man – Psychoanalytik oder wie auch immer man das nenne... Also in der Anonymität eines Rituals, dessen Wirklichkeitskraft ich irgend einmal doch entdeckt habe, hab ich mich einfach auf eine andere Weise und auf eine erhebende Weise erkannt ge-

fühlt als im Analysiertwerden. Beides hat seine Richtigkeit, aber das Ritual hat drüber hinaus ein... gibt mir einen Schubs, also auch einen Ruck über mich hinaus, als würde da etwas übersprungen werden, was die Analyse so aufdröselt: was dann mich unfähig macht, diesen Sprung zu tun.
G. Bevor Sie »Messe« sagten, lag mir das schon auf der Zunge; dem religiösen Menschen ist ja auch diese Scheu eigen, sich zu sehr mit sich selber zu befassen, wie das etwa die Psychoanalyse fordert. Nur, Sie habens natürlich viel schwerer, Sie müssen sich diesen – also da spricht ja auch der Sorger davon – ...diesen Glauben, an dem der religiöse Mensch, der im dogmatischen Sinn religiöse, teilhat, den müssen Sie sich ja selber auch immer wieder erschaffen, den finden Sie ja nicht vor. Sie sind ja immer wieder der Münchhausen.*
H. Ja, das ist richtig, das ist eigentlich eine gute Redensart, sich am eigenen Schopf herausziehen. Aber es ist ja nicht so sehr der eigene Schopf, denn man hat ja doch...das Instrument ist die Schrift, also man zieht sich mit Hilfe des Geschriebenen aus sich selber heraus, bevor man in sich selber versinkt, in die Alleinheit versinkt, die ja dann sehr große Ähnlichkeit mit einem schwarzen Loch hat. Hervorkehren oder Nachaußenkehren in dem Sinn wie Goethe einmal sagt: »Auf ihrem höchsten Gipfel wird die Kunst ganz äußerlich sein«... Nachaußenkehren, das gelingt mir auf glorreiche Weise, ohne daß ich mich dann veräußerliche, nur in der Alleinarbeit, nicht im Reden, auch nicht in der handwerklichen Arbeit, auch nicht in der körperlichen, höchstens noch manchmal in der Geistesgegenwart, die dann zur Liebe führt, für jemand andern. Das ist ja wie wenn man schreibt fast. Wenn die Liebe einmal so ge-

lingt, für Momente, da trifft sie sich mit dem Kunstwerk, dann wird sie selber ein Werk. Ich glaub man muß auch nicht sagen »Werk der Liebe«, die Liebe, die ruft sofort nach einem Werk; es heißt glaube ich nicht umsonst »die Werke der Liebe«, Liebe allein gibt es überhaupt nicht. Der Anfang, diese Offenheit – um das Wort Leere endlich einmal zu vermeiden –, ist ja immer ein Liebesmoment. Wenn Sie das nicht stört, ich sags halt. Sie könnens ja dann herausnehmen. – Da will man entweder zu jemand hingehen und ihn umarmen – vielleicht ja nicht grade umarmen, es kann ja auch ein Blick sein, oder ein Wort sein, oder man will weggehen, beiseitegehen und was tun für ihn.

G. Und Sie erleben da auch das überpersönliche Moment wieder drin.

H. Ja ja, genau. Das ist ja das Moment, wo man von sich, von seiner Leibhaftigkeit und von seiner Person – nicht Persönlichkeit – befreit ist endlich. Ich hab dafür dieses Hauptwort immer – tut mir leid, daß ich das wieder verwende –, das ist das Wort ›Ruck‹. Es ist keine Entrückung, aber es ist ein Ruck aus sich heraus, wo man sich sozusagen... aber doch stärker, stärker dann sich selber erlebt.

G. Das ist mir jetzt klarer geworden.

H. Ich hab früher sehr gern die Fallgeschichten gelesen, ob nun in der Kriminologie oder in der Psychoanalyse, bin mir aber dabei doch immer wie ein Schnüffler vorgekommen. –

G. Es hängt halt glaub ich doch mit dieser Position, die Sie jetzt umschrieben haben, zusammen, daß dann eine Antwort auf die Frage: Wie soll jetzt konkret diese Erneuerung aussehen?... daß eine Antwort auf diese Frage nicht möglich ist. Also Sie haben gestern gesagt, daß Sie

Langsame Heimkehr als einen fast aufklärerischen Roman geplant hatten mit Religionsformen, Staatsformen, die Sorger durchläuft... also da hätten Sie ja dann auf diese Frage versuchsweise Antworten gegeben.
H. Ich hab mir vorgestellt, daß man das herausfinden könnte im Schreibprozeß, und ich hab dann erfahren, daß das in einer Erzählung überhaupt mir nicht möglich ist, also daß das dann zu einem, fast einem Thesenroman... oder es hätte dann etwas sein müssen wie der *Wilhelm Meister* von Goethe, also daß man den Fluß der Erzählung, den ich, vielleicht aus Feigheit, nicht verlassen wollte, verlassen müßte... daß man aus dem einen Fluß dann verschiedene Splitterteile macht, Abhandlungen, Tagebuch-Aufzeichnungen, daß man das alles fast notiert, wie Goethe das in den *Wanderjahren* gemacht hat. Darauf war ich halt nicht gefaßt, ich müßte mir das sozusagen im voraus vornehmen. Denn dieses Brechen des Erzählstroms, das konnte ich... ich hätte ihn brechen müssen, und das hab ich nicht geschafft. Das hätte schon im voraus angelegt sein müssen, und zwar im ersten Satz schon, oder zumindest auf der ersten Seite.
G. Ich mein, es hat aber nicht nur mit dieser Hemmung zu tun, den Erzählstrom zu brechen, sondern auch mit der Art dieses Stroms, mit diesem steten Offensein, also wieder eigentlich voraussetzungslos, ohne geschichtliche Determiniertheit...
H. Richtig, richtig.
G. ... und jeder politische Entwurf setzt doch diese Determiniertheit voraus.
H. Ganz simpel gesagt, das war auch ein Benennungsproblem. Ich hab ja alle Örtlichkeiten am Anfang ihrer Namen entledigt; ich hab ja nie geschrieben: ›Alaska‹

oder ›Yukon‹ oder ›Vereinigte Staaten‹ oder ›San Francisco‹ oder ›Encorage‹. Mein Problem wurden dann immer mehr die Namen, das Benennen. Also das bereinigende Mythologisieren, was ich in *Langsame Heimkehr* ja betrieben hab, indem ich die Namen weggelassen hab und nur den Fluß Fluß hab sein lassen, den Großen Norden halt den Großen Norden hab spielen lassen, wurde dann, je mehr ich mich genähert hab der sogenannten Zivilisation und der Geschichte, immer schwieriger und immer...immer...also ungehöriger, unmöglicher, unwirklicher. Für die Metropole nicht zu sagen ›New York‹, das war ein ganz großes Problem, das kann ich nicht mehr mythologisieren. Und wenn ich jetzt, wie ich vorgehabt habe, mit dem Sorger nach Europa zurückgehe, was mach ich denn da mit der Namenlosigkeit der Landschaft? Es geht ja gar nicht. Also ich hätte dann sagen müssen: ›Kitzbühl‹ oder...hätte ganz anders weitertun müssen. Schon in New York war ein Problem, die Straßennamen nicht verwenden zu können. Ich habs dann doch gemacht und hab zugleich gespürt, daß damit eigentlich die Erzählung aus ist (*lacht*)...daß ich sage ›Madison Avenue‹, ›East River‹ oder ›New Jersey‹. Vorgeschwebt hat mir einfach, die ganze Erzählung ohne Namen, ohne Ortsnamen durchzuspielen.

G. Um dieser Offenheit willen...

H. Genau, ja. Und dann hab ich gemerkt, da muß ich jetzt aufhören, da komm ich jetzt nicht weiter...müßte einen zweiten Teil schreiben, wo dann steht: am 17. Juni kam er in Triest an, auf der Piazza dell'Unità d'Italia, undsoweiter, waren die Rollschuhfahrer. Deswegen fängt ja *Die Lehre der Sainte-Victoire* sofort mit Namen an. Aber das war für mich ein riesiger Umschwung, und auch eine Erleichterung, jetzt die Namen nennen zu können und auch zu dürfen. Auch der ganze *Chinese des Schmerzes* ist ja eine Orgie von Namen: daß ich ›Salzburg‹ sagen kann. Ich konnte ja nie zum Beispiel ... bis zu meinem vierzigsten Lebensjahr konnte ich österreichische Ortsnamen – das ist vielleicht lustig –, konnt ich nicht in Erzählung verwenden. Grad im *Tormann* kommt einmal kurz das Wort ›Naschmarkt‹ vor, in Wien, aber ›Wien‹ kommt ja nicht vor, das war mir unmöglich. Erst mit dem *Chinesen des Schmerzes*, zum erstenmal in meinem Leben konnte ich: ›Salzburg‹, ›Almkanal‹, ›Untersberg‹ – für mich eine Überwindung zu etwas, von dem ich glaub, daß es gar nicht möglich ist. Also ich denk immer noch, das geht gar nicht. Ich habs aber doch getan. Das ist auch etwas sehr Wichtiges fürs Schreiben, daß jeder neue Ansatz eigentlich nur geschieht über etwas, was nicht möglich ist. Also *Der kurze Brief zum langen Abschied* fing so an, mit dem Wort Ich, daß einer Ich sagt: *Ich* erzähle ... und ich hab gedacht, das geht ja schon alles längst nicht mehr, auch jetzt literaturhistorisch gesehen, und ich habs dann doch gemacht. Und grad das falsche Tun – für mich ist das eine Erkenntnis gewesen – ... das falsche Tun nicht aus Mutwillen, sondern aus einer gewissen Lust und Not zugleich ist für das Weitergehen und für das Weitertun zumindest im Schreiben unerläßlich. Also in dem Bewußtsein, etwas Falsches zu tun, wird das, wenn es nur aus Bedrängung und Sehnsucht zugleich geschieht, etwas Fruchtbares. Immer nach dem Rezept, das man sich selber erarbeitet hat, vorzugehen, das führt einfach in die Dürre und ins Verstummen, oder in die Serienproduktion. – Ich wiederhol noch einmal das Beispiel, ›Salzburg‹ zu sagen: einen österreichischen, einen Namen meines Landes aufzuschreiben in einer Erzählung, ich fand das immer lächerlich, peinlich – ich kann gar nicht sagen warum. Also ›Paris‹, das geht ja noch, wie in der *Stunde der wahren Empfindung*, oder zu sagen ›Arizona‹. Aber nun in meinem Land die Salzach zu erwähnen oder die Drau, oder ›Kärnten‹ zu sagen, und damit nicht mich selber zu desillusionieren, das ist ein sehr sehr schmaler Grat.

G. Hat es nicht damit zu tun, daß Sie jetzt in der Lage sind, auch Ihre Geschichte halt zu akzeptieren, daß Sie Österreicher sind?

H. Ja, frag ich mich. Ich sag oft nur aus Trotz, daß ich Österreicher bin.

G. Zur Geschichte sich bekennen, muß ja nicht heißen, jetzt mit Jubel Österreicher sein – eher so, wie Peter Bichsel Schweizer ist.

H. Ja ich nehm es an und ich behaupte das auch.

G. Einfach als Bedingtheit, mit der man irgendwie sich halt auseinandersetzen muß.

H. Ich kanns mir nicht erklären, also bei der neuen Erzählung, die ich geschrieben habe, einfach einen Dorfnamen aus meiner Umgebung zu verwenden, wo ich geboren bin, oder eine Kleinstadt beim Namen zu nennen, oder einfach nur ›Klagenfurt‹...

G. Das haben Sie jetzt getan?

H. Das hab ich getan, ich hab gedacht, ich muß es einfach tun, ich kann ja nicht so sagen ›die Hauptstadt‹ oder... ich tus halt, oder ich schreib ›Maribor‹ oder ›Marburg‹ oder ›Ljublijana‹ oder ›Laibach‹, ich tus halt. Bei jedem neuen Verwenden hats mir so einen leichten Widerwillen gegeben, also ich hab mich nicht daran gewöhnt. Ganz erklären kann ichs mir nicht. Ich kanns mir vielleicht doch annähernd erklären: Also jemand wie Doderer hat ja mit einer ungeheuren Bedachtsamkeit und auch einem Selbstbewußtsein die Ortsnamen von Wien, die Straßennamen, gesetzt, richtig gesetzt; und ich, ich tupf die eigentlich nur so schnell hin, na? Im ganzen *Chinesen des Schmerzes* sind die Ortsnamen eigentlich so leicht hingetupft nur, also ich empfinde das jedenfalls so. Und so denk ich mir, eine annähernde Erklärung ist vielleicht, daß Doderer durch sein Leben diese Orte oder die Namen auch *ersessen* hat, wie man in der Rechtswissenschaft sagt, man muß einen Gegenstand ersitzen, und dann gehört er einem, so daß ich vielleicht durch das Hierbleiben – ich bin ja immer herum…, also ausgerissen von Österreich und hab meinen Wohnort höchstens zwei Jahre dort und dort und dort gehabt –, dadurch, daß ich jetzt fast sieben Jahre schon doch hier an Ort und Stelle geblieben bin, allmählich nicht nur Augen für den Ort hab, sondern auch einen Sinn für die Namen. Das ist eine Erklärung, die ich mir selber gebe.

G. Es könnte auch sein, daß für den Doderer die mit den Orten verbundenen Erinnerungen weniger schmerzlich sind…

H. Ja.

G. …oder vielleicht gar nicht schmerzlich sind.

H. Richtig. Ich mein, daß auch die Gänge, die er über die Jahrzehnte, und das wechselnde Licht…für ihn gelten halt, vielleicht, wie man das ja bei vielen Menschen im Älterwerden beobachten kann, die Jahreszeiten und das Licht. Ich denk jetzt auch an jemand wie Hermann Lenz: der kann ungeheuer wiederholen, der kann sich wiederholen noch und noch, und nur durch die leichte Schwankung im Wiederholen entsteht eine ganz große epische Bewegung; und das kommt eben dadurch, daß er in einem Haus aufgewachsen ist, in einer Stadt... daß er immer die Gänge wiederholt hat, daß er kein Reisender war, daß er ein seßhafter Mensch war... und durch die Zuneigung sicher zu den Eltern – das ist insofern ganz richtig, daß eine Zuneigung da ist, zu denen, die ihn gezeugt haben, eine Dankbarkeit. Wie mit Doderer das war, weiß ich nicht genau, er war ja Offizier und war auch eine Zeitlang – also noch vor dem Einrücken der Nazis in Wien –, war er eingeschriebenes Parteimitglied, ist dann, wie ich glaube, gleich wieder ausgetreten. Also bei ihm ist es eine schwankende Geschichte. Aber sicher hat das mit Menschenliebe zu tun und auch mit Selbstachtung, auch mit sozialer Aufmerksamkeit, also daß man nicht ständig seine Bekannten wechselt, sondern den und den im Auge hat (ein schöner Ausdruck), und auch geduldig die Wiederholungen des Alltags – was gehört da jetzt für ein Verb? – exerziert, von exercitium... und auch eben älter wird. Es hat mich ja immer wieder weggezogen; ich dachte ja überall wo ich bin, bin ich provisorisch. Jetzt geh ich manchmal an einem Haus vorbei, immer noch, und denke, die haben sich da eingerichtet für immer, also bis auf den Tod, und dann packt mich ein leichtes Unbehagen: in einem Haus, an einem Fleck für immer, also bis ans Sterben... vorausbestimmt zu sein. Da seh ich da vor dem Haus die Pflanzen, die Bäume – der Oleander vor dem Nachbarhaus hier steht da in Reihen und ist fast schon baumhoch –, und dann in diesen Augenblikken denkt man, ja, das ist richtig so, der hat sich da eingerichtet für immer, der Oleander war mal so (*zeigt*) spannenhoch, und jetzt ist er zweimannhoch... also ich kanns immer mehr mitdenken.

G. Im Kanton Bern haben früher die Bauern, wenn ein

Kind geboren wurde, einen Baum gepflanzt, der ist dann mit ihm immer größer geworden. – Ich würds eher anders sehen: In einem Haus sein, wo der Oleander davor wächst, das kann ja auch lebenslange Freiheit bedeuten.

H. Ja ich hab das auch nicht anders gemeint; dieser Blick war auch ein Blick der Zustimmung, das war nicht mehr dieser leichte Schauder: Der hat sich da eingerichtet auf den Tod; es war etwas anderes. –

G. Sie haben vorher Hermann Lenz erwähnt. Er berichtet ja doch ganz konkret von geschichtlichen Ereignissen, also auch vom zweiten Weltkrieg, und trotzdem geht das, was er erzählt, nicht in diesen historischen Daten auf. Und etwas Ähnliches, wieder auf andere Weise, hab ich an den *Schlafwandlern* von Hermann Broch so geschätzt: daß er deutsche Geschichte von den achtziger Jahren bis nach dem ersten Weltkrieg beschreibt, und gleichzeitig ist es etwas anderes, es ist wie ein Licht dahinter, das durch farbige Scheiben gebrochen ist, und beim Lenz gehts mir ganz ähnlich.

H. Ja, richtig, das Wort Licht spielt ja bei ihm fast die größte Rolle – in der Perspektive, am Horizont das Licht –, und er beschreibt es ja in unermüdlichen und ganz frischen Wiederholungen. Bei Broch weiß ich das nicht so genau, sein Stil ist ja viel dramatischer und dramatisierender, das kommt auch sicher durch die andere Epoche.

G. Ja aber es ist dieses mystische Licht dahinter, hinter allem.

H. Das scheint mir bei Broch – manchmal, sag ich halt – so ein bißchen aufgedonnert, das Licht, während es bei dem Hermann Lenz...

G. Das könnte sein, ja.

H. ... ist es völlig am Platz. Obwohl auch... Sie haben ganz recht, daß Hermann Lenz das schafft, die geschichtlichen Ereignisse nicht nur so zu Daten zusammenschnurren zu lassen, daß das alles eins – das ist ja dieser Spruch: *hen kai pan*, also alles ist Eines, bei ihm, also die Pfütze, der laufende Hund und die Geschichte, also die Historie. Ich finde es ungeheuerlich, wie er das geschaffen hat und immer noch schafft – obwohl natürlich in seinen Geschichte-Vorkommnissen auch die Deutung drin ist, auch seine Position des träumenden Konservativen, die ja ganz klar wird: davor hätt ich immer noch Scheu, weil ich überhaupt keine...

G. Das meint ich ja mit dem Wert-Vakuum.

H. ... überhaupt keine... Manchmal denk ich auch: Ja bin ich ein Konservativer? oder was bin ich? Bin ich ein Rebell, bin ich ein Amokläufer? Ich weiß es einfach nicht. Das wechselt bei mir, und irgendwie gehört es alles nicht zusammen, also es kommt nicht zusammen. Ich kann mich nicht entschließen, ein Konservativer zu sein, weil ich da auch nicht in der Gesellschaft bin, die ich möchte. Ich kann mich auch nicht entschließen, jetzt rein ein Sozialdemokrat zu sein, obwohl ich die sozialistische Idee als die einzige gesellschaftliche Idee erlebt habe, die immer fruchtbar bleiben wird. Das würde mich aber ungeheuer verkürzen, und ich fände da auch überhaupt keine Sprache vor, die ich verstünde, auch nichts Musisches, im altmodischen Sinn, auch keine Liebe zur Kunst – klingt etwas komisch... Ich kann mich auch gar nicht als ›Alternativen‹ sehen, weil da überhaupt keine Tradition da ist, und das Wichtigste ist für mich doch die Tradition geworden im Lauf der Jahre – sicher auch durch das, was ich als Schüler erlebt hab an den alten Sprachen und an einer ungeheuren Zuneigung und fast Sohnesgefühl gegenüber allen alten Epen. (*Ein- und heftiges Ausatmen*). Ja das einzige, was ich weiß: daß ich die Tradition studieren möchte, lesend, natürlich als Amateur, und weiterführen möchte, oder einfach nur behaupten möchte. Insofern bin ich wahrscheinlich ... ein Konservativer oder was? ... ich könnt es auch nicht einmal sagen.

G. Tradition, so scheints mir, ist für Sie ein Reservoir, und nicht ...

H. Es ist die Überlieferung.

G. Ja, aber nicht als Entwicklung, sondern wie Dinge, die alle gleichzeitig da sind, also der Vergil ist gleichzeitig da mit Goethe, Thukydides, Stifter: in einem ungeschichtlichen Raum.

H. Ja, hauptsächlich, ja. Ich mein, ich seh schon ein, wie auch die Geschichte da mitgewirkt hat in den einzelnen Werken, aber es interessiert mich nicht so. Ich müßt mich selber belügen, wenn ich ... ich studier das beflissen, was die geschichtliche Umwelt war, in der die gelebt haben, aber ich werde leicht zerstreut.

G. Sie haben einmal, in der *Sainte-Victoire*, wo Sie über Stifter schreiben, eine Begründung dafür gegeben, warum der Bach zum reißenden Wasser werden muß und die schönen Gletscher zu den fürchterlichen Gletschern: Sie schreiben das einer persönlichen Veranlagung Stifters zu. (S. 59).

H. Das sagen die Psychologen eher.

G. Aber mir kam es so vor, daß Sie dem zustimmen.

H. Nein, ich zitiere das, ich hab dem nicht zugestimmt. Ich hab mir das so vorgestellt, was vielleicht genau so fadenscheinig ist, daß halt er da ein Kind seiner Zeit war und irgendwie dramatisieren mußte, damit überhaupt eine Geschichte zustande ...

G. ›Kind seiner Zeit‹ meinten Sie dann so, daß er einer Mode folgte, einer Konvention?
H. Er hat ja auch in Zeitschriften veröffentlicht und hat seine Leser gehabt.
G. Daß er denen liefern mußte, was sie wollten?
H. Bis auf den *Nachsommer* und ein paar Erzählungen wird doch alles, was so idyllisch ist, wird zum Horror. Aber ich hab das nie gedacht, daß sein persönlicher Abgrund da mitspielt, das interessiert mich überhaupt nicht... dieses Analysieren der Person Stifters, was der Arno Schmidt da geschrieben hat, was das für ein sanfter Unmensch war oder von seiner Freß-Sucht, das interessiert mich also sehr flüchtig, wie man in der Zeitung unter der Spalte »Verrücktes« so was manchmal zum Abschluß liest und sogleich wieder vergißt. Nein, ich hab mir das so vorgestellt, er mußte das, er hat da mitgespielt, mit dem Schreiben damals.
G. Ich glaub, es hat eben noch andere Gründe – ich sag das jetzt nicht, um Ihrer Auffassung von Stifter eine andere entgegenzusetzen, sondern im Hinblick wieder auf Ihr Werk – ...am deutlichsten war mir das im *Hochwald*, wo es ja dann nicht gut ausgeht, im Unterschied zu dem Bach, wo die Gruben gar nicht so sind, daß man versinken kann [*Kalkstein*]: Ich hab das als Bedrohung einer Welt erlebt – oder in der großartigen späten Schilderung seines Kuraufenthalts in Böhmen oder Franken, wo's dann zum Schneien kommt und schneit und schneit und schneit... wie das Hereinbrechen einer epochalen Katastrophe [*Aus dem bairischen Walde*].
H. So haben Sie das erlebt.
G. Ja, ich lese das so als Vision des Zusammenbruchs dieser mittelalterlichen Welt.

H. Also daß in den Naturvorgängen so ein vorweggenommener...
G. Ein Geschichtsprozeß, ja, reflektiert ist.
H. Vielleicht, so hab ich das noch nie gesehen. – Auch mit dem *Haidedorf*...naja, geht fast nicht, weil der Himmel ja immer gleich bleibt.
G. Aber es ist auch eine zunehmende Bedrohung.
H. Ja, es ist eine schreckliche Bedrohung, aus dem herrlichen Himmel wird dann der Himmel, der die Dürre hervorruft, indem er sich gar nicht ändert. Auch in dem Schnee oder in diesem Eisbruch...
G. Im *Bergkristall*?
H. Ja, oder da gibts also einmal...in *Aus der Mappe meines Urgroßvaters* beschreibt er den Eisbruch im Wald: wo es zuerst regnet und dann der Regen gefriert an den Ästen, und dann bricht alles zusammen. – Ich mein, es ist ja etwas, was an sich schön ist, also ein Naturvorgang, den man sich wünscht: Immer solls schön bleiben oder immer solls schneien: und das wird alles immer schlimmer, also indem es immer gleichbleibt, wird es zur Katastrophe. Ich weiß nicht, ob man das jeweils als Einbruch der – ›Mittelalter‹ ist ein schöner Ausdruck – ... der Neuzeit...
G. Stifter ist für mich der letzte mittelalterliche Dichter, der den mittelalterlichen Kosmos noch einmal beschwört.
H. Seltsamerweise – tut mir leid, daß ich mir da einfalle; das tut mir *nicht* leid natürlich –, als ich *Langsame Heimkehr* geschrieben hab, hab ich mir gedacht: So was ist seit dem Mittelalter nicht geschrieben worden, also ich hab mir das ganz unwillkürlich einmal gedacht. Auch bei *Kindergeschichte* kommt es ja einmal vor, das Wort ›Mittelalter‹. Ich dacht immer...das denk ich

jetzt nicht mehr; die Wörter, mit denen man denkt, ändern sich ja auch im Lauf der Jahre oder kriegen einen andern Stellenwert; aber seinerzeit bei der Arbeit dacht ich auch, ich hab ein mittelalterliches Bewußtsein.

G. Ist es in der *Kindergeschichte*, wo Sie Mittelalter als Zustand bezeichnen, wo alles Natur ist, oder ist es wo anders, in den Aufzeichnungen? – irgendwo steht das.*

H. Ich glaub nicht, daß ich das wörtlich so jemals geschrieben habe.

G. Wo die Geschichte nicht Geschichte ist, sondern ein Seinszustand...

H. Ja, über der Geschichte stehender Zustand, ja. Das ist in der *Kindergeschichte* einmal: als sei das ein Mittelalter, wie es vielleicht in der Wirklichkeit gar nicht existiert hat. [S. 66].

G. Genau, ja. – Ich hab schon an Sie gedacht, als ich sagte, daß Stifter der letzte mittelalterliche Dichter... (*Bandwechsel*) Aber bei Stifter steht immer noch die wie immer auch ausgehöhlte und bedrohte Realität des Kaiser-Reiches dahinter...

H. Und bei mir steht gar nichts dahinter? (*Lacht*).

G. Ja... so daß ich...

H. Ist doch schön.

G. ...diese übergeschichtliche Welt noch als geschichtliche begreifen kann, und bei Ihnen kann ich es nicht mehr, wenn Sie jetzt mit dem Anspruch oder mit dem Willen auftreten, diesen mittelalterlichen Kosmos zu beleben.

H. Das war nicht mein Wille, das ist mir so aufgegangen mitten in der Arbeit. Ich mein, ich kann ja wirklich nur von meiner eigenen Betroffenheit und aus meinem eigenen Grund ausgehen, also was Erfahrung ist. Ich hab ja nie...das wär ja schreckliches Kunstgewerbe,

sich vorzunehmen, das Mittelalter und dessen Weltbetrachtung aufzustülpen einem Helden der Jetztzeit. Mich stört es auch überhaupt nicht an meinen Sachen, daß da kein Hintergrund, kein historischer, oder kein... was da mitspielt. Ich mein, die Zwischenräume, in denen meine Sachen – ich glaub, das ist das richtige Wort: die Zwischenräume –, in denen die noch spielen, die sind ganz eng, so wie bei den Gehenden auf dem Markusplatz. Aber ich lebe nur von den Zwischenräumen, wo die Geschichte immer mehr, so wie zwei... zwei – wie soll man sagen – ... wie zwei Flugzeugträger, die sich nähern und kaum noch einen Spalt zwischen einander übrig lassen... aber von diesen Spalten, von diesen Durchblicken, von denen lebe ich und davon schreibe ich; all das, was ich gemacht hab, lebt von den sich verengenden Zwischenräumen, und ist auch bestimmt von der Geschichte, da bin ich mir ganz sicher. Also ich schau: Wo kann ich noch ausweichen, aber zugleich in dem Ausweichen – was auch sehr wichtig ist – eine gleichbleibende, entwerfende Bewegung erzeugen, also nicht wie ein Hase im Zickzack ausweichen, sondern eben mit Hilfe der Erzählung ausweichen – so wie's in der *Geschichte des Bleistifts* steht: Warum gibts nicht den Helden der Flucht? Alle sagen, du flüchtest dich aus der Realität. Ist nicht die Flucht eine Kunst?* – Ich will da nicht so ausführlich werden. Aber es ist sicher der Unterschied von Stifter und jemandem wie mir heute ganz klar zu machen, insofern ist es für mich auch ganz aufschlußreich. Obwohl... ich seh da keinen Qualitätsunterschied.
G. So hab ichs auch nicht gemeint.
H. Das sind halt die verschiedenen Lagen. – Kaiserreich hin, Kaiserreich her: dieser Gedanke an das Reich,

das ist schon auch etwas, was im Lauf der Zeit für mich immer wieder fruchtbar geworden ist. Es taucht ja nur wie Atlantis, taucht es kurz wieder auf, bestimmt aber doch die Weiterbewegung. In der letzten Erzählung, da kommen sehr oft die blinden Fenster zum Beispiel vor, die an den alten Gebäuden – zumindest hier in Österreich – oft zu sehen sind. Es sind gemauerte Fenster, die die Farbe der Hausmauern haben, nur halt so kleine, hineinversetzte Vierecke sind. Das ist bei vielen Gebäuden bei uns – »bei uns«, sag ich (*lacht*) – ... sind das für mich – wie soll ich sagen – ... wie Überreste oder wie, besser gesagt: Siegel, oder auch ... auch Leerformen: von etwas, was man ›Reich‹ nennen kann. Man muß ja dazu nicht Kaiserreich sagen. Und ebenso gibt es für mich – also für mich; das ist natürlich ein subjektives Erlebnis – Landschaftsformen: nicht nur die Alleen, die immer mehr auch verschwinden oder verstümmelt werden; auch die Alleen, die abbrechen und dann irgendwie nach zweiunddreißig Autobahnen seltsamerweise weiterverlaufen – das kann man in Wien sehr oft sehen – ... aber auch etwas, was die Geologie Viehsteige oder Viehtritte nennt, also Hänge, wo einmal, früher, vor langer Zeit das Vieh geweidet hat und so seltsame, terassenförmige Stege hineingetreten hat, die jetzt, dadurch daß das Vieh nicht mehr da ist, überwachsen sind von Gras und in die Hänge seltsame Pyramiden gezeichnet haben. Die berühren mich immer wieder als etwas, was vergangen ist, sein Muster gezogen hat, aber wieder bevölkert werden kann. Es gibt ein seltsames Gefühl, als seien das – zum Beispiel was in der letzten Erzählung diese mitbestimmt, grad diese leeren Viehsteig-Hänge –, wie Wasserzeichen von etwas, was einmal war und grad durch das Leere, das Nicht-mehr-Vorhandene, halluziniert werden kann, als könnte es nicht ausbleiben, daß es wiederkehrt, in einer anderen Form freilich, verstehn Sie? Also nicht daß da die Kühe wieder draufstehn – aber als ob etwas da wiederkehren könnte und auch würde. Also insofern bin ich schon auch bestimmt von einem ... eben nicht von dem Kaiserreich und auch nicht von irgend einem andern ... also in einer unbestimmbaren Art von einer Form von Reich. Das finden Sie in der letzten Geschichte immer wieder, oder in der *Sainte-Victoire* (S. 38, 73 f.). Das ist halt jetzt meine Lage. Ich mein, ich hab oft schon versucht, mit vielen Wanderungen, zu Fuß, zu Fuß gehen in Österreich, da mir so ein anderes, also auch durch den Augenschein oder sagen wir das schöne Wort: durch das Augenmerk, ein anderes Österreich vorzustellen, natürlich aus den Einzelheiten, immer induktiv. Es ist mir eigentlich nicht gelungen. Die *Langsame Heimkehr* sollte, als ich sie im Kopf anfing, ja heißen »Ins tiefe Österreich«. Ich wollte eine dicke Geschichte, wo der halt dann durch die verschiedenen Religions-, Staats- und Landschaftsformen zurück in das Tiefste des Landes kommt. Es ist mir überhaupt nicht gelungen, aus den Einzelheiten so ein tiefes Österreich zusammenzuphantasieren oder freizuphantasieren. Es war nicht der Fall. Ich hab gemerkt, das geht episch nicht. Auch dieser Gedanke von Mitteleuropa, der jetzt herumgeistert oder spukt oder auch wirksam ist in vielen Köpfen, den hab ich, so sehr ich die Historie – in Slowenien, in Friaul, in Triest, auch bei uns in diesem Land – betrachtet hab und soweit ich das kann, studiert habe, ist mir der überhaupt nicht klar geworden, der Gedanke von Mitteleuropa. Was so ein bißchen ein Ersatz ist für das Habsburgerreich, und was in vielen Köpfen das untergegangene Reich ersetzt hat, weil ohne das konkrete, betastbare Reich können scheints die Leute nicht auskommen. Aber meine Sache ist es nicht. Allein schon – wenn Sie das vielleicht amüsiert – ...allein schon das verschiedene Wetter, zum Beispiel in dem Karsthochland oberhalb von Triest über den Alpen, im Blick nach Norden, die mitteleuropäische Wolkenbank immer so stehen zu sehen und danach den Meereswind zu spüren: da sieht man schon im Wetter, im Meteorologischen, eine Grenze. Also ich konnte nie das Mitteleuropa, einfach schon aus Klimagründen, aus Wettergründen, konnt ich das nicht zusammen sehn. – Natürlich denkt man, man könnte aus dem Handgreiflichen, aus dem Konkreten, wirklich noch so wie Stifter damals, einen Hintergrund sich erstellen, auf dem man, was man schreibt, herauspaust, wie Formen, die halb schon verschollen sind. Das ist mir nicht gelungen; ich dachte vor zehn Jahren, das wäre möglich.

G. Es hätte dann auch irgendwie nicht gestimmt.

H. Ich hab auch gemerkt, es wäre einfach verlogen gewesen.

G. Das wären exzeptionelle Überbleibsel und Einzelheiten gewesen, die dann einen repräsentativen Anspruch übernommen hätten.

H. Aber das machen ja sehr viele, zumindest hierzulande oder auch in Norditalien.

G. Also muß Ihr Reichsgedanke auskommen ohne geographisches Substrat.

H. Genau so, das ist richtig. Genau das hab ich auch – nicht erkannt, aber das hab ich erfahren.

G. Was ist es denn? An diesen Niederländern ist mir auch wieder das Moment der Offenheit aufgefallen, der Weite. Was gehört noch dazu? Irgend eine politische Organisationsform stellen Sie sich nicht vor dazu?

H. Überhaupt nicht, es steht mir nicht zu. Aber vielleicht kann man das so in fragmentarischen Wörtern angeben, was es ist. Wie Sie sagen: Weite... auch natürlich Grenzenlosigkeit – und doch durchgearbeitet, also eine Verbindung der Formen der einzelnen hergestellten Dinge: so wie man zum Beispiel noch immer an den slowenischen Bahnhöfen die Fußabstreifer... die haben eine ungeheuer kunstvolle Form, die man an den Südkärntner und auch überhaupt an den österreichischen Bahnhöfen ab und zu wiederfindet. Also die Fußabstreifer-Form findet sich dann wieder in Barometer-Formen, auch in der Schrift auf diesem Barometer – das ist auch wichtig –, findet sich wieder... fast ist das alles ja nur noch an den Bahnhöfen...

G. Und das kakanische Gelb gehört auch dazu?

H. Das Gelb zum Beispiel dazu. Das ist auch meine Vorstellung, daß eben die Dinge, die hergestellten Dinge, wozu auch immer sie dienen, ob sie noch so klein sind – das kann ja auch der Griff einer Klo-Spülung sein – ... daß die ähnliche... daß eine Gemeinsamkeit der Form da ist, also vor allem auch der Schrift natürlich. Was auch immer. Daß also durchgearbeitet ist, die Dinge des täglichen Lebens bis in die kleinsten Verzweigungen eine Einheit bilden – eine sehr vielfältige Einheit dadurch natürlich, daß es verschiedene Dinge sind.

G. Das war ja schon die Idee der Wiener Werkstätten um die Jahrhundertwende.

H. Ja die ist ja aber immer noch... also in Fragmenten sehn Sie die, in der Tatsachenwelt, immer noch.

G. Ja, erfreulicherweise.

H. Ja, mir tut es auch immer gut.

G. Also würd es wieder auf den Ausruf Sorgers hinauslaufen: »Mir fehlt die Kultur!«

H. Ja, da spürt man auch eine unglaublich sanfte Handwerkerkunst, die von einer Mitte ausgeht – das ist vielleicht auch noch wichtig – und bis an das Ende der Welt ihre Vielfalt in der Einheit zeigt. Das sind ja sehr sanfte Dinge; so einen Fußabstreifer, den können Sie stundenlang betrachten. Der Flaubert hat in der Vorstellung einmal gesagt: »Es juckt mich in den Fingern nach einem Epos«, nachdem er vielleicht so am Abend mit in die Hände gestütztem Kopf hat er stundenlang die Ornamente an einer Mauer, an einer nordafrikanischen Stadtmauer betrachtet. So könnte ich manchmal stundenlang so einen Fußabstreifer oder so ein Hinweis-Schild am Bahnhof: ›Zum Brunnen‹, mit der Hand, betrachten.
G. Es ist ja auch eine Aufmerksamkeit, die einem erwiesen wird, im Unterschied zu den Ramschdingen.
H. Ja, es ist begütigend einfach, wie die Dinge bis ins kleinste – ich glaub das Wort ist richtig: ziseliert sind, und da erwacht in mir doch ganz konkret die Idee eines Reichs – aber politisch wird es dann insofern nicht, also es wird nicht ... ich hab da keinen Verfassungsvorschlag. Auch bei Steinmauern und Feldwegen ... eine besondere Sorgfalt einfach in den Gebrauchsdingen ... wo die Gebrauchsdinge so angeordnet sind, daß sie anmutig werden, nicht nur nützlich, sondern daß in der Nützlichkeit zugleich schon die Anmut begriffen ist. Da denk ich auch oft an ›Reich‹. Oder zum Beispiel – was ein Dichter wie der René Char so gepriesen hat oder evoziert hat – den Mittelstreifen eines Weges, von Wegen, wo das Gras wächst ... diese Mittelstreifen manchmal, die da immer weiter führen; in diesem Land hier, da wächst auf den Mittelstreifen Löwenzahn, und dann jenseits der Grenze, jenseits der Karawanken,

oder der Alpen, wächst ja schon der Rosmarin – nein Rosmarin nicht...
G. Wegwarte, die blaue...
H. Wegwarte, oder Thymian sogar, wenn Sie dann in den Karst kommen – aber der Mittelstreifen ist immer noch da, verstehn Sie? Der geht... also der wird durch die Berge geteilt, aber auf der andern Seite gehts wieder weiter. Nur sind die Pflanzen dann anders, es sind vielleicht Küchenschellen, oder vor allem halt diese kleine Minze... also die Minze wird kleiner und kräftiger, aber ist immer noch Minze (*tiefes Ein- und Ausatmen*). Da könnt ich noch viel, was mich dann so an das Reich, an so etwas wie Reich – wie soll man sagen: erinnern oder gemahnen... könnt ich sehr viel aufzählen.
G. Und daran gemahnen Sie also auch in der Natur diese Kuhtritte beispielsweise...
H. Vor allem das, ja, das hat mich über Jahre beschäftigt.
G. ...die auch ein kulturelles Phänomen sind, das in der Natur sich widerspiegelt.
H. Ja, es ist so eine Einheit, man spürt die Menschen auch mit. Man spürt zuerst natürlich – das hab ich ja versucht zu erzählen – die schweren Leiber der Kühe, die da manchmal aus... – man hat so ein Halluzinationsgefühl –, und hat sogleich ein Gefühl der Hirten, die da mitgegangen sind, findet sich selber wieder aus der Kindheit, als der eine oder andere von uns auch mit den Kühen unterwegs war. So ein Gefühl einer ständigen Gegenwart. Es ist die Halluzination so stark, als ob die Zeit steht – und zugleich immer noch fruchtbar ist. Das gibts ja hier... hier im Salzburgerland ist das sehr häufig zu sehen, die leeren Viehsteige, auf denen man... also sie haben etwas von Rampen... ich hab so

ein Rampen-Gefühl, das Gefühl, daß da etwas passieren wird, daß da etwas losgehen wird.

G. Und die Bewohner des Reiches, das sind wahrscheinlich nur immer wieder Einzelne?

H. Ja, das ist schwierig, da kann man nur...die Bewohner sind nur die Leser, sicher. Also das letzte Reich und auch das einzig vernünftige und nicht metaphysische Reich wird sicher das Reich der Schrift sein, das Reich der Erzählung. Oder zumindest gehts mir... bei mir geht es darauf hinaus.

G. Das würde also heißen, es könnte sich überhaupt nicht mehr materialisieren, es wäre nur noch in der Schrift vorhanden.

H. Ja, ich weiß nicht. Jetzt ja oder nein zu sagen wäre Ideologie; zu behaupten, daß dieses Reich wiederkehren kann, oder auch zu sagen, es kann nicht wiederkehren, das ist mir nicht möglich. Ich weiß nur, daß dieses Reich sich verwandelt; diese leeren Viehsteige, die blinden Fenster, die rufen danach, verwandelt zu werden, also diese Halluzination eines Reiches ruft danach, verwandelt zu werden – aber in was kann mans verwandeln? Der eine wird jetzt wirklich vielleicht politisch werden, also politische Aktionen...oder zumindest eine These aufstellen; der andere, so jemand wie ich, wird das eben verwandeln in das, was ich eben tue. Aber das drängt einen schon zur Handlung.

G. Und Sie würden auch die Möglichkeit nicht ausschließen, daß der Erstgenannte, wenn er jetzt die Verwandlung, wie Sie sie vorgenommen haben, die Schrift, zur Kenntnis nimmt, daß er daraus politische Schlüsse zieht, beispielsweise. Daß er sagt: das muß wirklich werden, das muß sich materialisieren.

H. Aber Herr Gamper, ich bin sicher, das, was ich verwandle aus diesen Indizien und Einzelheiten, diesen fruchtbaren Einzelheiten, das läßt sich nicht sozusagen... das realisier ich zwar im Sinn von Cézanne, aber es läßt sich nicht überführen in die Tatsachenwelt. Ich mein, das wär ja hirnrissig oder vermessen. – Aber ein anderer, meinen Sie, der könnte da veranlaßt werden, einen Entwurf, der auch politisch realisierbar wäre, zu erstellen.

G. So wie bei Stifter dieser Kosmos der Idee des Kaiserreichs entspricht, ja.

H. Ich glaub schon, daß man im Lauf des Lebens – mir fällt da leider jetzt Ernst Jünger ein – ... daß also, wenn man älter wird, es einen dazu drängt, es auch wirklich durchzuspielen, wie das alles auch funktionieren könnte. Das ist aber doch für mich schrecklich mißglückt in all dem, was Ernst Jünger geschrieben hat, das wird gravitätisch, wird kalt, wird wie ein geschlossenes System; also die ganze Offenheit, Freiheit des Lesers, wird da geknebelt, und auch stilistisch ganz ... – ›ledern‹ ist ein feuilletonistisches Wort ... aber unnachgiebig, verliert alles Kindliche – ja, das ist mir das Wichtigste.

G. Ich seh das ein, aber andererseits ist es auch trostlos, sich zu bescheiden, das bleibt jetzt immer so oder wird immer noch schlimmer.

H. Ja auf Dauer nicht, auf Dauer nicht, das glaub ich auch nicht. Aber ich bin vierundvierzig Jahre alt, und es ist mir nicht im Sinn bis jetzt, also ich zuck auch zurück wie vor einem Sakrileg, das sozusagen auszumalen, den Entwurf auszumalen. Ich glaub, das werd ich auch nie tun. Obwohl, es verführt einen schon, da wirklich so einen Sonnenstaat sich auszudenken ...

G. Die andere Variante, die liefe dann auf das hinaus, was vor ein paar Wochen Odo Marquard in der Neuen

Zürcher Zeitung geschrieben hat, in der Literaturbeilage. Das hat mich schon entsetzt.

H. Ich habs nicht gelesen.

G. Eine Rechtfertigung der Geisteswissenschaften und der Kunst, und zwar, verkürzt jetzt so: Die Welt verödet immer mehr im Zuge der Technisierung, also wird die Phantasie, wie sie in der Kunst und in den Geisteswissenschaften sich betätigt, immer wichtiger; diese müssen gefördert werden, damit die Technisierung weitergehen kann und der Mensch das aushält. Damit wird die Phantasiewelt zur Ermöglichung weiterer Dehumanisierung und Zerstörung der Realwelt in ein Kalkül hineingezogen.*

H. Ich weiß nicht, ob Sie das nicht etwas sophistisch sehen.

G. Vielleicht hab ichs jetzt etwas vereinfacht.

H. Ich weiß nicht, ob nicht doch die Zerstörung so ein leichtfertiger Slogan geworden ist. Ich mein, ich will mich da nicht aufschwingen – es ist mir auch langweilig, so Thesen zu vertreten – zu einem Vertreter des Fortschritts oder Befürworter des Fortschrittes. Es wurde doch immer zerstört, um Eisenbahnen zu bauen zum Beispiel, oder was auch immer, es war ja immer zugleich eine Zerstörung. Vieles ist ja auch wirklich Zerstörung, also Unwiederbringlichkeit, aber vieles ist Zerstörung und Veränderung und Verwandlung und läßt dann die Landschaft oft ganz anders sehen. Es ist so oft zwiespältig. Ich war, als mein Bruder, der Zimmermann ist, ein Autobahn-Arbeiter war, war ich dabei, als ein ganzes Tal ›begradigt‹ wurde, sagen wir einmal so, euphemistisch.

G. Das ist also biographisch, was Sie da in *Über die Dörfer* ausführten.

H. Ja, also es hat einen biographischen... wie soll man sagen...Spiegel oder so. – Und da konnte man sich denken, daß das für immer zerstört ist. Nun fährt man auf hoher Trasse durch das Tal, ganz hoch, und hat schon auch ein Gefühl von Schönheit: des Tales, von so hoch oben, auch von Stille, und die Dörfer unten sind natürlich jetzt wirtschaftlich abgeschnitten. Aber als Bild oder als Erlebnis von Fahrt – ich fahr ja nicht oft mit dem Auto – ...aber als Erlebnis von Fahrt und von Landschaft – und auch vom Staat Österreich, ganz seltsamerweise – ist es fast erhebend. Man hat eine sehr physische Vorstellung des Landes, die man vorher überhaupt nicht hatte. Wir können ja auch sagen, es ist Illusion. Also ich bin mir nicht so ganz sicher, ob zum Beispiel Autobahnbau in jedem Sinn...ich kenn ein paar französische Autobahnen... die da von Saarbrükken Richtung Reims geht, da hab ich ein Gefühl von Schönheit, auch dadurch natürlich, daß die nicht so befahren sind. Auch von Stille. Was ist Zerstörung? Das müßt man halt sich genauer fragen.
G. Das kann man in sämtlichen Bereichen hören und sehen. Ich erleb es jetzt in meiner Ursprungsgegend, wo demnächst durch den letzten Wald eine Schneise gehauen wird, das schöne Land am Rhein unten von einer Autobahn zugepflastert wird, der Himmel zum Tummelplatz der sogenannten Sportflugzeuge geworden ist. Überall der Lärm und die Häßlichkeit, nicht einmal mehr nachts gibt es Stille in den Dörfern und Städten...
H. Ja dazu kann man gar nichts sagen, das ist ja alles so evident.
G. Die emotionalen Möglichkeiten werden immer mehr eingeschränkt durch die Norm, durch die Norm

der Medien, denen man gar nicht mehr ausweichen kann: das hat eben der Marquard auch erwähnt.

H. Aber ich kann mir nicht vorstellen, daß ers so eindeutig und einschichtig gemeint hat, also daß die Künstler sozusagen das Trostpflaster...

G. Auf das würds hinauslaufen, und diesen Gebrauchswert möchten Sie auch nicht haben, zuletzt.

H. Ja weder noch. Weder das Trostpflaster, das ablenkende...dieser Gegensatz, daß man das Innere weckt, wenn das Äußere schon unansehnlich geworden ist, das ist ja eine Verbindung, die nicht zerstörbar ist; ohne das Äußere gibts ja kein Inneres...

G. Entschuldigung, wenn ich das schnell dazwischenschalte: der Vorwurf oder das Schlagwort der Neuen Innerlichkeit, was man auf Sie auch angewandt hat, da fühlen Sie sich überhaupt nicht betroffen?

H. Ich glaub, das hat doch jeder vergessen.

G. Schon wieder.

H. Nein, ›Innerlichkeit‹, das ist ein Schlagwort, und dagegen kann man schon setzen: Insichgekehrtsein.

G. Das ist etwas anderes, ja.

H. Das ist ein schönes Wort, auch ein schöner Begriff. – Was wollt ich denn sagen? Also weder das Trostpflaster, noch das futuristische Preisen, also Begleiten, Begleitgesang der Zerstörung, wie Sie sagen, oder eben des Zerstückelns und Zerschneidens...weder das eine noch das andere natürlich, aber was das Dritte ist, weiß ich nicht. Es *muß* aber ein Drittes geben, oder die Kunst hört auf. Weder als Trostpflaster noch als Begleitgesang hat sie ihr...wie soll man jetzt sagen...hat sie ihre Rolle, sondern sie muß etwas Drittes, ja da sind wir bei dem Problem, sie muß das Dritte entdecken, erforschen und üben vor allem. Aber was dieses Dritte ist, das weiß ich wirklich nicht. Das Dritte muß jeweils neu ausgegraben werden, archäologisch, glaub ich. So mit ›Phantasie erwecken‹ und so weiter, das ist ein schreckliches Schlagwort, das Wort ›Phantasie‹ ist ja fast schon unerträglich geworden. Da gefällt mir das Wort ›Einbildungskraft‹ schon besser als ›Phantasie‹. Einbildungskraft erzeugt empfindliche Menschen, Leute, die auch bereit sind, einzugreifen und sich zu wehren, und ›Phantasie‹ ist für mich sofort: man ist abgelenkt, man träumt.

G. Wie Sie das Wort in den Aufzeichnungen verwenden, entspricht es ja dieser Einbildungskraft...

H. Ja freilich, ja.

G. ...und auch Verwandlungskraft.

H. Ja, das ist noch besser. Und vor allem ist es dann Mitleidens- und Mitfreuenskraft. – Das wär wirklich lustig, herauszufinden, was nun das Dritte wäre, wo man entweder aufhört, was zu machen, in der Kunst, oder da weitergeht. Ich weiß es selber überhaupt nicht; am Morgen weiß ich es manchmal, ohne es sagen zu können, und am Nachmittag, wenn ich dann durch die Landschaft geh, weiß ichs überhaupt nicht, oder wenn ich den Leuten zuhöre, wie sie leben und was sie zahlen müssen für ihre Garçonnièren und wie sie an den Straßen, an diesen lärmenden, dahinvegetieren müssen, weiß ich gar nicht mehr. Also in meinem ruhigen – es ist ja kein Winkel, aber an meinem ruhigen Ort, da spann ich diesen Ort aus, indem ich arbeite, und erweitere ihn auch. Aber es kommt mir eigentlich täglich vor... also kein Tag ohne ganz schreckliche Bedrückung; die kann vielleicht nur zwei Minuten sein oder zwei Stunden. Diese Bedrückung kommt nicht nur aus irgend einer endogenen Schwermut, sondern die kommt von außen, auch das Gefühl, etwas zu machen, was niemanden mehr betrifft. Ging mir oft so.

G. Vielleicht doch auch im Hinblick auf Ihre eher exzeptionelle Situation?

H. Ja, freilich.

G. Nicht mehr »Stellvertreter des Allgemeinen« zu sein, wie das der Quitt noch beanspruche.*

H. Ja, ich bin … erlauben Sie mir, daß ich die letzte Erzählung, die ich geschrieben hab, zitiere: daß ich mir schon bewußt bin, eine Grenzfigur zu sein, Grenznatur.

G. Vielleicht sind Sie gerade dadurch wieder verbindlich, exemplarisch, beispielgebend.

H. Ja wenn man dazu steht, wenn man das erkennt. Wenn man auch die Unterscheidung trifft zwischen Grenznatur und Randfigur. Also ich betrachte mich als Schriftsteller nicht als Randfigur, aber als Grenznatur. Und daß man oft von den Grenzen her, also die Grenzen verstärkend, schon das Gefühl hat… (*Pause*) Ich möcht mich nicht selber rechtfertigen; wenn ich da hineinkomm, werd ich sofort schwach, also auch sprachlich.

G. Ich wollt auch nicht im Sinn einer Rechtfertigung das anregen.

H. Ich wollts auch selber herausfinden, was das ist.

G. Ich hab nur dann gedacht, daß doch heute kaum noch jemand in einer Mitte, weder seiner eigenen noch sonst einer, ist, sondern irgendwo am Rand, immer in der Gefahr, noch ganz herausgespien zu werden.

H. Ja viele, aber…

G. Aber auf die kommts doch an, das sind die noch Leidensfähigen, Empfindungsfähigen.

H. Ja, auf die kommt es an, das sind viele Einzelne,

aber das, was man so Volk nennt, oder sagen wir Bevölkerung, die klammern sich wie an eine Lebenslüge daran, daß sie die Mitte darstellen. So ein Spruch: »Sind wir Österreicher oder nicht?« – sagt man zum Beispiel zu den Slowenen in Südkärnten, die nicht deutsch sprechen, weil's nicht ihre Muttersprache ist. Und: »Ich bin stolz, Österreicher zu sein.« Also diese selbstbeschwörenden Formeln dauernd, ununterbrochen. Oder wie jetzt bei den Wahlen: »Wir wählen, wen *wir* wollen!« Das ist ja ein Ausdruck von Schwäche und Angst und Kläglichkeit. – Ja, aber die Mitte ist auch so eine Ausdruck...

Mir geht es so, daß ich öfter und lieber von mir als Leser spreche als als Schreiber. Also mir geht es beim Lesen, wenn ich Glück habe und wenn ich mich auch vertiefen kann, wenn das Buch oder die Zeile es zuläßt, geht es mir wirklich so, diese Zeitlang und noch darüber hinaus, und wiederholbar, daß ich, der Lesende, vereint mit dem, der das verfaßt hat – ›verfaßt‹ ist auch ein schönes Wort, so wie ›Verfassung‹ –, mich als die Mitte der Welt sehe, ohne daß ich in dieser Mitte der Welt einen Thron mir vorspiegele. Diese Mitte ist natürlich so zitternd und verrückt so leicht, wird so leicht verrückt. So geht das wahrscheinlich sehr vielen. Ja, das kann man wirklich sagen, im Lesen und in der Liebe... ist es dann da.

(*Schweigen*).

G. Ich hab das auch hie und da erlebt im Musikmachen oder -hören.

H. Ja, da spürt man dann einen Aufruf, den man nicht vergessen hat, aber den man so schmerzlich vermißt hat immer... also täglich vermißt man dieses Gemahnen, eben diesen Aufruf zu... auf der Höhe seiner...: ja, das ists vielleicht eher, weils Umgangssprache auch ist, eben auf der Höhe seiner selbst zu sein.

G. Ja, genau.

H. Das ist eigentlich ein sehr schöner Ausdruck. Ich erleb das fast nur durch die Kunst. Manchmal durchs Gehen, nicht durchs Wandern einfach, aber durchs bewußte Gehen. Sicher ist es ein Ausweg geworden, weil die Religion das nicht mehr gibt; das Staatsbewußtsein oder Volksbewußtsein gibt es auch nicht mehr; die Wissenschaft, also das Forschen, hat mir das nie verleihen können. Ich kam mir da immer wie ein Kunstgewerbler vor. – Aber was ist das dann noch für ... wie hat die Kunst dann ... wie haben die Formen dann auszusehen, daß diese einzig gerechtfertigte Art von Kunstwerk entsteht? Das weiß ich überhaupt nicht, da sind wir wieder bei dem Punkt. Ich kann nur erzählen, daß es mir bei manchen Büchern von Hermann Lenz so geht. Der hat so gar nicht vorgemachte Formen, der verwendet halt irgend ein Erzählen, schürzt aber keinen Knoten, arrangiert auch nichts, er läßt sich wirklich im Wortsinn auch gehen. Will nichts beweisen. Hat ein paar Vorurteile, die halt in ihm sind, die er aber relativiert, denen er nie eine Rüstung anlegt. Und trotzdem: er wird gelesen, hat aber nicht den Platz, den er haben könnte. Da gibts die Bücher von Grass und Böll, die sozusagen im Mittelpunkt des sogenannten Interesses stehen. Aber die sanfte Kraft und auch die schöne Schwäche, die da bei ihm noch vorkommt, wo man durch die Schwäche schon, die eingestandene und sinnlich nachgezeichnete Schwäche schon das Gefühl der Brüderlichkeit hat, das kommt überhaupt nicht ... es steht nicht dort, wo es hingehört. Auch der Gerhard Meier bei Euch in der Schweiz, sehr vergleichbar dem Hermann Lenz, arbeitet nicht an seinem Platz.

G. Um nochmals auf Ihr Schreiben zurückzukommen: Die zweite Möglichkeit, die der Fortschrittsapotheose, die läge Ihnen anscheinend doch näher als die des »Trostpflasters«. Also Ihre Bemerkung, daß Sie gegen die automatisierte Welt nichts hätten, daß die aber einfach nicht erzählbar sei, das nehmen sie offenbar nicht als Argument gegen die automatisierte Welt, sondern bedauern einfach, daß es diese Möglichkeit des Erzählens nicht gibt. Ist es nicht so, daß die Möglichkeit des Erzählens auch die humane Dimension anzeigt, und umgekehrt?

H. Richtig. Also das müßte mir eigentlich den Verdacht einflößen: Wenn es nicht erzählbar ist, ist es auch kein...

G. Keine humane Möglichkeit.

H. ...keine humane Möglichkeit. Und den Verdacht hab ich ja auch. (...) Ja, aus dem geht hervor, daß es ungeheuer schwer ist, eine Erzählung zu schreiben, weil: Erzählen heißt ja immer Entwerfen einer menschenwürdigen Welt, also für mich halt.

G. Daß Sie Gefahr liefen zu scheitern mit der *Langsamen Heimkehr*, wenn Dinge wie Flugzeuge und Fernsehapparat ins Blickfeld kamen, hat das jetzt zu tun mit diesen Dingen als solchen, ihrer nicht möglichen Erzählbarkeit, oder hat es mir der quasi mythischen Anlage zu tun?

H. Das zweite. Es hat mit dem Anfang zu tun, mit der Wette, auf die ich mich mit dem ersten Satz eingelassen hab. Da war kein Fernseher mehr möglich.

G. Also gemessen jetzt an dem »Bedürfnis nach Heil«, da paßt er nicht hinein, in diese elementare Empfindung?

H. Ja, das Wort ist schon so kläglich: ›Fernseher‹, ›fernsehen‹... Diese Wörter, da haben Sie recht, sind immer Stolpersteine für mich – obwohl ich zu manchen Zeiten recht gern ferngesehen habe in meinem Leben. Aber das zu verwenden in einer Erzählung... – ich finds einfach unschön, unschön und ungut zugleich, und da muß ja was dran sein. Als ob man ein Tabu verletzt, indem man solche Wörter in einem Erzählwerk auftauchen läßt. Im Dadaismus wäre das...das war halt damals eine Station, die recht nützlich war, aber mich so als Wiederfindungslandschaft überhaupt nicht interessiert.

G. Wenn ich Sie vielleicht bitten dürft, zuerst etwas zu erzählen über Ihren Umgang mit Nietzsche, der ja mehrfach seine Spuren hinterlassen hat in Ihrem Werk.
H. Ja das ist eine langdauernde, aber vielleicht kurz zu erzählende Geschichte. Von allen Großen hat man ja ein erstes Bild, das in der Regel, wenn man sich nicht wirklich auf sie einläßt, zum Klischee-Bild wird und durch das ganze Leben weitergetragen wird. So ging es mir mit Nietzsche, in der Schule, wo wir den *Zarathustra* gelesen haben.
G. Im Internat haben Sie den *Zarathustra* gelesen?
H. Nein, das war dann schon später, als ich in einer öffentlichen Schule war, die letzten zwei Jahre, kam der Deutschlehrer, der auch ein ehemaliger Nationalsozialist war, halt auf seine Weise, wie halt ein Deutschlehrer nur das sein kann... kam mit dem *Zarathustra* daher. Vielleicht auch aus der Ablehnung dieses Deutschlehrers hab ich den *Zarathustra* nicht beschwingt und tänzerisch gefunden, sondern schwülstig und zugleich klobig und schwerfüßig. Meine Vorstellung war: da will einer Dichter sein und dem fehlen die Zügel, dem fehlen auch die Dinge, also die Dingbeschreibungen, die Echos der Dinge. Und das blieb lange Jahre so, natürlich auch durch das überlieferte Bild von Nietzsche, das Vulgärbild von ihm – bis eines Tages mein französischer Übersetzer, Georges-Arthur Goldschmidt, der selber den *Zarathustra* ins Französische übersetzt hat, mir anfing von Nietzsche zu reden, wie sehr ihm der in seiner Anfangszeit in Frankreich, wo er als Jude hingeflüchtet war, geholfen hat, wie er ihn begleitet hat, so wie Rous-

seau, in der gleichen Weise. Und da wurd ich neugierig – man fängt ja in der Regel so zu lesen an, daß jemand, dem man vertraut und mit dem man befreundet ist, einen hinweist auf ein Buch – und so fing ich nicht den *Zarathustra* noch einmal zu lesen an, sondern die früheren Sachen – *Menschliches Allzumenschliches*, *Die fröhliche Wissenschaft*, *Die Geburt der Tragödie* – und war am Anfang wiederum – weiß ich nicht – sehr abgestoßen: weniger von der Sprache als von der Haltung, die zum Vorschein kam. Ich dachte, da ist jemand, der sehr selbstgerecht ist, und als Selbstgerechter könne man nicht schreiben, so war eben meine Vorstellung. Aber dann im trotzigen Weiterlesen, weil da doch immer etwas herausgeleuchtet hat, vor allem aus der Sprache, das mich fesselte, hab ich bemerkt, daß diese Selbstgerechtigkeit ja aus einer Selbstbehauptung kommt, aus einem Kampf, aus einem sehr einsamen Kampf, und hab mit der Zeit dann Vertrauen gefaßt zu der Art des Sprechens und Schreibens und auch zu der Haltung; und all das Übertriebene hab ich dann eben so aufgefaßt wie Flaubert in einem seiner Bücher sagt: »Man muß, um überhaupt zu schreiben, harmonisch übertreiben.« Und dann, ja dann hab ich – obwohl ich mich dann über manche Kleinlichkeiten geärgert hab, die ich als Zeichen aufgefaßt habe des Unkünstlerischen – ... hab ich dann solche Passagen entdeckt, die Apotheosen waren eigentlich des verzweifelten und weiterkämpfenden und doch einen Sinn suchenden und eben mit Hilfe der Sprache auch stiftenden Menschen.

G. Können Sie vielleicht ein Beispiel einer solchen Passage nennen?

H. Ja, es ist dieses verzweifelt positive Denken, wo man – wie soll man ein Beispiel? ... Mir fällt nur eine

Stelle jetzt ein: »Ich will es halten wie Raffael und keine Marterbilder mehr malen.«* Also daß er selber sich überwindet.

G. Also kein bethlehemitischer Kindermord, sondern...

H. Ja in dem Sinn, ich hab sozusagen... – Unsinn zu sagen, ich hätte da einen Vorläufer oder was entdeckt; ich hab da einen Einzelkämpfer entdeckt, der es wahrscheinlich auch durch seine körperliche Verfassung noch weitaus schwerer hatte als unsereiner – ich sag jetzt mit Bedacht »unsereiner« – ... der auch auf einer Kippe der Zeit stand gegen Ende des neunzehnten Jahrhunderts, der zweiten Hälfte des neunzehnten Jahrhunderts, wo sehr vieles auf dem Spiel stand und wo er doch einiges noch gesehen hat, was zu bewahren war. Ich seh ihn überhaupt nicht als Verneiner, sondern als einen dramatischen Bewahrer von etwas, was immer da war, und dann natürlich auch als einen sehr fruchtbaren Zerstörer von etwas, was nicht bewahrt zu werden verdient. Dieses dialektische Verhältnis, diese beiden Sachen, die machen den Nietzsche aus, und daß er ein ungeheuer liebevoller Mensch war und dadurch auch ein großer Schriftsteller. Das hab ich erst ganz langsam begriffen, und es ist so tragisch und traurig, dann zuzusehen, wie er allmählich auseinanderfällt, wo ich Ihnen schon gesagt habe (S. 92), daß ich nicht so sehr glauben kann, daß es die körperliche Krankheit war, sondern das Nichtgehörtwerden, und daß aus dem Wissen, was er tut und wie er es getan hat, und zugleich dem Nichtangehörtwerden, dann so eine Selbstaufschaukelung eintritt, so eine Selbst-fast-Vergötterung, wo dann grad dieser »Menschensohn« – damit meine ich jetzt nichts Göttliches – der Menschensohn zum Beispiel im *Ecce homo*, in seinen letzten Arbeiten, ein bißchen arg zu kurz kommt, nur noch in so flehentlichen, kindlichen Gebärden aufscheint, die aber um so anrührender dann sind. An ihm kann man eben eine beispielhafte menschliche Existenz ablesen oder lesen: wie einer überhaupt kein Systematiker sein möchte, also auch nicht mit einem System die Welt deuten möchte. Auch das Fragmentarische, das Ruckhafte in seiner Schreibart, und auch die paar wunderbaren schmerzhaften Gedichte, die von ihm existieren – die ermöglichen, daß das Lesen wie bei ganz seltenen Schriftstellern – und ich nenne Nietzsche nicht einen Philosophen, sondern ich halt ihn für einen Schriftsteller – ...die ermöglichen, daß das Lesen seiner Schriften auch ein Studieren sein kann, und das ist immer das Wunderbarste, wenn das Lesen, die Freude des Lesens zugleich diese Verlangsamung des Studierens ermöglicht. – Es ist ein bißchen pauschal, was ich sag; die Einzelheiten seiner Sachen hab ich nicht mehr so im Sinn. Mir ist es aber auch recht, daß ich jemand bin, der vieles vergißt, aber doch die Gestalt und die Haltung und die Form eines Schriftstellers behält. Also ich könnte wenig zitieren so auf Anhieb.

G. Darauf kommts ja auch nicht an.

H. Ja, find ich auch.

G. Wann war das, daß Goldschmidt Sie auf Nietzsche aufmerksam gemacht hat?

H. Das war zu meiner Zeit in Paris, vielleicht vor zehn Jahren – aber ich hab sehr zögernd angefangen zu lesen. Ich hab dann angefangen, aufgehört, und das hat lange Zeit gebraucht, bis ich jetzt wirklich bei ihm war, also bei seinen Sachen.

G. Mir ist vor allem aufgefallen in *Langsame Heim-*

kehr, da ringt sich ja der Sorger dann irgendwann mal durch, sich zum – wie er es nennt – »Evangelium der Fälschung« zu bekennen. (S. 201).
H. Ja, jaja, das war mein Problem auch.
G. Da steht doch im Hintergrund das »Artisten-Evangelium« von Nietzsche?*
H. Nein, das war mir nicht bewußt.
G. Nicht?
H. Nein, nein, überhaupt nicht, ich kanns nur beteuern. Das war mein Problem, ich hab einfach bemerkt, diese Folge, die ich ja so ersehnt habe, also das nicht Fragmentarische, also daß ich die Fragmente – darüber könnt man vielleicht auch nochmal reden – nicht von vornherein als Ideologie ansehe: daß man also nur noch fragmentarische Stücke von der Welt als Deutung liefern kann; da kam ich eben in die Zwangslage, daß ich gesehen hab, die Folge, die Folge von Erzählung läßt sich nicht herstellen. Ich kann eigentlich, wenn ich ehrlich bin, kann ich nur fälschen – eigentlich ein Paradox – ... also daß noch eine Einheit in einem ... in einem ... in einem Werk möglich ist. Diese Erfahrung hab ich eben wiedergegeben; ich hab da nicht an Nietzsche gedacht.
G. Und Sie meinten mit »Fälschung« nur dies, daß eine Ganzheit entsteht, nicht das Kunstwerk schlechthin als eine Sphäre des Scheins, die – ja, Nietzsche nennt es Lüge.
H. Das zweite noch eher, ja. Also diese Sphäre des Scheins, daß ich die nicht schaffe, also daß ich da keinen Zusammenhalt vor allem finde für diesen ... beides natürlich: für den Schein, und dem Schein eine Ganzheit zu geben. Ich hab da zu der Zeit damals mit einer Frau mich manchmal unterhalten, die eine Biographie über

die Tania Blixen, über die große dänische Schriftstellerin verfaßt hat. Die hat von den Lebensdaten dieser Frau dies und jenes zusammenbekommen, aber es waren so viele Lücken eben in dem Leben der Person, deren Biographie sie verfassen wollte, daß sie einfach nicht zurandekam. Sie wußte nicht... sie hat über Jahre und Jahre alle Leute gefragt, also Material gesammelt und so weiter, war in Afrika, war in Dänemark, wo auch immer, und wußte...; sie hat ihr ganzes Leben auf diese Biographie ausgerichtet, und da gibts Lücken, die sie eigentlich sich nicht erlauben darf in einer Lebensbeschreibung, und da kam durch die Erfahrung mit meiner Parallelarbeit kam mir einfach die Idee, ihr zu sagen: Na dann fälsche es doch, na! Und die war ganz erleichtert (*lacht*) und konnte dadurch auch die Biographie fertigstellen. Man *muß* einfach fälschen. Also das ist ja das Paradebeispiel einer Lebensbeschreibung. Es gibt ja Lebensbeschreibungen von Künstlern, die Tag für Tag gehen, ich glaub auch von Goethe, oder auch von William Faulkner. Aber wenn man nicht sich so auf diese Zeugnisse Tag für Tag verlassen will oder wenn man das auch als eine fragwürdige Methode ansieht, sondern so den großen Bogen wählen will, und dann aber doch die Übergänge zwischen einzelnen Lebensdaten nicht vorhanden sind, was soll man da machen? Nur Bruchstücke geben, das wär auch... das entspricht auch wirklich nicht. Wenn man schon diesen Ehrgeiz hat, den Zusammenhang..., dann ist es so eine Art von Scheitern, es bei den Fragmenten zu lassen. Ich glaub auch Walter Benjamin, in seinem Passagenwerk, das ja sehr schön lesbar ist in den Fragmenten, der hätte nicht sich damit begnügt, es bei den Fragmenten, also bei dem gesammelten Material *und* schon bei den Ansätzen zum Beschreiben zu lassen. Das sind vielleicht Glücksfälle, also paradoxerweise, daß manchmal derjenige nicht dazu kommt, es zu verknüpfen – ironische Glücksfälle, durch die Zeitläufte. – Jetzt bin ich schon wieder abgeschweift.

G. Also wäre *Die Lehre der Sainte-Victoire* in diesem Sinn dann auch eine Fälschung, wo sie es als zu billig ablehnen, Fragmente zu geben, und aufs Ganze gehen wollten.

H. Ja richtig, ja, ja. Das ist immer noch in mir. Ich seh schon ein und ich seh jeden Einwand, der sagt, das Fragmentarische entspreche vielleicht der jetzigen Lage, auch der historischen oder kunsthistorischen Lage eher.

G. Aber Sie wollen die Lage nicht widerspiegeln?

H. Ja, erst einmal will ich die Lage nicht widerspiegeln, ganz richtig, und zweitens *drängts* mich zum Zusammenhang. Das ist so mein...das ist mein...mein... man kann ruhig sagen: mein Lebenstraum. Also auch bei der letzten Erzählung jetzt, mein ganzer Plan war so, das nur bei fragmentarischen Erzählanläufen und Beschreibungen zu lassen, und dann gings...das hat mich dann überwältigt, ich wollt doch wieder die Erzählung. – »Ich wollt« ist vielleicht nicht das richtige Wort: es hat mich gedrängt zu erzählen, und ich hab auch die Forderung erlebt, also nicht da jetzt von vornherein klein beizugeben mit dem Fragmentarischen, wo mir sozusagen nichts passieren kann. Ich wollte, daß mir was passieren kann.

G. Das wäre, daß Sie nicht mehr weiter kommen mit dem Verknüpfen?

H. Genau, richtig; daß ich abbrechen muß. Dieses Mal hab ich gedacht: Na ja, ich mach so lang ich kann;

wenns nicht weitergeht, brech ich eben ab. Ich seh mich da nicht, wie bei *Langsame Heimkehr* es mir noch erging, als einen Gescheiterten an, sondern ich mach so lang ich nur irgendwie kann und brech dann ab. Also ich hab das so in Kauf genommen, den Gedanken hab ich gelten lassen: Du machst es jetzt, bis du die Verknüpfung nicht mehr schaffst, und dann ist Schluß. – Vielleicht in dem Sinn, wie das Andreas-Fragment von Hofmannsthal ja auch abbricht. Aber er hat nicht von vornherein das Fragmentarische geplant. Ich seh das schon auch als einen Weg, aber ich bin entweder noch nicht so weit oder schon drüber hinaus.

G. Sie haben nicht abbrechen müssen in dem Neusten, was sie geschrieben haben?

H. (*Lacht*). Nein. (*Lacht*). Vielleicht hätt' ich's sollen, aber es kam nicht der Moment.

G. Und wie spüren Sie das? Bei dem Mantel ist es ja einfach, da merkt man leicht, wenn noch ein Stück fehlt oder nicht richtig zusammengenäht ist, aber wie merken Sie das im geschriebenen Text?

H. Ja, das ist eine starke Erschütterung wahrscheinlich, es geht wirklich nicht weiter – und das weiß man nicht sofort, sondern das weiß man vielleicht erst nach Stunden oder nach einer Nacht verstärkt sich das: ach, das ist jetzt aus. So wie es mir in *Langsame Heimkehr* ging: Ich hab erst einmal diesen Teil abgeschlossen, wie's jetzt vorhanden ist, und ich dachte, jetzt kommt der zweite Teil, also die Fortführung von Sorgers Geschichte in Europa, und ich bin eine Woche herumgegangen mit der Vorstellung: Wie mach ich denn jetzt weiter? Also es war schon eine sehr mulmige, um es gelinde auszudrücken, eine mulmige Vorstellung, und jäh, jäh wußte ich: Die Geschichte ist ja zu Ende, das ist

es ja schon. Das hab ich Ihnen ja schon gesagt. Das war eine große Erleichterung. Dann hab ich noch so die letzten zwei, drei Seiten hinzugefügt, aber mehr... da konnt ich einfach nicht, es ging nichts mehr. So bei manchen Gedichten, so bei Erzählgedichten, *Das blaue Gedicht* zum Beispiel, da kommt es ja grad vor, dieses jähe Zuendegehen einer Bewegung, irgendwie erschrak ich, weil das Gedicht schon zu Ende war. »Nicht aufhören!« dachte ich – also man sagt zu sich selber: Bitte lasse es weitergehen; aber auf einmal ist es zu Ende.*
Manchmal freut es ja einen. Es ist ja ein seltsames Gefühl: du wolltest ja eigentlich, daß du noch lang bei der Sache bleiben könntest, das wünscht man sich ja immer, tagaus, tagein, so wie jetzt da sitzen zu bleiben, manchmal hinauszuschauen, dann wieder zurückzukommen auf das Papier – und auf einmal ist es zu Ende. Bei der letzten Arbeit jetzt war es so – auch bei dem *Chinesen des Schmerzes* war es so: da waren schon Momente, wo ich dachte, die Geschichte ist zu Ende, ich könnte eigentlich aufhören, aber dann hats mich auch beschäftigt: Ja warum soll ichs nicht so irgendwie auslaufen lassen, so weitergehen lassen, ohne daß es noch um irgendwas geht. Und ein bißchen war's jetzt auch so. Das ist eine seltsame Erfahrung, wo man nicht genau weiß: Ist das jetzt richtig, könnt es auch aufhören? Also das Zwingende ist nicht mehr da, das Dramatische. Ich weiß aber nicht, ob das nun gut oder schlecht ist. Es darf daraus nur kein Rezept werden, also keine Methode. Aber ich habs halt einmal sein lassen, so gehen lassen. Man ist aufmerksam und sorgfältig dabei, aber es ist sozusagen nichts mehr zu klären. Nennt man das in der Musik Coda oder so, wie sagt man dazu, wenn das so ausläuft, so langsam?

G. Eine Coda kann auslaufen, aber oft bringt sie noch so einen starken...

H. ...einen Aufschwung. Jaja, so gehts mir dann schon auch.

G. Vielleicht ist der Epilog so eine Art Coda.

H. Ja, das Wort ist mir manchmal so gekommen.

G. Im Zusammenhang mit dem »Evangelium der Fälschung« ist mir etwas noch fraglich gewesen: Ich bring es nicht zusammen mit dem Realisieren, was Sie dann in der *Sainte-Victoire* als Ziel des Schreibens angeben. Das Realisieren ist ja keine Fälschung – oder ist das Moment der Fälschung darin auch mit enthalten?

H. Selbstverständlich ist das Realisieren keine; das ist ein Gerechtwerden dem Scheine des Gegenstandes. »Evangelium« meine ich ja im Wortsinn der Frohbotschaft: Frohbotschaft der Fälschung – ich kann mich da nur wiederholen: daß die nichts mit dem Parallelgehen zu dem erlebten Gegenstand zu schaffen hat; sondern die Fälschung ist nur das Vorgeben der Einheit – so hab es jedenfalls ich erlebt – ...und auch vielleicht, noch tiefer, überhaupt das Anfangen, mit dem Schreiben der erlebten Welt gerecht werden zu wollen. Im Anfang – ja, das ist wahr: im Anfang, jedesmal neu, hab ich das Gefühl, nicht das Recht zu haben – das ist seltsam, das ist so eine antimystische Bewegung in mir, also nicht das Recht zu haben, die Einheit zu behaupten, also überhaupt in dem Sinn zu schreiben, was für mich ja doch Schreiben ist. – Das sag ich noch nicht richtig, nicht genau genug. Also sich zu setzen und anzufangen, mit der Mitvergangenheit zum Beispiel auch, also zu erzählen, und das aufzuschreiben: da ist noch jedesmal neu und vielleicht sogar gesteigert, eine Schwelle zu überwinden, von der ich glaube, daß sie eine verbotene

Pforte ist – nicht ›glaube‹, sondern von der ich *empfinde*. Was ich mir eigentlich nicht erklären kann. Als ich mit der Arbeit jetzt im letzten Herbst anfing, hatt' ich nächtelang – Sie mögen das annehmen wie auch immer, aber ich hatte nächtelang richtig was man so Todesschweiß nennt – nicht weil ich da irgend was geschrieben habe, wozu ich nicht stehen konnte, sondern weil ich überhaupt geschrieben habe. Das hat sich dann nach drei, vier Tagen verloren. Dann hab ich sozusagen wie ein Pilot in seiner Kabine, hab ich dann sozusagen mich zurechtsetzen können, hab gewußt, ich steuere, ich *kann* steuern. Aber die ersten Tage waren – zumindest eigenartig. Ich kanns mir nicht erklären. Vielleicht kann das irgend ein Arzt oder ein Psychoanalytiker, ich glaub ein Psychoanalytiker, der die Geschichte aller Völker ... der zugleich Ethnologe wäre, ich glaub, der könnte mir erzählen, woher das kommt. Aber ich will auch nicht extra nachschlagen (*lacht*).

G. Eine Art Scheu. Sie betreten ja mit jedem Werk einen Bereich, den Sie noch nicht kennen.

H. Es ist mehr als Scheu. Wie ich Ihnen gesagt hab: diese antimystische Bewegung ... also ich war in zwei auseinandergerissen; Mystik ist ja immer so eine Art von Einheit, Einheit zwischen zwei Getrennten, zumindest eine scheinhafte und doch wirkende Einheit zwischen Getrennten, zwischen tatsächlich Getrennten. Und in diesem Fall ist die Trennung ... es ist nicht das Getrenntsein, es ist eine Trenn*ung*, es ist ein Vorgang, also es ist der Vorgang des Getrenntwerdens. Sie erleben nicht das ewige Getrennt*sein*, sondern Sie erleben neu die Trennung – ich sag jetzt »Sie«, als ob Sie ich wären.

G. Wenn Sie anfangen zu schreiben?

H. Also immer zunehmend mehr, bei jeder neuen Sache, verstärkt. So hab ich das jedenfalls erlebt. Ich möcht das nicht gern noch einmal erleben. Es ist ein bißchen, was ich nie so recht verstanden hab, diese Lord Chandos-Geschichte. Die hab ich nie so als Philosophie und als Haltung, aber in der Praxis... also daß die Worte so vom Papier fallen, so ist mein... also daß ich mit der Schreibmaschine... das kommt zwar hin, aber die Lettern, die fallen eigentlich runter, die kommen nicht rein, die prägen sich nicht ein; ich kann noch so draufklopfen, also noch so von dem Wort überzeugt sein oder von dem Wortzusammenhang. So ist der Anfang. Der Anfang, der dauert also immer länger, das ist meine Erfahrung. Ich brauche länger, diese Anfangs-Trennung zu überwinden.

G. Und im Schreibimpuls ist diese Trennung wieder rückgängig zu machen?

H. Ja, vielleicht so wie einer, der einen Unfall erlebt hat, dann gleich wieder ins Auto steigt, um nicht für immer Angst zu haben, ins Auto zu steigen. Ein banaler Vergleich – nicht gerade das Auto halt, was auch immer; es kann sich ja jeder ein anschaulicheres Unfallbeispiel finden.

G. Und die hängt mit dieser...

H. Die hängt mit der *Langsamen Heimkehr* zusammen, mit dem, was da als Raumverbot erzählt wird, also daß nichts mehr gilt, daß nichts mehr beschreibbar ist; keine Räume sind mehr beschreibbar, es gibt keine Räume mehr, die beschreiblich werden.

G. Seit dann kennen Sie diese Erfahrung?

H. Ja, genau. Das kann man auch nennen... das ist die Angst vor der Sprachlosigkeit vielleicht.

G. Von der ja der Sorger gemäß Lauffer bedroht ist. (LH 154).

H. Ja. Es ist nicht das Schweigen; die Sprachlosigkeit ist nicht dieses schöne Schweigen, das man ja sich wünscht zu haben und zu erzeugen mit dem Schreiben. (*Tonlos*:) Die Sprachlosigkeit. Ich glaub, das hab ich schon gesagt. Es ist wahrscheinlich eine der schlimmsten Erfahrungen, die ein Mensch... Die hab ich von Kind an, also nicht im Schreiben nur, sondern auch im Sprechen oder im Dasein in Gesellschaft oft und oft erlebt, ganz seltsam, diese Anfälle von was man glaub ich Autismus nennt, das ist kein Vergnügen.
G. Wie nennt man das? Autismus?
H. Autismus. Also daß man da hört die Leute, das ist wie hinter einer gläsernen Wand, hört man sie, man kann sich nicht mehr bewegen, man findet es schrecklich lächerlich und widerwärtig, was da geredet wird, kann auch nicht mitreden, kann nicht eingreifen, kann nicht losbrüllen...Die andern merken das auch gar nicht und reden eigentlich um so routinierter und dümmer weiter, so scheint es einem jedenfalls. Aber man selber ist völlig handlungs- und sprechunfähig und wünscht sich ja, daß einer sagen würde: Ja was ist denn los mit dir, oder... – nicht in dem Sinn, sondern daß einer das Zauberwort fände, das einen wieder aus diesem gläsernen Berg*, in dem man da eingeschlossen ist, befreit. Das ist mir oft und oft so gegangen. Geht mir auch jetzt immer noch so; mitten im Reden manchmal denk ich, was ist? da geht ja überhaupt nichts weiter. Es ist alles verloren, also es ist fast dramatisch. Also es hat nicht nur mit dem Schreiben glaub ich zu tun.
G. Aber beim Schreiben spüren Sie's stärker.
H. Ja freilich, da steht ja sehr viel auf dem Spiel. Im Sprechen kann ich dann weggehen, es geht ja im Sprechen in der Regel nicht, wie man sagt, um die Burg.

G. So ist die Erfahrung nicht erzeugt durchs Schreiben, sondern sie kommt da einfach intensiver zur Geltung.

H. Ich glaub, so ist es, ja. Sie kommt irgendwie auch beispielhafter und natürlich dramatischer, auch förmlicher prägt sie sich aus dann. – Sie schaun so, als kennen Sie das auch.

G. Ja.

H. Man kann ja nur von etwas reden oder etwas aufzeichnen, wo man instinktiv überzeugt ist, das müßten eigentlich alle kennen, und das ist glaub ich mein Wahn, daß alles, was ich, was an tiefem Erlebnis ist und zumindest ich glaube, es sei eines, dadurch daß es mir so einen Impuls gibt, mein ich, daß alle das kennen (*lacht*), und immer wieder begegnet es mir, daß ich eben ganz und gar auf Unverständnis komme.

G. Sie brauchen doch, um schreiben zu können, die Überzeugung, daß das nicht bloß Sie betrifft.

H. Ja natürlich, das brauch ich, sonst würd ich ja kein Wort aufschreiben.

G. Und hängt dann damit die Schwellen-Metaphorik zusammen? – daß Sie diesen verbotenen Raum wieder betreten müssen und wollen?

H. Das hängt nicht damit zusammen; das Schwellen-Erlebnis war für mich ein ganz anschauliches und auch ganz kleines. Das war eben auch wieder *Langsame Heimkehr*. Alles führt... alles, womit ich jetzt sozusagen als Reisegepäck unterwegs bin, kommt von diesem Ausgangs-, von diesem Anfangs- (*Pause*) Initiations-Erlebnis mit *Langsame Heimkehr*. Daß ich bei der Arbeit dran bin, wo ich der Sprachlosigkeit doch so hauchdünn nahe war...dieses Erlebnis vom anderen Menschen und dem Brauchen... daß es nicht die Natur ist, also nicht die Räume der Natur sind, sondern drüber hinaus oder anschließend an die Räume der Natur, daß es der Raum des Menschen ist, welcher – das sag ich halt – der für mich menschlein-göttliche Raum ist ... diese Erfahrung ist eben entstanden nicht in der Angst vor einer Schwelle, sondern in der Begütigung, über eine Schwelle treten zu können, zu dem anderen Menschen hin. Da war das Erlebnis auch des Dinges, des Gegenstandes – Schwelle – so stark, daß es meinen ganzen Körper durchrüttelt hat. Das war ein Moment, wo ich von der Arbeit, wo ich überhaupt nicht gewußt hab, ob ich das nächste Wort noch ... ich mein, ich dramatisier das leider jetzt, aber es stimmt halt: ich würd gerne lieber ironisch darüber sprechen, aber das ist halt nicht der Fall.

G. Warum?

H. Ja, um ein bißchen Distanz zu schaffen dazu ... also wo ich halt herumgefummelt hab und dann gesessen bin – ich gebrauch wirklich mit Bedacht das Wort »sitzen«, wie das bei den Mystikern und bei irgendwelchen Erleuchteten und Pseudo-Erleuchteten halt der Fall ist –, das Sitzen geübt hab, das Aushalten am Ort, und nur in der Sprache mich bewegt hab, die nicht kommen wollte: dann aufzustehen und in die andere Welt zu treten, zum Beispiel in diesem Fall über eine ganz unscheinbare Schwelle in eine Küche zu treten, wo nicht die Schriftwelt, nicht die Sprachwelt, sondern wirklich die Geruchs-, die Dingwelt, die Gehörswelt einen richtig empfangen hat, das war eine ... das war eine – ich habs gesagt: das war die Begütigung. Und das war auch die Erkenntnis, daß diese beiden Dinge zusammengebracht gehören: diese Schriftwelt und die Welt der Dinge, die man berühren kann. – Ich sag das jetzt schlecht, ich kanns auch wirklich sehr schlecht beschreiben. – Ja und ab diesem Moment, ab diesem einen Moment... »Schönheit der Schwellen!«, sagt der Sorger glaub ich in der *Langsamen Heimkehr* (S. 142) – das hab ich dann eingefügt –, als er ins Nachbarhaus tritt; als alleinlebender Mensch tritt er ins Nachbarhaus, wo er eingeladen ist, wo die Kinder sind, wo das Essen ist, wo das Ehepaar ist, also die Ehe da ist, die er in diesem Moment fast als Sakrament neu erlebt: da erlebt er halt die »Schönheit der Schwellen« – das ist ja auch eine Art Ausruf. Und mit diesem Moment – da bin jetzt ich wieder im Spiel – hab ich jetzt überall, wo ich auch stand und ging auf das – ohne daß es eine angelesene philosophische Idee war, sondern es war dieses körperliche Ereignis – geachtet, was Schwellen sind. Und das war halt immer... jetzt immer noch, wenn ich unbewußt, wie man sagt, zu schnell bin, um auf der Höhe meiner selbst zu sein: dieses Innehalten, auch wenn da gar keine dingliche Schwelle ist, schafft dann die Schwelle, die dann in der Regel fruchtbar sein kann. Also nur das Stehenbleiben oder das sich Verlangsamen schafft schon den Schwellen-Ort. Natürlich nicht immer. Aber im Frieden, und wenn man sich selber lenken kann und steuern kann, dann ist diese Schwellen-Erkenntnis eine schöne Begleiterscheinung, also wirklich als ein schöner Begleiter.

G. Sie suchen in der Natur und in der Geschichte nach Objektivierungen Ihrer Erfahrung, und diese Spuren helfen Ihnen dann wieder, diese Erfahrung zu reaktivieren?

H. Die machen die Erfahrung beschreiblicher. Die helfen mir auch dazu, das in die Außenwelt zu übertragen – ich glaub das Wort »übertragen« ist richtig –, also die Empfindungen, die ja sprachlos sind, anhand von Anschaulichkeiten sprach –. ...sprachmächtig oder wie auch immer zu machen.

G. Und das wirkt dann wieder zurück als Verstärker der Empfindung.

H. Ja man findet grade dadurch die Empfindung wieder. Also würd ich nur die Empfindung aufschreiben, wär nichts. Ohne Sache ist die Empfindung nicht Sprache. – Aber ohne Empfindung gehts auch nicht; die Empfindung ist schon der Anfang. Es ist nur das Problem, daß die Empfindung auf einen treffen muß, der daraus dann einen Aufschwung macht, hinauszublikken aus sich. Das ist auch etwas, worin ich mich versuche zu üben: daß ich bei jeder Empfindung versuche aufzublicken oder Ausschau zu halten nach dem entsprechenden Ding.

G. Tritt die Empfindung nicht sofort gemeinsam mit dem Bild auf?

H. Es ist manchmal so, aber es gibt manche Empfindungen, die sind halt – ohne daß ich jetzt abwertend das Wort benütze – ...die sind rein innerlich. Und manche Empfindungen geben dann den Aufschwung, im Freien draußen die Entsprechung, das entsprechende Ding zu finden. Aber manche Empfindungen riegeln einen Menschen ganz und gar ab. Und da kann er, sowie er ein bißchen die Selbsterkenntnis übt, sich sozusagen selber befehlen aufzublicken. Und da wird er dieses und jenes Ding sehen, das ihm dann seine Empfindung beschreibt. Es ist eine komplizierte Sache, da könnte man fast, wie in der *Ethik* von Spinoza, eine Kasuistik aufstellen, und das ist nicht meine Sache.

G. Sie sagen, daß das Ding die Empfindung *beschreibt*, nicht vertritt in der Art eines Merkzeichens oder Erinnerungszeichens.

H. Also »beschreibt«, das ist natürlich schon ein bißchen... das humanisiere ich dann schon. Aber für mich ist die Beschreiblichkeit immer...natürlich ist »vertritt« wahrscheinlich für einen, der *über* etwas schreibt, das Richtigere, was ja Ihr Beruf ist, es ist wahrscheinlich das mehr entsprechende Wort; aber für mich, der immer auf die Beschreiblichkeit aus ist – das ist ja mein Beruf –, ist das Wort...es vertritt nicht, sondern es beschreibt.

G. Es, das Ding, beschreibt die Empfindung.

H. Ja, ja.

G. Das heißt, es ist eine essentielle Übereinstimmung zwischen der Empfindung und dem Ding.

H. So erleb ich es. Aber das kommt sicher nur durch meine Art von Tätigkeit oder Tun.

G. Sie brauchen sich dafür nicht zu entschuldigen.

H. Nein, es ist ja schon die verschiedene Art von Spreichweisen, die einander ja ergänzen können. (*Pause*).

G. Ich hab jetzt noch etwas nicht ganz mitbekommen...

H. Alles werden Sie sicher nie mitbekommen (*lacht*).

G. Nein, aber es ist ja schon viel, daß man überhaupt merkt, etwas nicht mitzubekommen, meistens merkt mans gar nicht. – Eine Doppeldeutigkeit des Raumes hinter der Schwelle: Sie haben zuerst, als Sie auf das Thema kamen, gesprochen von dem Todesschweiß, der Ihnen dieser Bereich...

H. Es ist doppeldeutig, ja.

G. ...bewirkt. Und dann später, also im Bereich etwa der Nachbarsfamilie aus der *Langsamen Heimkehr*, da ist es ja ein heimatlicher Raum, wo man sich hinsehnt und gern dort ist.

H. Das ist wieder so ein Begriff – vielleicht hängt das wirklich, wie gesagt, mit der deutschen Sprache und der deutschen Sprachgeschichte zusammen –, der zwiegespalten ist: ob das nun ›die Leere‹ oder ›die Wiederholung‹ oder nun jetzt ›die Schwelle‹ ist. Ich hab dem eine eindeutige Bedeutung gegeben, und zwar die gute versucht zu geben – nicht weil ichs wollte, sondern weil ichs eben so erlebt habe und immer noch erlebe. Also wenn ich jetzt erzählt habe von den Anfangsschwierigkeiten beim Aufschreiben, dann ist es vielleicht ungenau, wenn ich sage, daß ich das als Schwelle empfinde, also den Übertritt in diesen Bereich der Schrift, der Kunst (warum nicht?). Ich hab glaub ich gesagt, ich empfände das eher wie ein verbotenes Portal?
G. Ja, einen tabuisierten Bereich.
H. Ja, so. Die Schwelle ist ja für mich etwas, was mich leitet, wo ich mich auch aufhalten kann, also ein Bereich für sich ... die mir sozusagen auch einzeichnet den Raum, der danach folgt und der vorher war. Dieses Gefühl, ein Tabu zu durchbrechen – nicht zu »durchbrechen«, das ist ja positiv: ein Tabu zu *entweihen* –, ist etwas anderes, ich weiß nicht, da würd ich gar nicht ›Schwelle‹ sagen, wenn ich mir gegenüber genau sein wollte. – Da spielt vieles hinein, ich kanns nur andeuten – ... da spielt vieles hinein: daß ich überhaupt nicht so aufgewachsen bin ... daß die Kindheit nie – wieder sind wir bei der Kultur – mit Büchern eigentlich nichts zu tun hatte ... daß die Eltern – wahrscheinlich brauch ich doch einen Analytiker – ... daß die Eltern überhaupt das nicht wollten, daß ich lese, oder nur heimlich die Mutter einen so ein bißchen unterstützte ... daß da auch kein Haus war: Wo man auch lesen wollte, war man im Weg. Es war kein Winkel zum Lesen. Und daß ich mir sozusa-

gen mein Recht selber genommen habe, zu lesen – und dann auch zu schreiben: also wirklich aus Selbstherrlichkeit mir das Recht genommen habe zu schreiben. So komm ich immer ... ich glaub, es spielt viel mit.

G. Und von da her, glauben Sie, wirkt es immer noch wie ein Sakrileg?

H. Ja, es spielt sicher mit, da bin ich mir klar. Aber eigentlich erst jetzt im Reden.

G. Es ist vielleicht doch zu einfach; ein Aspekt.

H. Es ist sicher noch etwas viel Tieferes – oder dieses damals im Elternhaus oder im Großelternhaus war vielleicht nur die Erscheinung von einem allgemeinen Problem, das in meiner Umgebung, meiner sozialen und religiösen und so weiter Umgebung vielleicht besonders deutlich war. Aber ich stell mir halt manchmal vor: Wär man so aufgewachsen in einer lesenden, schreibenden Umwelt, dann wär diese Vorstellung, das Gefühl von Sakrileg – ›Sakrileg‹ ist falsch: von Verboten – nicht so stark zumindest.

G. Sie haben es ja mit einer mystischen Erfahrung in Verbindung gebracht. Kann das etwas zu tun haben mit dem Bilderverbot, mit dem Verbot, einen Namen für die Wirklichkeit Gottes zu setzen?

H. Sicherlich. Das ist wahrscheinlich der Grundwiderstand, der da einsetzt. Nur, es gibt manche Momente – deswegen ist mir dieses Notizenmachen ja so ... da hab ich fast nie ... eigentlich nie ... da geniere ich mich nur manchmal, das rauszuziehen irgendwo in der Öffentlichkeit, wie so ein Polizist, der Leute aufschreibt. Aber ich hab nie den Eindruck, ich begebe mich wie beim Erzählen, beim schriftlichen Erzählen, in dieses verbotene Land. Das ist auch seltsam. Oder diese paar Momente im Leben, wo es so ein Gelegenheitsgedicht war, da hab ich auch nie diesen Widerstand gespürt. Eigentlich nur bei dem Sich-Hinsetzen an den Tisch und da etwas vorzuhaben, da eine Reihenfolge von Sätzen, die zusammengehören, sich einzubilden...

G. Immer nur da, wo's ums Ganze geht.

H. Genau, richtig, genau. (*Lacht*). Wo es ums Ganze geht und ich aufs Ganze gehe. Ich glaub in der *Sainte-Victoire* hab ich mal geschrieben: »Ich wollte aufs Ganze gehen?«

G. Ja, dort wo Sie das Fragmentarische als zu billig verwerfen.*

H. Ich will das als Nebenbemerkung...: ich find das ganz gut, was wir jetzt reden, das klärt wirklich einiges auf übers Schreiben oder stellt die richtigen Fragen zumindest.

(*Schweigen*).

G. Jetzt haben Sie's berufen.

H. Und gehts nimmer weiter.

G. Ja.

H. (*Lacht*). Macht ja nichts. – Sie könnens abstellen, ich möcht mir eh noch einen Tee...

In der Pause suchte ich in meinen Notizen eine Äußerung Hofmannsthals, die ich dann vorlas. Wahrscheinlich war es, im Anschluß an das Stichwort »das Ganze«, der Satz aus der Rede »Das Schrifttum als geistiger Raum der Nation«: »Wo geglaubte Ganzheit des Daseins ist – nicht Zerrissenheit –, dort ist Wirklichkeit.« (Reden und Aufsätze III, Fischer TB, S. 27). Vielleicht war es auch das folgende Zitat aus dem Aufsatz »Das Spiel vor der Menge«: »Das Wohltuende für den Dichter liegt darin, unsäglich gebrochenen Zuständen ein unge-

brochenes Weltverhältnis gegenüberzustellen, das doch in der innersten Wesenheit mit jenen identisch ist.« (Dramen III, Fischer TB, S. 106).
Daran schloß sich, ohne daß ich das Band wieder einschaltete, ein kurzes Gespräch oder auch nur ein Kommentar Peter Handkes.

H. Jetzt kann ich nicht mehr weiter.
G. Ich hab Sie unterbrochen.
H. Nein, nein. Weil das jetzt läuft.
G. Mit dem Einschalten hab ich Sie unterbrochen.
H. Ist ja schon recht. Ich wollt sagen, es ist das Tröstliche, nach dem Zitat von Hofmannsthal, das Sie grad vorgelesen haben, daß man merkt, daß alles schon erkannt und gesagt wurde, daß man es nur wiederholt, aber in einer bißchen anderen Form. Aber grad diese leicht veränderte Form, das ist eigentlich das Kunstwerk: das Wiederholen in einer leicht veränderten, in der Regel ja nur ganz wenig veränderten Form. Ich denk oft – weil eben auch die Erzählung, die ich jetzt geschrieben hab, die lange, die heißt »Die Wiederholung« – ... weiß ich nie, wie ich das betonen soll: Soll ich sagen, die Wieder*holung*, oder die *Wieder*holung. In dem Betonen wird ein bißchen auch klar, was die Doppeldeutigkeit ist. – Seit ich zu lesen angefangen habe, richtig, also in den letzten zehn Jahren, angefangen von dem Hesiod, da könnt man sicher noch weiter zurückgehen, bei den Orpheus-Fragmenten anfangen: das Erhebende und das Erhabene an der studierenden Lektüre war ja die Erfahrung, daß alles schon einmal da war, gesagt wurde, formuliert wurde, und daß das überhaupt nicht bedrückend ist, sondern erfreulich, also daß das einem einen Schubs

gibt ... daß die Überlieferung ungeheuer vernünftig funktioniert, also auch die Auslese ... daß eigentlich das, was sich dauernd in leichten Varianten wiederholt: das bleibt – und das andere sind so interessante Auswüchse, aber nur interessant, die einen, wenn man älter wird, nicht mehr beteiligen und auch nicht beteiligt sein lassen. Was auch immer: grotesk oder absurd oder dadaistisch – es hat alles sein Recht und seinen Platz, aber da erkenn ich nicht die Wiederholung drin. Und deswegen sag ich ja »klassisch«, so leicht provokant immer, schon seit der *Publikumsbeschimpfung*, wo die dann sagen: Dieses Stück bewahrt diese Einheit von Zeit, Ort und – wie sagt man – Handlung, und ist also klassisch.

G. Aber dort haben Sie das noch ironisch gemeint.

H. Ja, sicherlich. Aber im Grund auch nicht, hab ich das schon auch ernst gemeint (*lacht*). – Das Klassische kann man ja immer nur anspielen, man kann nicht drauf herumreiten. Es gibt so und so viele Fälle von armen Dichtern, die dann zu Klassizisten geworden sind und auch wirklich dann der Vergessenheit anheimfallen, wenn man das so sagen kann.

G. Könnt man den Unterschied so ...

H. Ja, wenn man das so sagen könnte. Ich kann da nur so vor mich hin phantasieren: daß man da die Kindlichkeit nicht mehr spürt, und das Anfangen, das Urheben – und zugleich das Bewußtsein der Formen: daß beides nicht sich verbindet, so daß eins das andere erstickt, also dieses Formengehabe dann das Erlebnis – sagen wir halt: abwürgt.

G. Sie gehen ja nicht aus von den fertigen Formen, sondern ...

H. Natürlich nicht.

G. ... Sie formen eine Erfahrung ...

H. In dem Bedürfnis, der Erfahrung Rechenschaft zu geben, entsteht das Problem der Form dann ohnedies. Und dann ab und zu, wenn ich weiß ... ab und zu kommen mir halt die Formen, die es gab, dann in den Sinn, aber die würd ich nie verwenden. Jetzt wieder Verse zu schreiben, zum Beispiel so etwas, auch die Versmasse zu studieren, das – ich sag jetzt salopp: gibt mir nichts.
G. Können aber diese Formen ähnlich wirken – wir haben glaub ich vorgestern darüber gesprochen – wie eine Konstruktion, die Sie sich mal so vornehmen und dann aber verlassen, nicht einhalten, so als Anstoß?
H. Da müßte man wissen, was das für eine Form ist. Zum Beispiel – das würd ich als Form nennen – die Methode oder das Verfahren der Romantiker, ihre Erzählungen mit Liedern und Gedichten zu durchbrechen oder Pausen da zu schaffen oder stehende Momente zu schaffen. Also das hab ich mir zum Beispiel – haben wir das aufgenommen? – ...
G. Ja.
H. ... hab ich mir jedenfalls bei *Langsame Heimkehr* ja vorgenommen. Dieses *Ahnung und Gegenwart* von Eichendorff, hab ich gedacht, das entspricht mir eigentlich sehr: dieses Erzählen und dann kommt ein Gedicht und dann wird weiter erzählt. Das hat sich dann ... weils mir sehr entsprochen hat und weil ich gedacht hab, das ist auch natürlich – das ist auch wichtig – ... das hat sich dann nicht ... also das hat mich zwar auf den Weg gebracht, die Erzählung zu schreiben, aber das hab ich nicht verwirklichen können. Es hat sich eigentlich dann aufgelöst. Obwohl in vielen epigonalen Büchern jetzt, die da geschrieben werden, wird das sozusagen als Methode – ich sag jetzt wirklich: nachgeäfft, und das find ich nicht gültig. Das ist einfach leer, im Sinn von ›leeres Stroh‹.

G. Aber haben Sie sich nicht auch dann bei *Über die Dörfer* von den griechischen Familientragödien leiten lassen?
H. Ja, das ist eine interessante Frage, ja. Freilich – aber der Ausgang war halt immer meine eigene Geschichte (*fast tonlos bis zum Ende des Satzes*) und die Geschichte meines Bruders, meiner Schwester; meiner Eltern, die ja in diesem Fall fast die Leerstelle bilden, von einem Friedhof. Und dann hab ich eben mich schon vertieft in die; aber ich hab das eigentlich nur wiederholt, also vertieft hab ich meine Kenntnis der griechischen Dramen, indem ich die Lektüre wiederholt hab. Und da hab ich schon... vielleicht ist das ein Fehler von mir, daß ich dann manche Lehren, die ich daraus ziehe, wirklich anwende oder anwenden möchte. Vielleicht ist es auch eine Naivität, aber zu der steh ich. Also zum Beispiel hab ich gelernt – ich hab ja wirklich Probleme mit dem Stückschreiben, ich weiß immer noch nicht, wie geht das... also die das von vornherein wissen und dann so Dramatiker werden statt am Theater Erfahrungen zu sammeln, das find ich zum Lachen, zum Auslachen alles. Ich weiß nicht, ich hab nur die Bühne immer vor mir, diese leere Fläche oder meinetwegen den leeren Raum, und ich weiß nicht, wie ich dann das Stück erzähle – nie, nie hab ich das gewußt, wie ich die Stücke erzählen soll. Und so war mir bei der Lektüre der griechischen Klassiker schon eine große Hilfe, dann zu merken, daß die die Handlungen, die da auch vorkommen, nie zeigen (vgl. GB 346). Ich konnte nie auf der Bühne Handlungen, sagen wir auch nur Essen oder Trinken – das ist mir schon... das sind seltsame... weiß ich auch nicht... das mag ich nicht – oder Tätlichkeiten oder Küsse: geht nicht, kann ich nicht. Und zu sehen

bei den griechischen Dramatikern, daß die das auch nicht gemacht haben – sicher kann da jemand sagen, die haben halt noch nicht dieses Handwerk gehabt der heutigen Dramatiker, aber auf dieses Handwerk pfeif ich –, war mir eine ... die Lehre die, daß ich auch in *Über die Dörfer* – aha – diese zwei Bilder, in denen das Stück abläuft, immer *vor* ... also was an Aktion ist, wenn überhaupt eine geschieht, passiert dann in der Bauhütte oder passiert dann im Friedhof, wo die dann am Schluß hineingehen. Aber die Sprache, die Dialoge oder Monologe und Wechselreden – vielleicht das schönste Wort –, spielen sich *vor* den Gebäuden ab, wo die Aktion ist. – Zum Beispiel war das. – Und auch meine Abneigung, so wie ichs ja eh aufgezeichnet hab in der *Geschichte des Bleistifts*, gegen diese gutgeschneiderten Dialoge da (S. 349, 358, 366). Mir entspricht es halt, dieses lange Reden und Wechselreden; da so Ansprachen halten, erzählen, das gehört für mich genau so zum Drama, obwohl – es muß nur dann insgesamt wirklich das Drama ergeben. Was man mir vorgehalten hat, das seien alles nur Monologe, stimmt überhaupt nicht; dieses Stück besteht aus langen Wechselreden, wo der eine sehr wohl auf den andern eingeht. In dem Stück gibt es nur zwei Monologe, die kann ich Ihnen zeigen, aber es interessiert ja fast niemanden mehr ...
(*Lücke durch Band-Wechseln*).
Aus dieser Schwierigkeit, daß das Dialogschreiben, auch das sogenannt gelernte Dialogschreiben mir nicht entspricht, hat mir die Lektüre der griechischen Dramatiker geholfen, indem ich gesehen hab, daß auch sie, und sicher nicht aus Einfalt, und sicher nicht aus Unwissenheit und Unbeholfenheit ... daß auch sie ganz lange, ausführliche Wechselreden bevorzugen, daß nur

in kurzen Momenten des Unglücks oder des Aufschreis diese ganz schnellen: gar keine Dialoge sind das, sondern schnelles Entgegenschreien des einen gegen den andern, stattfinden. Ich hab das auf keinen Fall... das kann jeder nicht nur wissen, sondern studieren, daß ich das nicht nachgeahmt habe, sondern daß es mich nur bestärkt hat in meiner Natur. Also was die Klassiker, was die große wirkende Vergangenheit, erreichen, das ist das beste, was erreicht werden kann, ist, daß es die Natur oder das Wesen oder die Haltung dessen, der jetzt sich an die Arbeit macht, bestärkt. Klassizismus wäre dann das Nachahmen.

Es ist unerhört, was in der Übersetzung der griechischen Dramen im Lauf der Jahrhunderte gemacht wurde. Niemand hat es wirklich überprüft, was die sogenannten Nachdichter da angerichtet haben. Mir ist es erst aufgegangen, als ich Wort für Wort die Übersetzung mir vorgenommen hab, und dann im nachhinein oder auch so parallel jeden Tag nach der Arbeit nachgeschaut hab, wie haben die denn das gemacht?

Bei Ernst Buschor fängt der Aischylos so an:
Am Rand der Erde sind wir angelangt,
Wo Skythenfuß durch leere Wüste...
(*Das letzte Wort war durch Lachen unverständlich*).

Das ist erst einmal total falsch, und zweitens ist es ein schreckliches Deutsch, ein Schillersches.

G. Bitte lesen Sie es noch einmal.

H. Am Rand der Erde sind wir angelangt,
Wo Skythenfuß durch leere Wüste schweift.
Hephaistos, nun vollstrecke das Gebot
Des Vaters, schmiede dieses Frevlers Leib
Am Riff des steilen Felsgebirges fest,
Und keiner breche dieses Stahles Band.

Denn deines Schmiedefeuers stolzes Licht
Nahm er und gab es seinen Sterblichen.
Dafür muß er den Göttern büßen, muß
Sich beugen lernen vor dem Thron des Zeus
Und Abschied nehmen von der Menschlichkeit.*

Das ist eine grauenhaft falsche Übersetzung und zugleich ist es ein ganz und gar totes Deutsch. Das ist ja das Paradebeispiel. Alle anderen Übersetzungen – da gibts ein paar redlichere, ein paar genauere – sind im Grund auch nur Nachempfindungen. Und eben keine Nachempfindungen des Aischylos. Wenn schon man übersetzt, muß man *mit*empfinden und darf nicht *nach*-empfinden. Das sind nicht einmal Nachempfindungen des Aischylos, sind nicht einmal Empfindungen, sind Nachpausereien von – wirklich überspitzt gesagt – Schillerschen Jamben. Es ist eigentlich frevelhaft, was da gemacht wurde. Na ja.

G. Und solche Erfahrungen waren dann auch mitverantwortlich dafür, daß Sie keine Metren übersetzt haben.

H. Genau, ja. Das ist ein schrecklicher Zwang. Ich mein – da könnt man darüber streiten, aber ich würd nie abgehen von meiner Überzeugung, daß die Metren nicht nachgeäfft werden dürfen. Ich hab natürlich Bedenken gehabt und gezögert, so in meine eigenen Schwingungen zu übersetzen, übertragen, und hab dann ein paar Philologen gefragt, die sind ja auch mit der Zeit offen. Einer hat gesagt: »Ja lassen Sie's einfach laufen«. Das tat mir irgendwie gut, das hat mir viel gegeben. Aber das war schon als ichs fertig hatte.

G. Es ist dann beinahe eine Wiederdichtung?

H. Nnein.

G. Nicht Neudichtung; eine Wiederdichtung.

H. Ja so. Aber so hab ichs nie... mir ist der Ausdruck Nachdichtung schon ganz zuwider.
G. Nein, ich sag drum nicht ›Nach‹-
H. Ich versteh schon.
G. Aus dem Geist heraus, dieser Sprache heraus...
H. Ich wollt schon immer aus dem Geist der Sprache, aus dem Geist der Sprache des anderen...
G. ...und dem jetzt in der deutschen Sprache etwas Paralleles...
H. ›Parallel‹ ist auch richtig, das ist vielleicht schon so. Ich wollt halt, was ich sehe dann, wenn ich die Sprache auf mich wirken lasse, die Sprache des Aischylos: was ich dann empfinde und sehe, und was mir als Form dann vorschwebt. Genau so.
G. Dann ist doch das Übersetzen eigentlich gar nicht grundsätzlich verschieden vom Dichten.
H. Richtig. Genau das ist es.
G. Dort ists parallel zur Natur, hier parallel zum Aischylos.
H. Das ist genau richtig. Nur ist es beim Übersetzen so – das ist ja auch das nicht so Gefahrvolle, also das mehr Behütete des Übersetzens –, daß Sie den Urtext klar vor sich haben, während beim Schreiben müssen Sie den Urtext – der ist schon da – ...den müssen Sie sozusagen erst aus der Natur herausfinden. Aber es ist ein sehr entsprechender Vorgang. Ich hab mir mal so ein Bild vorgestellt, daß man so mit dem Boot übers Meer fährt, und das Übersetzen: da sehn Sie, eine versunkene Stadt ist unterm Meer; beim Übersetzen sieht man ganz genau unter dem Wasser die Strukturen der versunkenen Stadt – also wenn Sie ins Wasser schaun –, und beim Schreiben müssen Sie erst hinuntertauchen.*

So ist es mir als Bild gekommen. Beim Übersetzen sehen Sie's vom Boot aus, also von der Luft.

G. Auch beim andern Schreiben, nicht Übersetzen, ist die Stadt da?

H. Sie ist da.

G. Sie müssen sie nicht erfinden, ins Wasser hineinhalluzinieren?

H. Naja, man kann nicht gewiß sein, aber eigentlich geht man davon aus, daß sie da ist. (*Tiefes Ein- und Ausatmen*). Die Tatsache, daß man nicht gewiß sein kann, ist eben das Gefährliche. Das ist glaub ich ziemlich präzise beschrieben, was der Unterschied ist zwischen Übersetzen und selbst Schreiben.

G. Und dieses Nicht-Gewiß-Sein, kann man das so formulieren: nicht gewiß sein, ob es ein Realisieren oder ein Fälschen?

H. Ja, ja. Ja also es ist nicht immer der Fall... sollte schon täglich der Fall sein, daß bei jedem Satz dieses Einrasten, von dem ich erzählt hab, eintritt. Aber bei manchen Übergängen oder Sätzen – oder beidem – ist das Einrasten nicht so *ganz*, man ist sich des nicht so gewiß, und wohl ist es das, was ich dann ›Fälschung‹ genannt hab. Aber ich bin sicher, daß sogar Goethe das... wenn ich den *Faust* mir so angesehen hab, hab ich sehr sehr oft den Eindruck, daß er das nur zusammengestümpert hat, die einzelnen Schönheiten, daß es zurechtgeklittert ist.

G. Sie würden das Fälschen also nicht so weit treiben wie Nietzsche: ich hab nämlich eine bestimmte Stelle im Auge gehabt, als ich Sie im Anschluß an Nietzsche auf dieses Thema angesprochen hab. Sie kennen sicher diese Fragmente aus den achtziger Jahren über die Kunst in der ›Geburt der Tragödie‹. Es gebe dort nur

Eine Welt, »und die ist falsch, grausam, widersprüchlich, verführerisch, ohne Sinn. Die so beschaffene Welt ist die wahre Welt.« Dagegen postuliert er: »Wir haben Lüge nötig.«*

H. Richtig, ja. Das ist so einleuchtend wie nur etwas. Aber das kann auch nur einer schreiben, der selber der Form auf der Spur ist. Deswegen sagt ja auch Nietzsche einmal wirklich so lustig und frech und auch bestimmend: »Kunst nur noch für Künstler!«**

G. Davon scheint mir dann der Nova-Monolog ein Reflex zu sein.

H. Ja freilich, also Nietzsche hat ganz viel... Ja, also was die Nova da – Apotheose des Formens – ...

G. des Künstlers

H. ...von sich gibt, das ist sicher eine Art Wiederholung der Nietzsche'schen Position. Man hat mir da vorgeworfen, das sei eine Religion; das ists ganz und gar nicht, das ist die Wiederholung von dem, was Nietzsche da ...wonach Nietzsche gestrebt hat. Aber diese Nova können Sie überall finden in der Literatur. Ich hab heut früh – jetzt sind wir wieder bei der Rahel Varnhagen – ...ich hab einen Brief gelesen, da waren fast wörtlich Sätze, die die Nova gesagt hat. Mich freut es dann immer. Ich könnts Ihnen vorlesen – oder?... das nützt auch nichts...

G. Warum nicht?

H. Ich hols Ihnen... warum soll man nicht so ein paar Sachen... (*holt das Buch*). Ah ja, da hab ich sogar zweimal die Nova aufgeschrieben, das ist natürlich nicht wörtlich, aber die Haltung, also die Wendung vielleicht eher, ist vergleichbar. Wieder einmal spricht sie von Goethe: »Wie freut es meine Seele – doch eigentlich mit Goethen gleich zu denken und zu fühlen, über unsere

Geschichten und ihre Helden: nicht umsonst, denn nicht ohne Grund empfand ich Welt und Licht, die Natur – eigentliche Geschichte – wie er. Ich bin nicht vermessen; wenn ich mich auch vergleiche. So wie ich es sage, find ich es wahr, und dann kann ich's auch sagen: und so sehe ich auch die Menschen an, auf die man merkt.«* Viel mehr kommt sie dann heran, wenn sie schreibt: »Den Egmont schreibt man nicht von ungefähr, und ändert sich nachher.« Das redet sie wieder über Geothe: »Wie die anderen, die nichts geschrieben haben, in ihren oft dicken Büchern: nichts, was sie wirklich wären! Die immer einem Zeitalter *nach*-, aber nie *vor*sprechen. Geschichte *sieht* man, konstruiert sie selbst: die geistige Entwicklung der Völker ist ihre Geschichte: und die bringen Sterbliche wie Goethe *hervor*, indem sie sie sehen, verkündigen, prophezeihen, auch rückwärts, wie Friedrich Schlegel in der guten Zeit wußte, und sie sind es, die ihr Volk umbilden.«* Das ist fast wörtlich wie in *Ueber die Dörfer*: »Die Künstler bilden das Volk.« (S. 112). Bei mir ists ja doppeldeutig: Sie bilden... sie sind nicht [nur] die Volksbildner, sondern sie bilden, also sie ergeben das Volk. Und dann sagt sie noch einmal, ein paar Briefe weiter – da fiel mir wieder heute die Nova ein –: »Darum denk' ich auch wahr und wirklich, daß das Erdenleben nicht eine steife, tote Wiederholung ist, sondern ein schreitendes Ändern und Entwickeln wie alles; für die Einsicht, und durch die Einsicht; und nenne unsere Zeit wirklich neu, und bin auf Großes, Neues gefaßt, mit einem Wort, auf Wunder der Erfindung, der Gemütskraft, der Entdeckung, Offenbarung, Entwickelung.« – Na ja. – »Nie wird man sich ganz abwenden können von den Landsleuten, den Erdnachbarn – allen Menschen –, also laß uns sprechen, klagen, schimpfen, klügeln, wenn wir es nötig haben: dies ist auch ein menschlich Tun und Fortkommen…«* – Das hat mich auch sehr an die Nova erinnert. Immer waren so Endzeiten. – »Danieder liegen die Menschen aus allen Ecken Europas; aus allen Ecken habe ich sie abgehört, und höre sie sich beklagen, sehe sie sich unbehaglich fühlen« – das war nach den Napoleonischen Kriegen –, »rücken und klimmen; alle, die nur nicht ganz gemein, ganz roh, ganz plump steigen und gewinnen, ohne Zweck, aus Prahlsucht und Lüge, ganz nach außen. (…) Ich verstehe nun der Welt Gewirre und ihren jetzigen Zustand so: Es fehlen zu den bedeutend vielen kleinern – Detail-Erfindungen möcht' ich es nennen – Entdeckungen des Menschenwitzes, wodurch er nun seit den neuern Jahrhunderten seine Sinnorgane glücklich genug ergänzt, sich die Außenwelt dienstbarer, die ganze Erde bekannter und kleiner gemacht hat, [es fehlen also] einige große Erfindungen und Annahmen, wie sonst es einmal müssen Ehe, Menschengemeinden mit Gesetzerfindung, die zehn Gebote und dergleichen gewesen sein. Das Alte, Einfache, damals groß Erfundene reicht durchaus nicht hin. Der Einzelne« – das find ich wirklich schön, also es trifft so zu auch wieder auf mich oder auf uns –… »Der Einzelne ist mächtiger in seinem Sinn und Geist, reicher vorgebildet als das Gesamte, das ihn regieren soll, und es, ohne Respekt, Bewunderung, Meditation einzuflößen, nie kann. Hiermit meine ich bei weitem nicht die Regierenden; sondern das Regierende, welches höher, in Intelligenz, Erhabenheit und Erfindung sein muß als die, welche regiert werden, wenn soll regiert werden können.«** Mich regt das alles dann immer so auf, aber im guten Sinn, daß ich dann immer noch ganz zittrig werde.

(*Tiefes Ein- und Ausatmen*)

G. In diesen Zitaten ist aber, im Unterschied jetzt zu Nietzsche, nicht so deutlich dieser Anstoß vom Negativen her; das ist ja auch der Anfang der Rede der Nova, der hat mich eigentlich stark erinnert an diese Nietzsche-Stelle: Es bleibt uns ja nichts anderes übrig.

H. Bei der Rahel ist's schon, also wenn man weiß, wie sie auch selber lebt; vorher beklagt sie sich ja auch oder jammert. Sie sagt auch so schön, sie hat da hinten irgendwie in Frankfurt, wo sie auf ihren Mann, der in Botschaftssachen in Paris weilt, wartet, da hat sie also zwei kleine Kammern gemietet, da kommt der Mann auch zurück, und sie muß mit Dienstboten und so weiter und dem Mann da in diesem Dach [?] hausen. Das ist ja auch noch seltsam –, da find ich schon manchmal einen Fortschritt –, daß in der Literatur früher die Dienstboten, Sklaven und so weiter immer nur so ... das stört mich, sogar bei Goethe immer, also daß die zwar wohlwollend und so weiter, aber daß die nie wirklich vorkommen. Das ist dann schon ein wirklicher Fortschritt, daß jeder Stand und jeder Beruf sein Recht kriegt im Lauf der Schreibzeit. Also was wollt ich sagen? – ah ja, dann sagt sie in dem Brief, daß diese Beengung da ist, und grad in so einer geschlossenen Form wie die Ehe, da ist die Freiheit ja das schönste, und jetzt muß sie so wohnen, und für sie sei das Örtliche oder der Ort – dann sagt sie das Fremdwort »das Lokal« –, das sei überhaupt alles, und jetzt hätte sie eben keinen Ort: »Das Lokal« – also nicht im Sinn von unserem Vereinslokal – ... »das Lokal ist für mich alles.«*

G. Haben Sie das mit Ihrem Raumverlust zusammengebracht?

H. Natürlich, natürlich schnüffle ich immer halt herum, wo so Entsprechungen stattfinden im Lauf der Jahrhunderte. Ich schnüffle nicht, aber ich stoß halt darauf. Das ist dann meine Aufmerksamkeit, da lern ich weiter. Ich kann nur so lernen, indem schon ein Grunderlebnis da ist; in den Variationen lern ich.
(*Tiefes Ein- und Ausatmen. Es war, seit Beginn des Vorlesens, alles sehr schnell gesprochen.*)
Die Sonne kommt doch nicht.
G. So halb ist sie da, hinter einem ganz dünnen Schleier.
(*Geräusch des Einschenkens*)
H. Sie haben aber vielleicht einen Durst heute!
G. Es ist weniger Durst; es wirkt klärend.
H. Ich weiß nicht, da muß man glaub ich auf- und abgehen, wenn man Mineralwasser trinkt, sonst werd ich ganz blöd davon. Wie in einem Kurort müssen Sie dann auf- und abspazieren. Nicht? In Bad Gastein schlurfen doch die Leute... Also wenn ich Mineralwasser sitzend trinke, das tut mir überhaupt nicht gut.
(*Tiefes Ein- und Ausatmen*)
G. Ich hab mich vorhin gewundert, wie Sie auf dieses Nietzsche-Zitat reagiert haben, eigentlich zustimmend.
H. Ja sicher, Haben Sie einen Widerspruch erwartet?
G. Ja.
H. Vielleicht hab ich's mißverstanden.
G. Ja ich weiß nicht. Dieser schroffe Widerspruch zur Welt, den er... also die Wahrheit ist gemein...
H. »verführerisch«, hab ich...
G. ...und »sinnlos«...
H. »Sinnlos« ist auch richtig.

G. Und dem setzt er die Lüge entgegen, also das Kunstwerk, den schönen Schein.

H. »Sinnlos, verführerisch, gleichgültig«, das find ich schon die richtigen Adjektive. Aber was war das andere?

G. (*aus dem Notizheft ablesend*): »Es gibt nur *eine* Welt, und diese ist falsch, grausam, widersprüchlich, verführerisch, ohne Sinn... Eine so beschaffene Welt ist die wahre Welt. *Wir haben Lüge nötig*, um über diese Realität, diese ›Wahrheit‹ zum Sieg zu kommen, das heißt, *um zu leben...*«

H. Ja gut, ich kann dem schon zustimmen, aber ich selber könnte das nicht sagen, weil ich nicht gewiß bin, was die Welt ist. Da würd ich eher sagen »Natur« vielleicht dann, also: Die Natur ist sinnlos, gleichgültig, verführerisch – »falsch« würd ich schon nicht sagen.

G. Aber die Nova verkündet doch eine Phantasie-Welt, wie sie der Künstler erschafft, als lebens-*mögliche* Welt.

H. Was wär der Gegensatz dazu?

G. Etwa die Realität wie sie geschildert ist in *Über die Dörfer* am Beispiel des Architekten und des Direktors (S. 44f), dieses bloß noch Mechanische und Sinnlose, auch Grausame und Falsche, um jetzt diese Nietzsche-Attribute zu gebrauchen.

H. Vielleicht müsste man da genauer sagen: in der hierarchischen oder in der gesellschaftlichen Welt, in der Klassen-Welt (wenn das überhaupt noch gilt; ich denk schon). Es ist ja so schwierig, das Wort »Welt« zu gebrauchen.

G. Ja, in dem Fall noch ein Beispiel. Irgendwo, ich weiß nicht mehr, wo das steht, schreiben Sie von einem korrigierten Fluß, der in ein Betonbett eingezwängt ist, und dann gelingt es Ihnen, wieder die ursprünglichen, natürlichen Mäander freizuphantasieren. Es gibt viele solche Beispiele.* Das mein ich: Es ist so trostlos, was da real vorhanden ist, daß die Phantasie einsetzen muß, um es umzugestalten, durch eine Art Zauber.

H. Ja...diese Bergriffe sind mir so schwierig. Wenn man sagt, das ist eine Lüge, das ist ja wieder so widersprüchlich, nur wir deutsch Sprechenden haben dieses-...was Nietzsche dann eben gemacht hat: die Umwertung der Werte. Das ist eine Umwertung der *Wörter* oft – das ist die Leistung – ... also wie's mir halt geht als Leser – wieder sprech ich als Leser –, daß ich schon als etwas Gelungenes ansehe, wenn es einem Schreibenden gelingt, nur Ein Wort, Einem Wort... nicht ein Wort zu erfinden, das fand ich immer lächerlich, also unnötig: manche Jean Paulsche krausen Verbindungen, von denen ist man als Junge sehr verblüfft und beeindruckt... was Arno Schmidt gemacht hat... aber dann mit der Zeit möchte man mit den Wörtern, also im Sinne von Wittgenstein, die halt gebraucht werden, in der Umgangssprache, auskommen, so daß also... ich will sagen, daß schon eine Sache gelungen ist, wenn der Schreibende nur Einem Wort, das in den Schatten der Abwertung geraten ist, wieder seinen Wert zurückzugeben [vermag]; wenn da nur ein Wort in seiner Sache ursprünglich wieder wird, ist das eine Errungenschaft.

G. Aber Nietzsche geht ja in seiner Umwertung über das hinaus.

H. Ja aber das ist jetzt glaub ich unsere Position, unserer Zeit, die mir wichtiger erscheint. Die Werte weiß ich nicht genau, was das ist: aber die Wörter hab ich im Lauf der Zeit erlebt, was die bedeuten, am Anfang meines Lebens, mit denen ich gar nichts anfangen konnte.

Also es ist jedenfalls das, was mich beschäftigt. Da sind wir wieder bei dem. Daß man das Wort ›Welt‹ wieder an einer Stelle einfügen oder anfügen... eine Stelle für es finden könnte, wo es aus dem Schatten wieder heraustritt ans Licht. Das hat ja Heidegger ungeheuer versucht, aber bei ihm hat sich die Sprache dann dadurch verzahnt und hat überhaupt keine Freiheit mehr auf sich. Weil er versuchte, für jedes Wort im Satz den richtigen Platz zu finden, so werden die Sätze... also dadurch, daß die *Lüge*, also diese Illusion völlig fehlt... ach, es fehlt auch alles Beschwingte, das übergeht auf den, der natürlich langsam lesen möchte, aber doch dann nicht so wie auf eine Betonwand – so kommen mir halt sehr viele Sachen von Heidegger vor – stoßen möchte. Aber das ist eine kleine Abschweifung.

G. Mit »Betonwand«, meinen Sie jetzt da eine Wand, die sich vor dem Verständnis erhebt, oder diese dichte Fügung der Begriffe?

H. Die dichte Fügung. Da ist alles richtig – und nichts. Das ist so richtig, daß es nur Einschüchterung bewirkt. Das darf ein Schreibender nie machen. Also das hat dann die Gebärde von oben. – Also dem fehlt das Dichterische und natürlich auch sehr Kritische dem Dichterischen gegenüber, was der Nietzsche zeit seines Lebens gehabt hat: dieser Aufschwung und auch das Kindliche, und auch das fröhliche Lügen, das gehört ja auch zum Kunstwerk dazu. – Also er führt dann diese aristotelische Tradition der Einschüchterung durch das Denkgehabe eigentlich sehr gewissenhaft, aber auch sehr tyrannisch weiter. Und auch die Verachtung des Poetischen, die bei Aristoteles ja schon borniert dasteht, wiederholt er.

G. Entschuldigen Sie, wenn ich darauf jetzt nochmals insistiere: Das »fröhliche Lügen«, das ist für Sie also ein zwar ganz gern geübter Notbehelf – Sie haben das Beispiel dieser Biographie der Tania Blixen erwähnt [S. 173 f] –, um Lücken auszufüllen. Aber das ist ja wieder etwas ganz anderes; bei Nietzsche ist das Lügen das einzige, was er der Realität entgegensetzt.

H. Er gibt dem Lügen halt seine machthaberische Bedeutung, dem Wort. Das müsste man schon ausführen dann. Aber ich glaub einer, der dann doch sich als Philosoph sehen möchte – was er eben nicht so ganz war zum Glück – der muß ganz kurz sein, der muß das Wort Lüge einsetzen wie einen Hammer.

G. So wirkts.

H. Ja, und das kann unsereiner nicht – ich sag jetzt wieder »unsereiner«, es ist mir jetzt unterlaufen: *ich* kann es nicht.

G. Es geht ja auch nicht um das Wort, sondern um die damit bezeichnete poetische Praxis.

H. Ich müßte weiter unten... ich muß immer weiter unten anfangen, das hat sicher auch mit meiner Herkunft zu tun. – Nicht einmal die Rede der Nova war ja eigentlich... ist ja nicht kategorisch; das ist nur so ein seltsames Widersprechen. (Ich red jetzt etwas so wirr daher). Aber dieses Apodiktische, was Nietzsche gehabt hat, das fehlt mir ja völlig. Es ist vielleicht in paar Ansätzen, paar Ansätzen in der *Kindergeschichte* da, aber in *Langsame Heimkehr* überhaupt nicht, auch im *Chinesen des Schmerzes* nicht – obwohl ich das ganz gern hätte manchmal, also auch das Auftrumpfen, das Zurechtweisen, das Bestimmen – ›Bestimmen‹ ist noch das am meisten treffende Wort –: also ich bestimme halt, daß es so ist, und dann halt ich mich daran schon gewissenhaft, weil ichs bestimmt habe. Aber ich muß halt erst einmal entschlossen und begeistert bestimmen: das ist wahrscheinlich die Lüge. Und für mich ist also wirklich kein Gegensatz zwischen der – da haben Sie schon recht, wenn ich jetzt das bedenke, ist kein Gegensatz zwischen der Welt und der Illusion. Also die Illusion ist immanent der Welt, denn die Welt ist ja auch nicht ohne mich, so ist die Illusion immanent meinem Welt-Ich – das klingt jetzt fast zu philosophisch.

G. Vielleicht ganz praktisch: Ich hab den ersten Teil des *Chinesen*, wie schon gesagt, als die Balance empfunden, wo Welt und Phantasie...

H. Ja, das ist mein Ideal eigentlich.

G. ...ein schönes Gleichgewicht haben.

H. Das ist wirklich das Ideal meines Schreibens.

G. Darauf hab ich dann auch die Schwellen-Metapher bezogen; ich sah darin eine verwirklichte Schwelle.

H. Das entspricht ganz dem, was mir vorgeschwebt hat. Ich wiederhol wieder: »Auf ihrer höchsten Stufe wird die Kunst ganz äußerlich sein«, was Goethe gesagt hat. Das ist wirklich alles was ich will ist das. Was Vergil natürlich erreicht hat, aber auch weniger in der *Aeneis* als in seiner Beschreibung oder in seinem Gedicht auf die Bäume, auf die Landwirtschaft, in der *Georgica*.

G. Ich hab jetzt nur das Beispiel gebracht, weil ich gern die Relation zu Nietzsche so weit wie möglich klarstellen möchte. Bei ihm geht da sozusagen eine Wand herunter, dort ist diese Wahrheit, die verächtliche, und dem setzen wir jetzt die Lüge entgegen.

H. So seh ich die Welt nicht, das ist auch ein bißchen leichtfertig.

G. Ich hab drum diese Stelle gewählt, weil sie pointiert ist. – Aber historisch hat sich's ja dann schon auch so

abgespielt, daß mit Berufung auf Nietzsche der Naturalismus ad acta gelegt wurde, anfang der neunziger Jahre.
H. Da bin ich nicht der richtige Adressat. – Was meinen Sie mit Naturalismus?
G. Ja also im Deutschen der frühe Hauptmann, Holz und Schlaf...
H. Also die eigentlich die Natur so für sich sprechen lassen, oder nachgeäfft haben.
G. Sie nannten das ›Natur‹, aber es war natürlich ein theoretisches Konstrukt.
H. Das kam dann durch Nietzsche, daß es...
G. Nietzsche hat das Fanal dazu gegeben.
(*Band abgeschaltet*)

NACHMITTAG, 11.4.1986

H. Ah ja, tun wir halt noch so eine Stunde dahinstümpern.
G. Ich hatt eigentlich die Absicht heut morgen, bei dem Aischylos noch etwas zu bleiben. – War es ein Auftrag, dieses Stück zu übersetzen, oder haben Sie da eine Eigen-Initiative entfaltet?
H. Immer wenn ich eine Übersetzung gemacht hab, gings immer von mir aus.
G. Sie haben das vorgeschlagen?
H. Ja, ich hab vorgeschlagen.
G. Also müssen Sie doch irgendwie etwas Verwandtes... muß etwas bei Ihnen eine Resonanz gefunden haben.
H. Das läßt sich schwer rekonstruieren. Vielleicht wars auch das Thema: dieser Vermittler, der den Men-

schen das Menschsein beigebracht hat und dadurch bestraft wird. Es war vielleicht auch die Machart. Und das dritte war halt, daß ich, vermessen wie ich immer manchmal vielleicht sein muß, mich heranwagen wollte an diese athenische Sprache, die ich immer als etwas ganz Mildes und Dinghaftes erlebt hab, als Schüler, diese Internatszeit durch. Dieses schöne Gefangengenommenwerden von der griechischen Art, die ich ja nicht genau beschreiben kann. Es war damals zu der Zeit vielleicht mehr Homer, oder was man halt Homer nennt. Und dann hab ich ja das wiederholt, indem ich Aischylos gelesen hab, bevor ich mich an *Über die Dörfer* machte. Da hab ichs allerdings deutsch gelesen.

G. Von wem, von Buschor?

H. Nein, das war nicht Buschor, das war eine DDR-Übertragung, die mehr wörtlich war, aber auch zugleich dieses Zwitterhafte, indem sie die Versmasse nachmachen wollte und dadurch auf einen Weg geriet, der mir jetzt in der Überprüfung, als ich selber übersetzt hab, als ein falscher Weg erschienen ist. Übersetzen ist ja eigentlich nur ein genaueres Lesen... also für mich ist das Lesen überhaupt die Ausgangsbewegung. Und im Übersetzen hat man mehr die Möglichkeit, diese Flüchtigkeit, die in einem steckt, zu vermeiden, oder gar nicht erst eintreten zulassen.

G. Aber es stammt dieses Projekt eigentlich noch aus der Zeit, wo Sie an *Über die Dörfer* arbeiteten, dort haben Sie Lust bekommen, das zu übersetzen?

H. Damals nicht, nein, hab ich nicht dran gedacht.

G. Aber so in der Erinnerung?

H. Ja, dann mit derZeit... diese Sachen sind ja oft Geschichten eines Augenblicks: daß man etwas denkt, und spricht es zugleich etwas unvorsichtig aus, und der

Mensch da neben dir nimmt einen in die Pflicht, der sagt dann: Mach das wirklich! So entstehen ja einige Sachen.

G. Haben Sie nicht doch auch ein Gleichnis des Künstlers in dem Prometheus gesehen?

H. (*denkt nach*) Nein, hab ich nicht gesehen.

G. Mich erinnert er irgendwie an Nietzsche.

H. An Nietzsche schon eher, also so ein Berserker... so ein trotziger Vermittler zwischen Himmel und Erde. Aber ich hab mich nie richtig identifziert, ich hab mich oft belustigt über ihn, als sei er eigentlich, der Prometheus, wie er da prahlt mit dem, was er den Menschen schon alles beschert hat, als sei er ein Großmaul. Für manche Momente hab ich wirklich auch mit dem Zeus, der ja nicht auftritt, mitfühlen, mit*denken* können: daß er, daß Zeus, nicht deswegen so streng ist, weil er der neue Tyrann oder Alleinherrscher ist, sondern weil er wirklich nichts hält von den Menschen. Zeus denkt: Es wär besser für das Geschlecht der Menschen, daß die zugrundegehen und daß sie überhaupt keine Technik haben. Das Feuer brauchen's nicht, die sollen doch, wie er sagt, wie die Ameisen in den Erdlöchern weiterhausen und möglichst früh von der Erde wieder verschwinden, also als Ephemere, was ja das ursprüngliche Wort für die Menschen ist: die Eintagswesen, die Eintägigen. Manchmal kann man ja so mitdenken. Das ist ja auch das Drama, ich hab so hin und her, ich war hin und her bewegt, also ich hab mich mit keinem identifiziert.

G. Es ist ja erstaunlich, wie der Zeus da beschimpft wird.

H. Ja, und auch der Chor ist sehr unentschieden. Man weiß ja übrigens gar nicht, ob das nun wirklich von Aischylos ist, es ist nicht ganz entschieden. Aber der Chor ist ja auch sehr unbestimmt, nimmt Partei für den Prometheus, und wenn dann die Io auftritt und sagt als Geliebte eines Gottes, was sie da für Leiden erlitten hat, da kommt dann dieses ungeheure Gebet zu Zeus: Niemals mögen die Götter ein Auge auf mich werfen, sondern ich möge vermählt werden – der Chor ist ja weiblich –... ich möge vermählt werden einem, der meinesgleichen ist... zum Beispiel (S. 56). Und dann wieder, als Hermes kommt und noch einmal versucht, Prometheus umzustimmen und ihm auch sein Geheimnis zu entlokken, was denn dem Zeus droht – weil Prometheus ja alles voraussieht – ... sagen sie dann Prometheus zwischendurch: Ja, jetzt gib doch endlich nach! Trotz und so weiter und Eigensinn, das ist doch nicht deine Sache. Du mußt doch Untertan des obersten Gottes sein. Und dann am Schluß bleiben sie doch wieder mit ihm, als er sozusagen in die Versenkung fährt. Auch der Chor hat eine sehr seltsame Haltung. Manchmal denkt man, das ist so zurechtgeklittert; manchmal denkt man, das ist auch wahr, das Hin und Her. So gings mir. Ich wußte nicht, was jetzt eigentlich... wen ich da als Helden... wo ich den Prometheus jetzt wirklich als tragischen Helden ansehen soll.

G. Es hat mich erstaunt, daß er sich auch die Dinge als Verdienst zurechnet, die doch sonst von der Pandora kommen, die Hoffnung beispielsweise.

H. Das hat mich auch gewundert. Daß er die Hoffnung, dieses Trügerische: daß die über das Sterben getäuscht werden, die Menschen... ich bin da kein Wissenschafter. Aber genau diese Stelle hat mich auch stutzig gemacht. Also grad die Hoffnung: vielleicht meint er... vielleicht würde man das, wenn man es modernisieren würde, mit »Illusion« übersetzen, die Hoffnung: ἡ ἐλπίς (elpis) heißt es auf griechisch; aber das kann man nicht mit ›Illusion‹ übersetzen. Ja das ist genau... genau so gings mir auch. Ich konnt nicht so richtig mitspielen mit dem, was da gesagt wurde – außer mit den Wörtern, also da konnt ich immer. Auch ein bisschen mit der Syn –... nein mit der Syntax weniger, aber mit diesen griechischen: Wortaugenblicken, kann man sagen, die man da noch finden kann oder die ich mir halt eingebildet habe zu finden. Aber das war auch sehr *schön*, wenn Prometheus aufzählt, ein bißchen auch prahlt mit dem, was er alles den Menschen gebracht hat, ganz wörtlich bleiben zu können, wenn er da sagt, die Zahl, die allen Schlichen überlegene Zahl hat er den Menschen gebracht (S. 32). Oder dann die Schrift – das ist eine herrliche Stelle –, die er den Menschen... immer denkt man bei Prometheus: Ja, das Feuer, den Feuerfunken in dem Narthex-Mark (S. 14). Und daß eigentlich... daß er die Schrift gebracht hat, die Zahl und die Schrift – das steht ja ungeheuer bei Aischylos oder wer auch immer nun der Verfasser ist... steht glaub ich »die Mutter der Künste«, und da ist ein herrliches Wort, das ist sehr schwer zu übersetzen, ich glaube das heißt, wenn ich mich recht erinnere, 'Εϱγάνη (Ergáne), also die Werk-... von το ἔϱγον (to ergon), das Werk, aber 3Εϱγάνη, es ist weiblich, ein weibliches Substantiv: ›die Werkmutter‹ kann man nicht übersetzen; ich habs dann übersetzt mit ›die Bewirkerin‹ (S. 32). Also das ist der Buchstabe, die Schrift. Das ist eine ungeheuer schöne Stelle, und da freut man sich so mit, da kann man richtig... da, in diesen Momenten, wo dann das analysierend und zugleich dithyrambisch wird, da kann man ganz und gar mitgehen. Aber mit den Personen weiß man nicht genau, da ist das ewige Hin und Her, und das ist ja glaub ich auch richtig für ein Drama. Es ist nicht zu entscheiden – wobei man hinzufügen muß: *Prometheus, gefesselt* ist ja nur der erste Teil einer Trilogie oder mit dem Satyrspiel einer Tetralogie, wo die andern Teile alle verloren gegangen sind. Der zweite war dann ... davon gibts nur winzige Fragmente, und vom dritten Teil, da mutmaßt man herum, daß da Prometheus befreit ist und dann mit Blumengewinden statt der Ketten in der attischen Landschaft zur Gottheit, zur verehrungswürdigen Gottheit erhoben. Das sind aber nur Mutmaßungen.

G. Der erste Teil gilt als vollständig?

H. Da gibts ein paar Lücken.

G. Ich hab so den Eindruck, es bricht einfach ab.

H. Das ist der erste Teil, das ist ziemlich im großen und ganzen erhalten. Im zweiten Teil kommt ja dann dieser Vogel, der ihm die Leber ausfrißt ...

G. Dann wars also die Sprache und diese Art von Drama und dazu noch diese – ja fast Mythos von der Schrift –, was Sie da angesprochen hat.

H. Das genau. Diese Passage zum Beispiel, und auch, wie wir jetzt beim Heraufgehen gesprochen haben, die geographischen Märchen. Im Grund hat mich das fast noch am meisten berührt: diese Weltsicht der alten Griechen, die sie gehabt haben; die waren ja nicht wie die Römer so weit herum auf Eroberung aus, die wollten halt ihre Landschaft haben. Aber wie sie da ... die Ortsnamen, das hat mich sehr erinnert an die Kindheit, wo die Orte diesen eigenen Klang hatten, und daß man spanische oder russische – Nowaja Semlja zum Beispiel, oder (Labrador) – ... das hat mich sehr erinnert an die Kindheit, was diese Ortsnamen bedeutet haben. Und das hat mir fast am meisten ... was vielleicht die schwierigste Sache zu inszenieren wäre ... diese Beschwörung

des kleinen Erdkreises, der damals so halb bekannt war, hat mich beim Mitlesen, das heißt Übersetzen, so kindlich gefreut wieder. Das ist ja fast der Hauptteil dann, wenn die umherirrende Io, in die Kuh verwandelt, von der Bremse gejagt, daherkommt, und wenn Prometheus ihr, um ihr zu zeigen, was er für ein toller Bursche ist, wie er alles weiß, wie er sozusagen das Fernste, was er nicht sehen kann, ihr sagen kann wie ein Wahrsager, der etwas prahlt. Woher sie kommt, zählt er ihr auf, und sagt ihr dann auch, was sie noch erleben *wird*, wohin sie noch kommen wird. Das ist für mich also das Interessanteste, für uns jetzt, fast von dem Stück. Ich mein, die Geschichte vom Prometheus ist ja durch die Zeiten gegangen – wenn man an das Goethe-Gedicht denkt oder was auch immer; beim Karl Marx wurde der ja zum Helden des Marxismus erhoben, und von den Christen wurde er als Vorläufer des Erlösers bezeichnet ...: ehrlich gesagt, mich interessiert das alles am wenigsten. Mich interessiert grad die Geographie, diese Kindheitsgeographie, wie der Sorger sagt (*Langsame Heimkehr*, S. 114).
Es ist schön, daß Sie das gefragt haben.

G. Hat Ihnen das mehr Spaß gemacht als andere Übersetzungen, aus neuen Sprachen?

H. Nein, es ist alles eins, kann ich nur sagen, weil es ja alles meine Entscheidung war.

G. Es sind keine reinen Brot-Arbeiten dabei?

H. Nein, keine einzige. Natürlich auch ... ist ja keine Schande ...

G. So war's auch nicht gemeint.

H. ... Brot ist was Schönes. Aber es ist nicht der Fall. Es kann schon einmal kommen, wenn ich also von meinen Sachen nicht mehr so mir entsprechend existieren kann, daß das schon ein gangbarer Weg sein könnte.

G. Seltsam – hats das früher auch gegeben? –, jetzt reden Sie von der Zeit, wo Sie vielleicht von Ihren Sachen nicht mehr leben können. Thomas Bernhard hat mir einen Kuhstall gezeigt und gesagt: »Das Schreiben ist irgendwann mal fertig, dann hab ich hier Platz für zwei Kühe«.

H. Das hab ich schon öfter gehört. Von dem Rainer Kunze, der habe mal Lastwagenchauffeur oder was gelernt oder hätt es sein müssen: »Und wenn ich also nicht mehr schreiben kann, dann kann ich ja immer noch LKW-Fahrer werden«.

G. Eben, das scheint so eine Konstante zu sein. – Aber wie kommen Sie auf den Gedanken, aus Angst vor der Sprachlosigkeit oder daß vielleicht bald niemand mehr ernsthafte Literatur liest?

H. Ich will da nichts beschwören... Das hat sich eben so ergeben. Sicher werd ich immer... so weit ich kann, werd ich das von mir verwirklichen, was sich halt dramatisiert und was dringlich erscheint – also werd ich selber schreiben, kurz gesagt. Und ich möcht auch nicht zum Übersetzer werden. Ich könnt mir nie vorstellen, da anzugeben, in einem Hotel oder irgendwo, einer Meldebehörde anzugeben: ›Übersetzer‹.

G. ›Dichter‹ fällt Ihnen leichter?

H. ›Dichter‹ nicht; ›Schriftsteller‹. Also ich könnt: ›Schriftsteller und Übersetzer‹; das ist eine alberne Bezeichnung. ›Schriftsteller‹, insofern im Schriftsteller ja auch der Übersetzer – wie wir uns ja klar geworden sind – schon enthalten ist. ›Schriftsteller‹ umfaßt ja alles; auch die Filme, die paar Filme, die ich gemacht hab, würd ich sagen, das ist ›Schriftsteller‹.

G. Da spüren Sie keine Verlegenheit, wenn Sie sich im Meldezettel eintragen?

H. Nein, nicht im mindesten. Früher schon, aber jetzt...

G. Wo das ja eigentlich kein ›vernünftiger‹ Beruf ist.

H. Lange Zeit fand ich das leicht fragwürdig und find ichs immer noch, aber das greift sozusagen nicht mehr in mich ein. Ich setze einfach hin: ›Schriftsteller‹, und was die sich denken, ist mir egal.

G. Da gibts ja die schöne Geschichte von Brentano, vom braven Kasperl und dem schönen Annerl, wo die alte Frau den Erzähler fragt, was sein Beruf sei, was er eigentlich tue. Er sagt aus Verlegenheit, weil er nicht ›Dichter‹ oder ›Schriftsteller‹ sagen will, ›Schreiber‹. Sie faßt es dann wörtlich auf: Das ist einer der schreiben kann, und läßt ihn einen Brief aufsetzen.

H. Das ist ja ganz natürlich, das ist mir auch schon oft passiert. Als ich noch ein Haus hatte da in der Nähe von Frankfurt, da gabs ja Handwerker, die haben erfahren, daß ich Schriftsteller bin und haben dann verlangt, daß ich für die Neujahrskarten, die sie immer an ihre Kunden verschickt haben, daß ich da Verse verfasse. Das hab ich dann auch ganz gern gemacht. Für zwei drei Tapezierer und den Elektriker hab ich – die hatten halt alle ein bißchen so einen leichten musischen Einschlag –, hab ich mich da hingesetzt. –

Ja, Sie haben gefragt, ob das Übersetzen der neueren Autoren, ob das so ein Unterschied wär. Da wollt ich auch sagen, daß, ob das nun Aischylos ist oder nicht: also da merkt man auch, wenn man übersetzt, daß der gar kein sakrosankter Mensch ist, oder kein mythischer Sänger oder Dichter ist, sondern daß der einfach auch Schriftsteller war. Daß der oft...das merkt man ganz genau, wenn jemand sich wiederholt, ohne zu wissen, daß er das Wort wiederholt, das unterläuft ihm einfach:

das hab ich oft bemerkt bei Aischylos. Das kann man ja auch bei Homer merken: die ersten fünf Verse der Odyssee, da kommt glaub ich ein Wort, ich glaub »viel«, kommt glaub ich grad viermal vor, ohne daß das irgendwie sozusagen kunstvoll gemeint ist.* Das ist ihm halt so unterlaufen im ersten Schwung – mein Gott, ich weiß ja nicht genau ... so hab ich halt mitgedacht. Das ist ein sehr sympathisches Verhältnis, daß man denkt: Aha, das ist ein Autor, und der hat halt auch so da herum gestümpert und geschwindelt, und der hat manchmal nicht genau gewußt (*lachend*) was er macht, hat dann die Verse gefüllt (*lacht*) ... ja, das macht doch nichts, oder?

G. *Auch* gestümpert und geschwindelt.

H. Ja. Also insofern ist da ein Zusammenhang. Und man liest schon sehr genau, wenn man übersetzt. Zum Beispiel René Char zu übersetzen, das ist schon ein reines Vergnügen, weil da jedes Wort seinen Platz hat, weil da überhaupt nichts Rhetorisches drin ist. Ich hab einmal mit einem Franzosen drüber gesprochen, weil ich mich so gewundert hab, daß das Französische ja den Anruch von Rhetorischem hat, und warum mir das nie gelingt, daß ich wenigstens gleich lang werde wie René Char im Deutschen, also daß es immer länger wird, wo das Deutsche doch eigentlich so eine Eigenschaft zur Lakonie besitzt, und daß ich dann nachgelesen hab die frühen Übersetzungen von René Char durch Paul Celan, der wirklich ein herrlicher Übersetzer war, vor allem für diese Sachen; dem ist es auch nie gelungen, diese Kürze von René Char zu erreichen. Da hat mir der Franzose gesagt: Ja, René Char ist halt in keinem Moment rhetorisch, er ist immer lakonisch. Was die Franzosen ja sehr leicht ... ich meine, das ist auch die Schön-

heit, das macht auch den Schwung ihrer Sachen aus. Aber vielleicht ist es bei Molière auch nicht, daß der rhetorisch ist.
G. Ja, mir ist es auch aufgefallen, daß es oft schwierig ist, oder sogar unmöglich ist, die Knappheit der Verse im Deutschen zu erreichen.
H. Bei Molière?
G. Ja, oft braucht man mehr.
H. Ich mein, das ist ja immer ein Ehrgeiz, daß man das so schafft, diese Lapidarität und zugleich dieses Sanfte; lapidar allein, das ist tricky. Das ist mir dann aufgefallen mit der Zeit, daß alles länger wird. Nicht daß ich umschrieben hab oder – was das Schlimmste ist bei Übersetzungen –, daß man interpretiert, statt zu übertragen. Nicht daß ich das gemacht hab; aber es ist mir nicht gelungen, die knappe Entsprechung zu finden. Ja das sind so die seltsamen Abenteuer des Übersetzens.
G. Und zwar weil es diese knappen Wendungen im Deutschen einfach nicht gibt. Es gibt einfach eine gewisse knappe Art von Syntax nicht im Deutschen.
H. Vielleicht hat das Französische vom Lateinischen noch das Inschrifthafte, also »lapidar« heißt ja, ›aus Stein‹, ›Steinschrift‹. Dadurch, daß René Char Südfranzose ist... die Handschrift ist fast nachzuvollziehen. Nur zum Beispiel. Ich fühl mich natürlich mehr am Platz, wenn ich Prosa übersetze – wobei man sagen muß, René Char, das kann man ja nicht Gedichte nennen, das sind ja in der Regel fast orakelhafte Texte, so orakelhaft komprimierte Lebensgeschichten in einem Satz.
(*Bandwechsel*)
G. Es steckt mir jetzt noch etwas im Hals, wo ich aber nicht weiß, ob das überhaupt etwas bringen kann...

vielleicht grad im Anschluß an den Zeus, für den Sie ja Verständnis haben...

H. Ja.

G. ...und ich denk auch an Aufzeichnungen – denen ich nur beistimmen kann: verstehen Sie mich also nicht falsch, wenn ich das jetzt aufbringe – ... Aufzeichnungen der Art, daß kein Volk mehr da ist, sondern stumpfsinnige Horden.* Auf der andern Seite dann les ich, in den Aufzeichnungen auch – ich kanns nicht wörtlich wiedergeben –, daß Sie nur interessiert, auch an Ihnen selber, was für alle gilt.**

H. Von dem man sich zumindest vorstellt, daß es für alle gilt. Das kann man ja nie wissen, das ist ja auch immer eine Anmassung. Im nächsten Moment, der diesem Gemeinschaftserlebnis folgt... Also ein tiefes Erlebnis, vielleicht kann mans so sagen, ist ja für mich nur das, wo ich die fast an Gewissheit reichende Halluzination habe: das ist Gemeinschaftserlebnis.*** Aber im nächsten Moment weiß man ja schon wieder nicht. Das will ich nur anmerken dazu. – Daß natürlich ich immer enttäuscht bin, also wirklich immer neu desillusioniert werde, wenn das, was ich da aufgezeichnet hab und geformt habe, nicht allen die Augen öffnet und das Herz rührt, ich bin dann wirklich kindlich enttäuscht, wenn das nicht ankommt an die Empfänger.

G. Aber Sie können die Illusion nicht loswerden...

H. (*lacht*)

G. ...daß aus den Horden irgendwann mal wirklich wieder ein Volk werde, daß denen die Augen aufgehen.

H. Ja das ist schwer zu sagen, was soll man für eine Zeitform wählen: ob da ein Volk *wird*, das weiß ich nicht, diese Stationen hab ich nicht, das himmlische Jerusalem und daß das verwirklichbar ist, also die Zukunft, der Messias und das alles. Aber ich denk immer: Könnt ich euch nur einzeln erwischen irgendwo, dann würd ich euch jeden einzeln... nicht überzeugen – was wär dann da das Wort? –... daß wir da auf gleich kämen, so, in dem Sinn. Daß wir zumindest wissen, wo wir verschieden sind... das, was man Brüderlichkeit nennt – das ist auch so ein mißbrauchtes Wort –... also das traue ich mir manchmal schon zu. Aber ich bin nicht so drauf aus, sozusagen mich als der Tribun des Volkes jetzt zu bestätigen, auch keine wie immer geartete Gesellschaftsform schwebt mir vor, hat mir nie vorgeschwebt und wird mir wahrscheinlich nie vorschweben.

G. Sie schreiben beispielsweise – in den *Phantasien der Wiederholung* steht das glaub ich – »wir Menschen« (S. 76).

H. Das hab ich sicher in dem Sinn gemeint von ›wir Erdenbürger‹.

G. Es wirkt fast pathetisch und hat mich erinnert an den Liliputaner in Horváths *Kasimir und Karoline*, der beim Anblick des Zeppelins sagt: »Wir Menschen haben es herrlich weit gebracht.«

H. Das ist aber dann eher ironisch, oder traurig dann gemeint.

G. Ja, das schon.

H. Wie wir in dem Gasthof in Mülln gesessen sind und an die Mauer des gegenüberliegenden Hauses gesehen haben, die Leute, die vom Krankenhaus zurückkommen oder hineingehen, also dieser Anblick von Passanten – das ist auch wichtig, daß da ein bestimmter Abstand ist –, da kann es schon... bei Silhouetten, Fahrenden – nicht in Einzelgefährten, nicht in Autos, sondern in Gemeinschaftsfahrzeugen, in Zügen am Abend oder auch am Morgen, in Autobussen... da hab ich schon sehr oft dieses Menschheitsgefühl. Aber es ist nicht regelmässig, es ist nicht abrufbar. Also es ist nicht so wie beim Christen, beim frommen Menschen – das ist glaub ich auch wichtig zu sagen –, es ist nicht das Tägliche; es ist immer ein Ereignis.

G. Dieses Gefühl, dann zu einer Menschheit zu gehören?

H. Ja, es ist immer ein Ereignis. Wenn ich das hab, dann versuch ich das schon festzuhalten, oder es zeichnet sich ja ohnedies in mich ein, wie unauslöschlich, also wie etwas Gültiges. Sonst wär ich ja ganz was anderes. Wäre das nie oder wäre es das sich verlässlich Wiederholende, dann hätt ich einen anderen Beruf, dann wär ich nie ein Künstler (oder wie man das halt nennt: ich muß um Nachsicht für den Ausdruck bitten, der halt ein Hilfsausdruck ist), dann wär ich weiß Gott entweder... weiß ich nicht, was ich wär... Dann hätt ich einen ordentlichen Beruf – oder gar keinen, oder wär halt richtiger Anarchist, also Berufsanarchist – oder anderseits wirklich ein Beamter, ein Arzt, ein Arbeiter, was auch immer... vielleicht sogar Priester, oder ein Mönch. Das liegt mir alles so fern. Ganz und gar. (*Schweigen*).

G. Es hängt diese Frage für mich auch zusammen mit der nach der Individualität. Mit scheint so, daß Ihre Ästhetik, also so, wie sie mir als praktizierte entgegentritt, doch diese, wie soll ich sagen, Menschheitlichkeit voraussetzt; also Sie als jemand, der Dinge schreibt, die für alle gültig seien.

H. Also hätt ich das nicht hin und wieder oder hätt ich das nicht gehabt, auch schon in der Kindheit, dann würd ich nicht schreiben. Also aus Abneigung gegen das Dasein – was ja immer wieder doch mitspielt –, oder sagen wir nur aus Verneinung des Daseins, da könnt ich keine Leidenschaft beziehen. Es kommt wirklich alles aus dem Hin und Her, wo's halt doch hinausläuft auf das Offene, auf den Entwurf, auf den vagen Entwurf, der aber in der Form natürlich nicht vage sein darf. Ich habe nie die Haltung zum Beispiel eines Aphoristikers und Essayisten wie Cioran begriffen, der aus der Verneinung des Daseins seine ganze Lust am Schreiben bezieht. Ich könnt nie sagen: Verneinung oder Bejahung, weder noch; also es ist ein ewiger Prozeß, wo ich in mir spüre, daß es hinauslaufen müßte auf das Bejahen, aber das ist sehr schwer, viel schwerer sprachlich zu verwirklichen als das Verneinen. Also wenn jemand wie Cioran aus den Perioden seiner Schlaflosigkeit – was ich gut persönlich nachvollziehen kann, weil ich auch, sicher nicht so schwer, aber immerhin auch an ziemlichen Schlafstörungen leide, also ich kann es nachvollziehen; aber daraus das Verneinen der menschlichen Existenz und den Menschen als Unfall der Schöpfung und so weiter, wie es ja eine beliebte Floskel ist seit jeher... jetzt hab ich den Faden verloren... also daraus ein Programm zu machen, find ich liederlich; nicht widerlich, sondern liederlich. Da kann man natürlich leicht Stilist werden; ein Stilist muß aber doch kämpfen zwischen beiden Sachen, es ist immer dialektisch. Zum Beispiel, ihn als Beispiel, weil er so für unsere Zeit als Position sich errichtet hat. Die kann ich nicht akzeptieren, ich kann überhaupt keine Position akzeptieren – als die des Widerstands, ja.

G. Den spürt man schon heraus, und sogar sehr stark, aber der widerspricht ja dann wieder Ihrem Bemühen um Harmonisierung.

H. Das ist wahr, ja. Ich hab oft das Gefühl, daß – wie der Ludwig Hohl glaub ich seine Notizen im Untertitel genannt hat: »Von der unvoreiligen Versöhnung«, das ist schon eine sehr schöne, natürlich nah an einer Formel, aber die ist, wenn man sie bedenkt, ganz fruchtbar, die stirbt nicht ab im Bedenken. Also das wäre schon das Ziel, und in der Praxis, grade dadurch, daß ich eben mich nicht beschränken will wie Ludwig Hohl auf die Notate und die Notizen und auf das Zwischenerzählen in den Notizen, sondern daß das Erzählen schon der Hauptstrang sein soll, anders als bei ihm so ein Nebenstrang, komm ich sicher oft in die Gefahr einer voreiligen Versöhnung. Das wird mir schon klar, und das ist mein großer Kampf mit mir selber, das ist auch mein Schreibkampf: daß ich zu schnell mich versöhne mit einem Sachverhalt oder zu schnell den Schein haben will. Auf den Schein soll es schon hinauslaufen, aber das weiß ich, daß meine... nicht meine Schwäche, das wär ja noch schön, aber meine Nachgiebigkeit, mein größter Fehler ist. Daß ich nachgiebig bin, daß es manche Sachen gibt, die ich nicht in ihrer Gewalt, die sie auf mich ausüben, aushalte und versuche versöhnlich zu werden ihnen gegenüber... ja gut, ich kanns jetzt nicht anders sagen.
G. Mir ist in diesem Zusammenhang aufgefallen die Beschreibung aus dem *Wunschlosen Unglück*, wie Ihre Mutter da der Versuchung durch die Nazi-Propaganda erlegen ist, durch diesen Gemeinschaftsgeist, der da vielleicht tatsächlich kurze Zeit bestanden hat oder zumindest vorgespiegelt worden ist.
H. Kurze Zeit, ja.
G. Da heißt es: »Der ländlichen Bevölkerung wurden die geschichtlichen Ereignisse als Naturschauspiel vor-

gestellt«. Für alles bis dahin Unbegreifliche und Fremde zeigte sich auf einmal ein großer Zusammenhang, alles wird sinnvoll und als Fest begreifbar.* Das schien mir wie eine Vorwegnahme von dem, was dann in *Über die Dörfer* passiert.

H. Ja, so leicht ist es nicht. Sie müssen auch bedenken – das hat ja noch niemand, obschon es eigentlich so auf der Hand liegend ist, gesehen, daß das ja gar nicht die Geschichte meiner Mutter ist, und daß die Geschichte schon mitspielt, aber es ist im Grund ... ich konnte das alles ja gar nicht wissen, es ist ja meine eigene Geschichte, *Wunschloses Unglück*. Sonst hätte ichs auch gar nicht erzählen können. Grad diese Passage ist ja völlig autobiographisch, ich weiß doch gar nichts von meiner Mutter, ich hab so ein bißchen Instinkt und Ahnung.

G. Aber es ist doch bezogen auf die frühe Nazi-Zeit, da haben Sie ja noch gar nicht gelebt.

H. Ja freilich. Ich hab nicht bezogen, ich habs übertragen, na.

G. Also Sie haben Ihre eigene Versuchung...

H. Ja sicher, alles gegen Schluß auch, das ist doch alles erfunden oder übetragen auf die Mutter, was genausogut ich sein könnte.

G. In diesem Fall haben sie Ihre Versuchung zur voreiligen...

H. Auch.

G. ... Versöhnung...

H. Auch.

G. Übertragen.

H. Ja, sicher, sonst hätt ich das doch gar nicht so mitspielen können mit der Heldin dieser Geschichte, sagen wir jetzt vielleicht ironisch. Ich hätt doch nichts schreiben können, ich könnt doch nicht über einen andern Menschen schreiben, wenn ich nicht sozusagen selber der Held wär, wenn nicht ich der Schauspieler in diesem Fall eben der Frau wär. Und was Sie da vorgelesen haben, ist ein ganz typisches Exempel für mein Dilemma.

G. Also zu diesen Versuchungen würde dann auch die Naturalisierung der Geschichte gehören.

H. Ja.

G. Wo Sie selber auch nicht so ganz damit einverstanden sind?

H. Sicher, sicher. Das ist ein Ausgangspunkt, von wo man all meine Sachen ganz gut aufrollen könnte (*lacht*).

G. Also für mich ists immer wieder ein Stolperstein als Leser.

H. Ja aber ich hab ... wenn ich etwas hab, dann hab ich eine fruchtbare Selbstkritik in mir. Ich hab keine Selbst*vernichtung*, wie das bei vielen depressiven Menschen der Fall ist; immer versuch ich die Form dafür zu finden, das heißt die Selbst*kritik*. Das ganze *Über die Dörfer* ist eine große Selbstkritik. Verzeihen Sie den Vergleich, ich hab im nachhinein oft an den *Torquato Tasso* von Goethe denken müssen, daß da so ein ähnliches Problem mit der ähnlichen selbstkritischen Haltung gegenüber dem Dichterberuf, Künstlerberuf ...

G. Kaufmännische Welt gegenüber der Welt des Dichters.

H. Ja, genau. Daß das niemand ... mich wundert es manchmal. Es ist ja nicht nur wichtig, sondern auch lustig, auf so was hinzuweisen. Ich könnt ja selber bessere Abhandlungen über meine Sachen, denk ich oft, also stichhaltigere verfassen als die meisten, weitaus das meiste was ich drüber lese.

G. Das wär verlorne Zeit.
H. Ja, das interessiert mich so im Gespräch ein bißchen so anzutupfen, aber so ... (*Schweigen*).
H. (*zeigt auf eine Abbildung*) Das sind romanische Fresken hier, das ist das einzig schöne Kunstwerk eigentlich von Salzburg, das kennt fast niemand.
G. Wo ist das?
H. Im Kloster Nonnberg oben, ganz nah bei Ihnen. Soll ich noch in die Richtung mitgehen? ich führ Sie da hin.
(*Band ausgeschaltet*)

G. Also das ist jetzt ein angefangenes Band, es wird dann bald mal abschnappen. Ich hab noch den Schluß angehört von gestern, und da fand ich es schon sträflich, wie ich da so leicht drüber weggegangen bin, als Sie sagten, Sie könnten schon über Ihre Sachen Triftigeres sagen oder sogar schreiben als die meisten. Vielleicht wärs doch gut, wenn wir darauf nochmals zurückkommen könnten, ich hab das so empfunden, als ob ich Ihnen das Wort abgeschnitten hätte. Vielleicht wollten Sie bei der Gelegenheit auch sagen, worauf es Ihnen ankommt, also nicht jetzt ein bestimmtes Werk interpretieren, sondern was Ihnen wichtig ist, wie man an Ihre Werke herangehen soll und wie nicht, vielleicht von abschrekkenden Beispielen her, die Sie ja nicht mit Namen zu nennen brauchen.
H. Hm. Von mir aus kann ich das nicht machen, das kann ich nur, wenn Sie bei mir hier sitzen und anfangen zu fragen, und wenn ich dann mich erinnern kann, also durch Ihre Fragen, vielleicht auch nur durch Ihre Anwesenheit werd ich erinnert, wie das war, was der Anstoß war, was die Probleme waren vor allem des Schreibens; das ist ja vielleicht das Interessanteste, von den Problemen zu erzählen, die man entweder bewältigt hat oder nicht. Von mir aus könnt ich nie mich hinsetzen... ich glaub jetzt jedenfalls nicht; vielleicht wenn man später so irgendwas parallel zu *Dichtung und Wahrheit* sich dächte – also nicht die Lebensbeschreibung, sondern mehr die Lebensbeschreibung als eine Art Arbeitsbeschreibung. Da könnt ichs mir schon vorstellen, das *hab* ich mir auch schon öfter vorgestellt, einmal zu erzählen, wie ich *Langsame Heimkehr* geschrieben hab,

viel später ... daß das ganz aufschlußreich und auch sogar eine spannende Geschichte ergäbe.

G. Ein bißchen ein Ansatz ist ja in der *Sainte-Victoire* schon drin.

H. Aber nur ein Ansatz. Das war ja mehr eine Fortführung der *Langsamen Heimkehr*, die *Sainte-Victoire*.

G. Ist das eine ähnliche Faszination wie die, wo Sie gestern im Gasthaus sagten, daß Ihnen diese Diderot-Stücke und Molières *Critique de l'Ecole des Femmes*, diese Stücke, die andere Stücke, andere Werke reflektieren ...

H. Ja, da das Paradox über den Schauspieler zum Beispiel. Ja, also daß sozusagen schon etwas vorhanden ist, etwas Schriftliches ist vorhanden, und über das Werk wird ... also meine Idealvorstellung sind ja zwei Personen, die sich darüber unterhalten, das stelle ich mir sogar als eine mögliche Erkenntnis- und Kunstform vor.

G. Zwei Personen, die sich über ein Werk ...

H. ... das schon konkret da ist.

G. Eines von Ihnen selber?

H. Es kann irgend ein Werk, was auch immer sein, es muß ja nicht von mir sein.

G. Es gibt ja auch von Hofmannsthal die Unterhaltungen über Goethes *Tasso*, so etwas?

H. Zum Beispiel, ja. Ich hab jetzt in dem Moment, wie Sie mich gefragt haben, auch zurückgedacht, als ich zwanzig Jahre alt war und *Die Hornissen* so im Kopf hatte und damit herumging, und da wars mir eigentlich unvorstellbar, daß zwischen dem Schreiben und der sprachlosen Welt überhaupt keine Vermittlung, keine Brücke bestand, und da kams mir ganz natürlich in den Sinn, daß da schon ein vorhandenes Buch, daß das Buch über ein vorhandenes Buch erst die Welt spiegelt oder schattiert undsoweiter. Es war eigentlich schon für den zwanzigjährigen Menschen die Unmittelbarkeit von Schreiben, also Unvermitteltheit von Beschreiben und Bildern der Welt, die halt in mir gespukt haben, war mir nicht möglich. Im Schreiben hat mich das weitergebracht, daß da das Erzählen schon über ein vorhandenes Buch ablaufen konnte. Das ist also nicht etwas, was neu erst in mich gekommen ist.

G. Dann wär also diese Vorstellung einer Unterhaltung über ein Stück die Fortsetzung dessen, was Sie mit den *Hornissen* schon gemacht haben.

H. Ja es ist scheints bei mir so eine Vorstellung, es gebe halt schon das Buch, oder das Werk, oder das Stück. Und dieses Stück, in dem ich jetzt ausdrücklich es schreibe – am besten ists vielleicht in einem Bild auszudrücken –, dient als eine Unterlage, so wie wenn Sie einen Stein vor sich haben, und da ist eine Inschrift, die aber nicht zu entziffern ist mit dem freien Auge. Da legen Sie ein Papier auf den Stein und versuchen, sagen wir mit dem Bleistift, zu schraffieren, und auf diese Weise tritt dann die Inschrift, also die Schrift, hervor. Das war auch die Grundbewegung dessen, was ich jetzt grad geschrieben hab, der Erzählung *Die Wiederholung*, daß ich gedacht hab, die ganze Bewegung des Schreibens – das braucht man immer, so ein Hilfmittel – ist so ein Schraffieren, daß ich da eine Inschrift, die halb verwittert oder schon fast versunken ist, wieder zum Vorschein bringe. Also das hat mir die Sätze bewegt. Für mich ist es immer sehr wichtig, wie die Sätze so laut–, also noch silben- und wortlos sich vor mir... also sich in mich einprägen, von vornherein; daß ich den Rhythmus oder die große Bewegung der Sätze in mir hab, und dann eigentlich kann ich erst wirklich anfangen. Dadurch daß ich diese Vorstellung des Herausbringens, also des Wiederfindens einer halb verschollenen Schrift mir vorstellen konnte, immer wieder, also täglich, hatt ich auch nicht diese Verstummensprobleme, die ich bei *Langsame Heimkehr* gehabt hab.

G. Sie bezeichnen ja auch die Naturdinge im Zusammenhang mit Cézanne als Schrift, also dieses Felsenbild. Das betrifft doch nicht nur das gemalte Bild. Sie sehen auch das natürliche Phänomen bereits als diese Schrift? (*Die Lehre der Sainte-Victoire*, S. 61 ff).

H. Doch, das ist bei mir so eine wiederkehrende Vorstellung. Je mehr ich mich vertiefe in einen Gegenstand, desto mehr nähert er sich dem Schriftzeichen.

G. Dem ungeschriebenen Buch.

H. Ja, genau so. Auch fällt mir jetzt ein aus der *Geschichte des Bleistifts*, daß diese Zustände von Schwermut, daß da sich die Gegenstände oft im nachhinein einprägen wie Schriftzeichen in einem – ob das der gebogene Ast einer Kastanie ist oder ein Blatt – im nachhinein wirkt dieser lastende Zustand wie ein Stempel, der einem die Gegenstände einprägt, als Zeichen. Also es kehrt glaub ich sehr oft wieder bei mir; vor allem – ich entschuldige mich, daß ich das jetzt erwähne, es ist halt jetzt der Moment –... vor allem in der letzten Erzählung ist ein dauerndes Hin- und Herschwingen zwischen den Gegenständen der Welt und deren langsamem Übergehen ins Schriftliche, also daß alles, was der Held wahrnimmt, vor allem in der Folge, ihm begegnet als hervorzuholende Schrift. Das ist eigentlich das Grundmotiv dieser Sache.

G. Und dieses Hervorholen der Schrift, ist das der

selbe Vorgang, den Sie auch mit »freiphantasieren« (ein Wort) bezeichneten?

H. Ja, man könnte es immer wieder anders übersetzen, ja, das wäre vielleicht wieder eine Variation für das Freiphantasieren.

G. Der Jean Paul braucht glaub ich für das Schreiben das Gleichnis der unsichtbaren Tinte, die man durch entsprechende Vorkehrung sichtbar machen kann.

H. Das ist genau die Entsprechung, die wahrscheinlich bei jedem, der sich ernstlich einläßt auf das Schreiben, wird das irgendeinmal, und immer wieder vorkommen. Das ist jat das Schöne – ich sag ›das Schöne‹ –, daß immer neue Bilder dafür auftauchen.

G. Also für ein Schreiben, das sich nicht als willkürlich und absichtlich versteht. Ich glaub der Brecht wäre nie auf dieses Gleichnis gekommen.

H. (*lacht*) Da haben Sie wahrscheinlich recht.

G. Es ist eine ganz andere Auffassung von Schreiben, also nicht eine, daß man jetzt mal etwas versucht und schaut, was dabei herauskommt, sondern etwas sichtbar machen will, was immer da ist.

H. Brecht interessiert mich leider zu wenig.

G. Sartre könnt man auch nennen. Der hätte das Bild sicher auch nicht gebraucht.

H. Vielleicht ein bißchen in *La Nausée*, in seinen Anfängen ... in dem Roquentin, in der Fleischlichkeit und in der Aggressivität und Auswucherung der Dinge, die er wahrnimmt. Da ist schon etwas von dieser Forschung drin, deren Methode nicht von vornherein klar sein darf. Zumindest ist das so eine Ahnung.

G. Ich hab jetzt auch an das existentialistische Theorem gedacht, das ja in *La Nausée* auch schon erscheint, daß es keinen Sinn gibt, sondern man muß ihn erfinden, man muß auch sich selber erfinden, und dafür gibts keinen Maßstab. Während für Sie heißt ja erfinden auch finden.

H. Also mehr *wieder*finden als *er*finden. Das ist sehr schwer, daß man grad diese vielgebrauchten Begriffe da klärt und auffrischt. Erfindung ist bei mir nie von vornherein der Fall, die kommt immer aus dem Erlebnis und aus der Erinnerung an das Erlebnis, wobei ich dann, im nachhinein mich erinnernd, mir sage, daß zur Erinnerung auch das schöne Wort ›Werk‹ gehört; daß man sagt, es ist das Werk der Erinnerung; also die Erinnerung wirkt, und so wie sie wirkt, wird sie zugleich erfinderisch. Aber ausgehen muß ich vom Erlebnis und von der Erinnerung daran, und da entsteht von selber, in der Erinnerung, im Bild des Erlebnisses, das Erfinderische. Im Aufschreiben davon zeigt die Erinnerung – und das ist ja ihr Werk – die Möglichkeit, oder wie man auch sagt, die Ahnung – oder objektiv ausgedrückt: die Zukunft. Für mich ist das so ein physischer, ganz materieller, sinnlicher Prozeß. Ich hab wirklich – das Eine kann ich sagen – nie etwas Vorgefaßtes, wenn ich mich ans Schreiben begebe. Ich hab überhaupt keine Meinung von der Welt. Ich will das immer neu ausbreiten und immer neu durchmäandern. Die Dinge, bei denen ich ganz bei der Sache ... oder die Sachen, bei denen ich ganz eben bei den Sachen bleiben konnte, die sind die, die mich betreffen, die möchte ich – das ist genau das – in eine Folge und zum Schwingen bringen, beides. Es gibt nichts Natürlicheres eigentlich.

G. Kann man das so in Beziehung setzen, daß das, was die Erinnerung unwillkürlich leistet, daß das der noch unentzifferte Text ist, und die Schriftzeichen, die dann lesbar sind für andere, die müssen Sie erfinden – also die konkrete Ausgestaltung dieser unsichtbaren Schrift?

H. Das ist insofern vielleicht wahr, als ich nicht der Erinnerung folgen kann. Also die Erinnerung ermöglicht mir, daß ich eine Situation erfinde.

G. Sie gibt diese Rhythmen, von denen Sie gesprochen haben?

H. Ja, die gibt erst einmal die Rhythmen an, und dann ermöglicht sie mir, daß ich zu dem Ort, der in der Tatsachenwelt der Ort der Erinnerung war, einen – das ist vielleicht das beste Wort: einen Nachbarort erfinden kann. Ich kann das Schreiben nie an dem authentischen oder tatsächlichen Ort spielen lassen, sondern ich kann einen Nachbarort erfinden, und ich kann Nachbarpersonen zu den Personen, Nachbardinge...›Nachbar‹ ist glaub ich richtig. Mit der Erinnerung kann ich aus etwas...kann ich Orte, die ich gar nicht kenne, bestimmen zu Orten der Handlung. Das hab ich immer gemacht.

G. *Können* Sie das nur oder *müssen* Sie auch.

H. Ich kann es nicht anders. Beim *Kurzen Brief zum langen Abschied* zum Beispiel ging es mir so: am Anfang hab ich versucht, in den ersten paar Seiten, Orte zu erzählen, die ich vom Augenschein her gekannt habe. Und dann war es mir unmöglich, mit dem, was ich gekannt habe, weiterzutun, und hab dann Orte erzählt, die ich überhaupt nicht kannte. Und das war eine große Befreiung. Also mit der Erinnerung, die ich hatte, ging ich in die Orte, die ich eben nicht kannte. So hab ichs eigentlich gehalten seitdem. Also mit allem, was ich erzählt hab, hab ich eigentlich Orte erzählt – Landschaften weniger –, die ich entweder nur

vom Hörensagen, vom Klang, oder die auch pure Erfindungen sind.
G. Als konkrete Orte Erfindungen, aber in ihrem Wesentlichen Findungen – hervorgegangen aus der Form von tatsächlichen Erinnerungen.
H. Hervorgegangen aus einer Erinnerung, die ja immer zugleich einen inneren Ort gibt, also sie gibt mir im Innern einen Ort, und diesen inneren Ort kann ich dann irgendwie – jetzt bin ich wieder bei dem Wort: da muß ich bestimmen, also ich *kann* bestimmen. Diesen inneren Ort übertrag ich dann, so wie beim Anfang vom *Chinesen des Schmerzes*, wo ich nicht wußte, als ich mich hinsetzte, wo das jetzt überhaupt spielen soll, wo der Mensch überhaupt sein Zimmer haben soll. Aber den inneren Ort hatt ich, setzte mich hin und bestimmte dann, indem ich mich eben einließ auf die Vorstellung der ganzen Stadt, bestimmte dann genau das Zimmer oder ich *konnte* bestimmen das Zimmer, wo der Protagonist oder wie auch immer man ihn nennt, seinen Wohnsitz hat. So immer war das, in all den Sachen, die ich gemacht hab. –
Oder zum Beispiel in der Kindheit ging es mir oft so, daß grade die – das ist ein seltsames Phänomen – grade die Nachbarorte, also die Nachbardörfer, die schon ein bißchen außerhalb der täglichen Reichweite lagen, von denen man nicht einmal mehr die Glocken hörte, oder nur, wenn man in den Wald ging zum Pilzesuchen, da kam man irgendwie in die Sphäre dieses seltsamen Nachbardorfs, das man eigentlich nie betreten hat. Man hörte dann vom Wald aus vielleicht die Hähne krähen, hörte vielleicht auch eine Kirchenglocke – aber nie vom eigenen Stammsitz aus. Und grad diese Dörfer oder diese Nachbarorte, die wurden im Lauf der Zeit für

mich die Orte der Handlung, im Schreiben. Ich könnte nie im eigenen Dorf, wo ich geboren bin und das Altenmarkt heißt, etwas ansiedeln.
G. Aber in *Über die Dörfer* haben Sie doch die Handlung in Ihrem eigenen Dorf angesiedelt?
H. Ach nein, da ist vieles auch übertragen, oder auch zusammengefügt aus vielen Dörfern, durch die ich gekommen bin. Es war mir auch die Vorstellung viel fruchtbarer, daß das vielleicht ein Dorf hier im Salzburgerland ist oder in Oberbayern, weil ich ja auch da durch viele Dörfer gegangen bin oder da irgendwo auf dem Platz gesessen hab.
G. Und Sie nehmen dann so einzelne Merkmale wie beispielsweise den Kirchof oder diese Weggabelung vor dem Kirchhof, so wie Sie den Löwen...*
H. So ist es, ja. Man übersetzt, überträgt. Das Übertragen ist ja auch ein sehr wichtiger Vorgang, auch so etwas wie eine Distanzschaffung im Schreiben, so wie die Vorstellung, daß da ein mythisches Buch zwischen meinem Auge, meinem sogenannten Auge, und dem leeren Papier sich befindet. So ist das Übertragen auch so eine Art Vorrichtung, die einem es ermöglicht, diese etwas unangenehme Vorstellung der Unmittelbarkeit im Schreiben zu überwinden, daß man also mittelbar wird. Ich sag das so abstrakt.
G. Es kommt mir jetzt so vor, als ob in diesem Buch drin dann die Welt richtig zusammengesetzt wär. Sie nehmen da einzelne Stücke, eben den Löwen, den Kirchhof, und setzen das zusammen zu einem Bild, wo es dann am rechten Platz ist.
H. Ja, wo's überschaubar ist. Normalerweise ist ja nichts...es ist alles so disparat: da sind wir wieder bei dem Gegensatz zwischen Welt und Lüge.

G. Oder, wie Hofmannsthal sagte, zwischen der gebrochenen Welt und der durch die Poesie ihr entgegengesetzten harmonischen und ganzen...
H. Das ist so, wie Sie sagen.
G. ...die doch das Innere, das Wahre jener Welt ausdrücke. [Nachweis S. 190].
H. Ich seh das aber eben überhaupt nicht als Lüge an, sondern als eine Offenbarung der Welt, wie sie mir entspricht. Genau so.
G. Das ist mir klar geworden seit der *Sainte-Victoire*, und ich hab drum etwas Mühe gehabt mit dem Begriff der Fälschung, worüber wir schon gesprochen haben. Das schien mir dann eben eher, im Beispiel zu bleiben, in der Nähe von Sartre zu liegen, im Sinn von »L'existence précède l'essence«, ich bin, und es steht mir frei, mich zu entwerfen, nichts bindet mich und bestimmt mich, wie ich das tun will.
H. Ja mir gehts ein bißchen anders. Ich hab schon erlebt – also ich könnt es nie in Gesetzesformeln ausdrükken, aber daß es ein Gesetz *gibt* hinter den Erscheinungen, das hab ich erlebt... das ich aber nur durch meine Weise, durch meine Art Arbeit für eine gewisse Zeit hervorbringen kann und das mir dann auch wieder entschwindet, wenn ich nicht weitertue, wenn ich das nicht fortsetze. Es ist ja auch ein eigenartiges Erleben, daß nach einer gewissen Zeit, wenn die Arbeit vorbei ist, nicht mehr die Vorstellung da ist, wie sie vielleicht ein Architekt oder wer auch immer hat, daß das noch gilt oder etwas getan zu haben. Dieses Sichausruhen oder Heimischfühlen vielleicht noch besser, oder Hausenkönnen in dem, was man getan hat, das ist bei mir nicht.
(*Unterbruch durch Bandwechsel*)

H. Also das bedeutet nichts, wenn ich irgendwelche Bücher in die Hand nehme, ich muß mich irgendwo halten.
G. Ich hab gestern gesehen, das war wohl der »Handschmeichler«, ich wußte nie, was das ist.
H. Ja, haben Sie das bemerkt?
G. Ja. Zum erstenmal bin ich dem Wort im *Chinesen des Schmerzes* begegnet und hab jetzt zum erstenmal die Sache gesehen.
H. Ja ich hab das Wort auch vorher nicht gewußt, ehe nicht die in der Schule das gemacht haben, ich glaub in einer Handarbeitsstunde. Das Wort kannt ich überhaupt nicht.
G. Sie auch nicht.
H. Nein nein. Hab ich das da verwendet?
G. Ja.
H. Das hab ich schon vergessen, ein kleiner Spaß.
G. Auf das Thema ›Verstehen‹ möcht ich noch einmal zurückkommen. Ich hab das Beispiel des Kartenspiels aus *Langsame Heimkehr*, mit dem Joker, herausgegriffen, und Ihnen gesagt, daß ich grundsätzliche Schwierigkeiten hab, mit dieser Art von Text umzugehen... daß im Andreas-Roman, zum Beispiel, selbstverständlich die Differenz am Motiv im veränderten Kontext Bedeutungsträger wäre. Das haben Sie für sich in Abrede gestellt, und heut auf dem Weg erst meinte ich zu verstehen, warum: Sie haben gestern gesagt, daß Sie in Heideggers Sprache sich nicht wohlfühlen...
H. Nicht zu Hause.
G. Ja, die so ein dichtes Netz spinnt...
H. Ja grad er, der sehr viel von hausen und wohnen spricht, errichtet mit seiner Sprache eigentlich mehr so Betonbunker als Wohnstätten.

G. Weniger gewalttätig, ein Netz...
H. Ja Beton ist vielleicht zuviel.
G. Das passiert, auf weniger gewalttätige Weise...
H. Es ist so verfugt, daß da gar kein Licht und keine Luft durchkommt; dieses Verfugte schmettert mich ab.
G. Bis zu einem gewissen Grad, feiner und unauffälliger, ist das auch in einem Text wie dem *Andreas* wirksam, wo jedes Bild verweist auf ein ähnliches Bild in anderem Kontext und dann...
H. Es hat etwas Vorgefaßtes, jeder Satz. Das ist bei mir wirklich...also ich bin jetzt wie ein Angeklagter: Ich beteuere...
G. Nein, bitte nicht!
H. Lassen Sie mich das ironisch sagen: Ich beteuere hiermit, daß das bei mir nicht der Fall ist. – Ich wollte vorhin noch, wie Sie meinen, als Forscher oder Untersucher eines solchen Textes hätte man Schwierigkeiten, den zu gliedern. Grad das, hab ich mir vorgestellt, wäre doch ein Anreiz für die Germanisten heute, gegen die man ja nichts einwenden kann, das sind ja, wenn sie ihre Wissenschaft gewissenhaft betreiben, die Überlieferer. Ich bin da völlig einverstanden mit Nietzsche, der die Philologie als überhaupt eine der gewichtigsten Wissenschaften ansieht. Dieses langsamere Lesen – bedächtigere, bedenkende Lesen –, was man da betreibt, ist ja auch eins meiner Ideale. Aber ich will sagen, daß ich mir grad bei *Langsame Heimkehr*, grad bei diesem seltsamen Text, vorstellen konnte, daß die – sagen wir halt: die Germanisten, oder die Erforscher der Texte, da ein neues Herangehen lernen auch; denn diese Sätze und die Folge der Sätze, die sind ja – nicht im Stoff, sondern in der Form – authentisch; das muß man ja spüren, daß

da nichts Epigonales und nichts Vorgegebenes auch, und auch kein Modell dahintersteht, das man kritisieren oder befürworten kann, sondern daß da eine langsame, vielleicht auch holprige und stolpernde Suche betrieben wird. Es gibt ja auch Ansätze, die ich zu *Langsame Heimkehr* gelesen hab; grad das hätt ich immer spannend gefunden, daß die ihr Fach und ihre Methoden neu überdenken, das muß ja auch für viele unter diesen Leuten ein Bedürfnis sein. Denn das Begriffsbesteck, das ist ja zu befragen auch, genau so, wie ich meine Art befrage oder meine Weise in Frage stelle. – Grad so ein fragmentarisches und sicher nicht ganz ans Licht gekommenes Werk müßte doch ermöglichen, so einem doch ins Stokken geratenen Berufsstand parallele ... also auch neu anfangen zu können. Denn ich hab ja auch angefangen.

G. Ich will nicht sagen, daß das nicht gemacht würde. Aber – mir gehts so – man wird von Ihrem Text immer wieder zurückgestoßen – was vielleicht auch gut ist; denn dieses Netz, dieses Bedeutungsnetz, wie ich das jetzt einmal nennen will, zu rekonstruieren, heißt natürlich auch, ein Schmetterlingsnetz haben, in dem man den Autor fängt, und Sie entziehen sich immer wieder. Also, um jetzt ein Beispiel ...: In *Langsame Heimkehr* gibt es Anspielungen, etwa 150 Seiten später durch ein Wortspiel auf eine Stelle früher, wo es ganz eindeutig ist, daß Sie wollen, daß dieser Zusammenhang bemerkt werde.*

H. Ja.

G. Und dann gibts aber eben wieder dieses Geschichte mit dem Kartenspiel, ein viel auffallender Motivbezug, wo Sie dann sagen, Sie hätten gar nicht beabsichtigt, einen Zusammenhang herzustellen, die Wiederholung hier als Bedeutungsträger einzusetzen.

H. Ich käme als Leser nie auf die Idee, daß die Variation des Kartenspiels etwas sagen will oder etwas bedeuten will.

G. Das ist mir selbstverständlich.

H. Dann ist da halt doch glaub ich ein Unterschied zwischen Ihnen und mir als Leser.

G. Es ist ein Unterschied zwischen Ihrer Literatur und bisheriger. Er ist nur schwer dingfest zu machen, er entzieht sich immer wieder, weil sie ja den Zusammenhang nicht ablehnen.

H. Ich glaub schon – ich hab nichts gegen das Wort »dingfest« –, daß grad *Langsame Heimkehr* dingfest zu machen wäre, ich weiß nur nicht wie (*lacht*).

G. Ich auch nicht; ich habs versucht und bin gescheitert.

H. Sie haben mir doch so schön erzählt, einmal hätten Sie die ersten dreißig Seiten ganz klar vor sich gehabt...

G. Die schon.

H. ...und grad dann hätten Sie nichts sagen können – hätten sie nur vorlesen können vielleicht.

G. Ich hätte im einzelnen versuchen müssen, den vorsprachlichen Eindruck zu verifizieren: Wie kommt er zustande. Aber das kann man nur schriftlich, das kann man nicht im Reden.

H. Hat es Sie nicht gereizt, das aufzuzeichnen, in Form von Glossen?

G. Merkwürdigerweise dann nicht, nein. Dazu reizten mich eher die Dinge, die ich nicht verstanden habe und die mir irgendwie gegen den Strich gingen: mir darüber klar zu werden.

H. (*tiefes Atmen*) »Gegen den Strich«, das ist ein seltsamer Ausdruck (*lacht*).

G. Zum Beispiel grade – Sie haben sogar selber gesagt, daß es eines Ihrer Lieblingsbilder ist – diese immerwiederkehrenden Züge von Menschen, angefangen von den Indianern, die da hin- und hergehen (S. 55), bis zu dem Autobus auf der Paßhöhe (S. 135f), und vor dem Coffeeshop fährt auch wieder so ein Autobus vorüber mit Schattenköpfen darin (S. 175).

H. Und im Park gehen die Leute, als seien Sie noch einmal die Indianer, die vorübergehen.

G. Ja, genau. Sehn Sie, das ist jetzt wieder so ein Beispiel: Da erwarten Sie doch vom Leser, daß er diesen Zusammenhang herstellt zwischen den Indianern und der Prozession im Park.

H. Ja, der ergibt sich hier, der Zusammenhang.

G. Aber Sie haben doch den im Blick gehabt, als Sie das schrieben?*

H. Der hat sich ergeben. Also bei dieser Szene hab ich mir's schon gewünscht, daß dieser Zug noch einmal wiederkehrt, ich hab darauf gewartet im Schreiben, ob ich das noch einmal spielen lassen könnte, diesen Menschenzug. Weil ich mir eben vielleicht auch nur bloß gewünscht hab, daß Leute in einer Weltstadt sich gar nicht so sehr unterscheiden müßten von diesem mythischen Zug, an den man immer denkt, wenn man auch nur das Wort Indianer gebraucht. Und sicher ist da auch ein konkretes Erlebnis dahinter: daß ich manchmal, wenn ich in einer Menge gegangen bin, dann irgend an einer runden Schulter oder an einer Wangenlinie oder einem pendelnden Arm geglaubt habe, da gingen die Leute, die ich kannte, die aber schon tot sind, jetzt in diesen kleinen Formandeutungen seien sie enthalten, in der Menge drin. Das ist mir wiederholt begegnet. Immer wenn etwas sich wiederholt, kann ich sagen, dann glaub ich daran fast. Vielleicht haben Sie da auch ein bißchen eine Andeutung, warum ich diese Menschenzüge sich wiederholen lasse.

G. Sie nannten das mythische Wiederholung. Aber mich hat das einfach erinnert etwa an die Szene aus dem *Tormann*, wo der Bloch sich beruhigt, wie er auf den Teller der Kinokasse das Geld schiebt und die Karte kommt zurück.* Ich seh das ganz analog: diesen anonymen Verkehr von Menschen als Äquivalent des Geldverkehrs, und dann kommt ja sogar...

H. Das find ich sehr interessant, aber hätt ich nie gedacht.

G. Ich meine ja auch nicht, daß Sie daran gedacht hätten; ich meine, daß das zu dieser Zeitgenossenschaft gehört, die unwillkürlich sich auswirkt.

H. Ja sprechen Sie weiter.

G. Das ist für mich der anstößigste Punkt, und das kulminiert dann kurz vor Schluß des Buches, wo der Sorger in die Kirche geht, da werden diese Almosenbeutel herumgereicht, und er fühlt sich wohl »in der Gemeinschaft des Geldes« (S. 205). Und das ganze ist so doppeldeutig formuliert...

H. Das ist ja ironisch gemeint, oder heiter zumindest.

G. Aber so kurz vor Schluß?

H. So eine Randperson wie der Sorger, der immer an den Rändern herumgestolpert ist, fühlt sich wahrscheinlich heimisch dann bei was auch immer, und wenns nur halbwegs friedlich abläuft. So... obwohl ich mein... erklären kann ichs auch nicht. Sie haben das sehr plakativ übersetzt mit dem Geld. Die machen doch mit diesem Klingelbeutel... die Hände machen da an diesen Stangen Geräusche wie Bäcker, wenn sie früher das Brot aus dem Ofen gefischt haben.

G. Ja, das kommt dazu, daß nämlich so, wie Sie das dann formulieren, mit diesem Bild, entsteht die Äquivokation zwischen Abendmahls-Wandlung und diesem Geld, was jetzt da im Ofen drin gebacken wird, also im Beutelchen gesammelt wird.*

H. Ja und was ist daran ... das ist doch alles überhaupt nicht trennbar, lösbar oder deutbar.

G. Also ich finds für mich dann anstößig, daß plötzlich diese Mythisierung, Wiederholung in ein Zwielicht gerät, also sagen wirs mal so: zur Verklärung des anonymen Geldverkehrs, der Verkehrs-Sphäre als solcher gerät, die ja heute praktisch die Gesellschaft nur noch ausmacht; gesellschaftliche Ordnung ist ja nur noch als Verkehrssystem vorhanden.

H. Also das ist ja lustig, was Sie da sagen; aber ich hätte mir das nie träumen lassen, daß das so gedeutet werden kann.

G. Dem eben wollt ich schreibend nachspüren und bin gescheitert, weils doch nicht so einfach ist, nicht so aufgeht. Man muß dann viele Dinge bloß kritisch sehen, die auch noch, oder zuerst, einen anderen Sinn haben. Und wenn ich dann wahrhaftig sein will, also die andern Aspekte auch, und das nur als möglichen kritischen Aspekt, beschreiben will, dann wirds mir zu kompliziert.

H. Aber das war nicht einmal im Nebensinn so gemeint.

G. Ich hab nie daran gezweifelt, daß Sie es *nicht* gemeint haben.

H. Dann werfen Sie das sozusagen meiner Grundstruktur vor, daß ich unbewußt ...

G. Ja, genau.
H. Ja das kann sein.
G. Und dadurch gerät eben die Mythisierung und Wiederholung in ein Zwielicht – da konnt ich den »Weltstadtstaat«, diese gigantische Maschine, im Grunde genommen inhumane Maschine wieder erkennen, Verklärung eines bloß noch funktionierenden Systems, wie es eben im Geldverkehr, in der Verkehrssphäre realisiert ist.
H. Diesen Einwand versteh ich schon, ich kann mir schon vorstellen, wie Sie davon aufgestachelt werden. Aber ich seh, wenn wir am Text bleiben, überhaupt nicht, wie das ganze auch nur annähernd aufgehen soll, in dem viel größeren Spiel. Ich glaub schon... – ach Gott, ich hab keine Lust, mich da zu verteidigen, oder mich da zu erklären... Ich kann nur etwas wiederholen: Ich habs eben in dieser Form erlebt; ich sag immer dazu: »in dieser *Form*« erlebt.
G. Wenn Sie das sagen, bin ich entwaffnet, aber...
(*beidseitiges Gelächter*)
...der Text ist ja doch etwas Objektives, was dann mit Ihnen gar nichts mehr zu tun hat.
H. Der Text trifft ja auf ein Empfangssystem, das überhaupt nicht kontrollierbar ist, wie soll ich denn das wissen? Das ist ja... Als ich damals im Krankenhaus war, mit den Elektroden da überall, also zur Beobachtung meines Herzens, gabs auf dem Pültchen neben dem Bett so... wurden da die Herzkurven aufgezeichnet, gleichzeitig konnt ich da zuschauen, und da gabs so ein fürchterlich verwischtes Durcheinander plötzlich, eine ganz große Unregelmäßigkeit, und erst nach einiger Zeit kam dann ein Arzt, da ich doch in einiger Angst deswegen war, nach dem Abbild meines

Herzrhythmus' auf dem Empfangsschirm, und hat mir erklärt, das hinge mit irgendwelchen Bakterien zusammen, die in den Elektroden drin wären. Also etwas im Empfangssystem würde das, was von mir ausgeht, meine Herzfrequenz, dermaßen stören, daß es auf diese schreckenerregende Weise auf dem Bildschirm da ankommt. Und so erscheint mir vieles, was ich tue, was ich versuche, klar: Ganz Ich muß es sein, das Geschriebene... aber wie es dann ankommt, erscheints mir dann im Abbild... also vieles – weniger das, was ich jetzt von Ihnen höre, aber was ich dann darüber lese – erscheint mir, als wären im Empfangssystem auch diese entstellenden Bakterien dazwischen. Da kann ich nicht sagen, daß es an meinem Aussenden, also an meinem Organ liegt.
(*Schweigen*)
Obwohl, ich möcht ja nicht entwaffnen; natürlich möcht ich, aber entwaffnen möcht ich mehr im Schreiben als im Reden, verstehn Sie?
G. Es kann, wenns nicht am Sendesystem liegt...
H. Ich geb das ja nur zu bedenken, Herr Gamper.
G. Ja ja, ich bedenk... ich frag jetzt drum auch, obs nicht an der Welt liege könnte, in der eben das Wiederholen auch gegenüber den mythischen Zeiten eine höchst bedenkliche Kehrseite angenommen hat – was man mit ›Ende der Geschichte‹ auch bezeichnet hat. Für mich läßt sich das meiste, was ich an kritischen Einwänden habe, auf den Nenner bringen der Naturalisierung von Geschichte, das wär dann die Wiederholung im schlechten Sinn; also im Weltstadtstaat würde sich auch alles wiederholen, wo alles mechanisiert ist.
H. Ich mein, das sind dann so grundsätzliche Ein-

wände, daß sie dann eigentlich gegen meine Existenz mehr gehen als gegen das, was ich schreibe.

G. Nein, nein. Gar nicht.

H. Meine Art Existenz ist Ihnen... Was ich schreibe, ist ja nur meine geformte Existenz. – Ich seh das... mir machts auch nichts... meine unbewußte Weltsicht, die können Sie einfach nicht akzeptieren, weil es ganz und gar nicht die Ihre ist.

G. Ich kann vieles akzeptieren, sogar gern...

H. Ich will ja auch nicht irgend eine Bestätigung jetzt von Ihnen haben. Aber ich kann mir gut vorstellen, daß es bei vielen Menschen so ist, daß sie an dem, was ich tu, nur studieren können, was sie selber sind und wo sie widersprechen können. Das ist doch auch schon fruchtbar. Schlimm ist es ja nur, wenn die Form nicht vorhanden ist. – Schrecklich ist ja diese Anhängerschaft oder was auch immer. Jede Art von Kunst soll doch den, der sie studiert, zu sich selber befreien, nicht zum Gefolgsmann machen. Das hat ja Goethe geschafft zum Beispiel, zumindest zu Lebzeiten: Alle, die ihn mit offenem Herzen gelesen haben, haben ihn nicht angehimmelt oder so, sondern die sind zu sich selber gekommen.

G. Nehmen Sie's bitte nicht persönlich, aber das interessiert mich jetzt: Sehen Sie nicht den Unterschied – oder ist Ihnen das nicht ein Problem: Unterschied zwischen der mythischen Wiederholung und der doch eigentlich tödlichen Wiederholung, wie sie dann in der total automatisierten, geschichtslosen Zukunftsgesellschaft stattfindet?

H. Ist da nicht so etwas Dämonisierendes im Beschreiben der Zukunftsgesellschaft und der automatisierten Welt? Ich hab da keine Meinung.

G. Ja ich halte mich an die Beschreibung in der *Langsa-*

men Heimkehr, das ist eine Horrorvision, ich brauchte das nur zu lesen.

H. Was für eine Horrorvision? Von dem Gottesdienst?

G. Nein, nein, da jetzt vom Weltstadtstaat, den Sie auch im *Gewicht der Welt* noch... (*sucht das Buch*)

H. In dem Park, die Gehenden im Park?

G. Nein, in San Francisco.

H. Eine Horrorvision?

G. Ja, da grausts mir davor.

H. Mhm, da bin ich neugierig.

G. (*sucht die Stelle im Buch*)

H. Aber eins: Ich hab ziemlich lang drüber gegrübelt, und ich glaub am knappsten hab ichs dann in *Über die Dörfer* gesagt, also daß zu dem Gregor gesagt wird, ich glaub von der Schwester: »Du hast nicht die Schwäche, zu verharmlosen, sondern die Kraft, zu verklären.« (S. 67). Das ist von mir ziemlich genau, ohne Begriffshuberei, vorgebracht. Also das Verharmlosen, was zum Beispiel viele unter Klassiker oder Literatur verstehen, was auch die Schlager machen, das ist eine Schwäche. Aber die Verklärung ist eine Kraft. So ein bißchen wie der Unterschied – kommts mir jetzt vor – zwischen Legende und Märchen. Also das Märchen hat eine Kraft, aber die Legende ist eigentlich... schwächt. Das Märchen kräftigt die Alltäglichkeit, die Tagtäglichkeit, während die Legende von ihr ablenkt oder sie wirklich weglügt (es fällt mir jetzt kein besseres Wort ein). – Haben Sie die Stelle gefunden?

G. Ja. Das mit der Kraft hab ich nie anders aufgefaßt, aber von meinem Einwand her würd ich sagen, von dieser Kraft bekommen falsche Mächte auch noch etwas ab. –

»Der Planet erschien als eine Maschine, von der die Verwicklungen ferngehalten wurden«...

H. Ah ja, das ist wirklich eine Horrorvision, das hab ich so empfunden. Ich hab das auch so erlebt. Das ist ein ganz nichtsnutziger...Ja, lesen Sie's doch.

G. (*liest*): »Der Planet erschien als eine Maschine, von der die Verwicklungen ferngehalten wurden; es gab wohl eine Art Glück und eine Art Ernst: aber als Glück wurde begriffen die bloße Folgenlosigkeit und als Ernst das ›nur so‹ Ausgeschiedenwerden; beides lief ab unter anderen bloßen Abläufen und ergab keinen Einzelfall mehr.

Vor allem schien es hier für niemanden mehr etwas zu tun zu geben. Die Stadt war unauffällig automatisiert, wie auf alle Zeit; wurde nur an manchen Stellen noch ein wenig ausgebessert. Sie war fertig, die Tage und Nächte schalteten sich gleichsam ein und aus, ohne die Dämmerung der alten unsicheren Zeiten; und aus dem Innern der Maschine kam (statt der kummervollen Stimme eines ›Volkes‹), durch welchen kleinen Apparat auch immer, garantiert für jeden Bedarf eine sonore, weiterhelfende Antwort.« (*Langsame Heimkehr*, S. 120).

H. Ja, das ist genau: »statt der kummervollen Stimme eines Volkes...«, da ist ja auch meine Stellung ganz klar.

G. Also doch eine Stellung zur Welt?

H. Also in dem Fall...es kommt die Erfahrung zurück, die ich eben mit dieser Westküstenstadt selber hatte, daß ich die abgeschlossen sah von der Welt... eine Selbstgenügsamkeit und auch Selbstgefälligkeit...

G. Und das eben mein ich zu spüren auch hinter diesem friedlichen Tal, hinter dieser immer wieder im Bild beschworenen anonymen Verkehrssphäre, also hinter den Bildern, die für Sie inbegriff von ›Frieden‹ sind.

H. Sie meinen, das könnte Teil dieser Horrorwelt sein, die ich da beschrieben hab? So hab ich das... Moment, ich muß mich konzentrieren. – Das hab ich nie so gesehen. Ich mein, grad in diesem Passantenzug, da kam mir die Welt so kindlich vor, die Menschheit auch, und grad dieses Kummervolle und Klagende hab ich da sozusagen im Abstand – das wichtige ist ja bei diesen Vorgängen, daß der Abstand da ist zu den Massen: daß der zwar in der Masse sich zugehörig fühlt, aber...also niemand erkennt niemand, so denk ich immer, er weiß nicht die Geschichte von dem – ja das ist schon wahr, also da können Sie mich sozusagen fangen –, er weiß nicht die Geschichte dieses Mannes, der ihm entgegenkommt, weiß nicht seinen Namen, weiß nicht seine Verhältnisse, weiß nicht, was der im Krieg gemacht hat...also das fand ich...so geht es mir eigentlich immer noch: daß der nicht Joseph Schicklgruber heißt oder wie auch immer...er hat keinen Namen. Er hat nur ein Gesicht, er hat eine Augenfarbe, die man erkennt oder die auf einen übergeht; aber was der so getrieben hat oder was er erlitten hat, das ist nicht mit Namen und mit konkreten Orten bennenbar. Und das hab ich immer schon als ein praktizierbares Bild, als ein im Leben und im Schreiben praktizierbares Bild aufgefaßt. Aber das würd ich nie in Verband bringen mit dieser Schreckensvision einer durchautomatisierten Welt, wie sie da vorkommt.

G. Bei der Beschreibung der Indianer steht der Satz: »Hier spielten sich ihre Lebensvorgänge ohne die sonstigen Zwischenfälle ab.« (S. 55). Die »Lebensvorgänge« reduzieren sich auf das anonyme Vorbeigehen, und die »sonstigen Zwischenfälle«, das ist ja alles, was ein individuelles Schicksal ausmacht, ein besonderes Menschenleben. Und von dem wird ja in dem Maschinenstaat auch abstrahiert, da ist der Mensch nur noch eine funktionierende Figur, die vorbeigeht.

H. Ja wenn Sie das so miteinander zusammenbringen, kann ich mich auch nicht dagegen wehren. Ich kann nur sagen, ich seh's getrennt. Und das ist vielleicht wirklich auch eine Art Schwäche von mir, daß ich wegblicken will, wenn die Zwischenfälle kommen. Also es ist ja auch unwillkürlich oft schon gewesen, daß der erste Impuls – ich weiß ganz genau ungefähr wie ich da bin –... der erste Impuls, auch bei ganz harmlosen Sachen: rutscht da jemand aus und fällt hin, nur so ganz harmlos, nur das als Beispiel, ist mein erster Impuls, wegzuschauen. Oder wenn jemandem eine Drohgebärde nur entgegengehalten wird, ist mein erster Impuls, wegzuschauen. Ich hab mich dann sozusagen selber erzogen, auf den zweiten Blick wieder zurückzuschauen, und ab und zu, wenn ich das nur kann, auch dann einzugreifen. Aber immer war, zeit meines Lebens war der erste Impuls das Wegschauen, und ich wollte, daß da nichts passiert. So wie der John Ford sagt: »Alles soll bleiben wie es ist«, in dem *Kurzen Brief zum langen Abschied*: »Alles soll beim alten bleiben« (S. 190f). Also daß alle diese Regeln... daß die Züge so fahren wie immer, daß da niemand stolpert...– daß man da zwar ahnt, was war und sein wird: ahnt genau an den Gesichtern, oder daß da auch jemand in der Menge geht und weint, das gehört auch dazu, aber kein Zwischenfall, ja, das stimmt schon. – Ich hatt mal die Vorstellung, ein Theaterstück zu schreiben, daß da nur eine Frau auf der Bühne sitzt oder steht, so lang es geht, und weint. Nur das. Sie sehen aus dem allem vielleicht, daß ich so auf Ein Ereignis, das möglichst lang anhält, ohne Zwischenfall, daß ich darauf eingestellt bin. Sicher, man kann das kritisieren.

G. Ich glaub aber nicht, daß das jetzt bloß eine Folge einer persönlichen Veranlagung ist; die ist ja gar nicht ungewöhnlich: die meisten Leute schauen nicht nur im ersten Augenblick weg, wenn jemand stürzt, sondern auch im nächsten noch. Ist es nicht eher so, daß Sie auf die Weise sich die Allgemein-Verbindlichkeit sichern möchten, aber um einen Preis: daß die also, unter Absehung von allen individuellen Besonderheiten als »sonstigen Zwischenfällen« um den Preis erkauft ist, daß wieder die Grenze zur Unverbindlichkeit erreicht ist, wo das gleich Gültige zum Gleichgültigen wird? Ich will jetzt das Gegenteil...: Sie haben mich gefragt, was ich in jenem Sommer der schönen Einsamkeit aufgeschrieben und ob ich nie daran gedacht hätt, das zu publizieren. Selbstverständlich nicht: Es geht nur mich an. Das ist das Gegen-Extrem: extrem individuell, und hat sonst für niemanden Bedeutung: Erinnerungen und Träume und ihre Analysen.

H. Und Sie glauben nicht, daß das jemand angehen könnte?

G. Nein.

H. Also das scheint dann oft mein Wahn zu sein, daß ich in manchen Momenten denke, ja, das geht an alle.

G. Ja und darum, mein ich, sehen Sie von allem Individuellen ab: um diese Verbindlichkeit zu erreichen – um den Preis dieser Zweideutigkeit, die sich dann einstellt.

H. Mhm. Ich erlebe schon oft das Problem, daß ich denke: Das kommt nahe an Impression oder an Beliebigkeit. Daß das Zwingende, das man ja sehr gut spürt in der Arbeit, sich nicht einstellen will. Das weiß ich schon und tu dann einfach nicht weiter in der Richtung, und ich versuch, durch Bedenken, Erinnern, und auch Abwarten natürlich, das Zwingende wieder einzuholen. Das ist richtig eine Grenze, fast ein Grat.

G. Das Zwingende für mich als Leser – vielleicht bin ich wirklich in historisch überholten Rezeptionsformen befangen...

H. Das glaub ich schon.

G. ...die Möglichkeit will ich zugestehen, ja, aber ich kann jetzt nicht über den Schatten springen...das Zwingende für mich als Leser erscheint unter anderm darin, daß eben beispielsweise das zweite Auftauchen des Jokers mit dem ersten in einer nachvollziehbaren...in einer bedeutungserzeugenden Beziehung steht.

H. Also ich kam mir jedesmal, wenn ich eine Szenerie habe und die dann noch einmal in der Erzählung in einer Variante, auch in einem Sinnwechsel, oder überhaupt erst im gefundenen Sinn auftauchen lasse, kam ich mir leicht ungehörig vor – es sei denn, das würde ganz instinktiv geschehen. Zum Beispiel – das weiß ich noch genau – den Zug der Indianer im Hohen Norden in diesem Mittelgrund, wo sie hin und her gehen, dann zu übertragen auf den Central Park in New York und dem Zug der Indianer jetzt seine Bedeutung erst zu geben in der Wiederholung, da hatt ich sehr zu kämpfen mit der Vorstellung, ich überschritte da eine Grenze, also in der Sinngebung dieses...

G. Also etwas, was die Offenheit einschränkt.

H. Jaja genau, genau so, wie Sie's jetzt sagen. Während ich, wenn der Sorger am Schluß da träumt und da zum Joker wird, also all die Leute, die er getroffen hat, in einem Kartenspiel sieht und sich selber als den Joker in diesem Kartenspiel: da kam mir nicht vor, als würde ich diese Offenheit jetzt zusammenschnurren lassen, sondern als sei da etwas ganz anderes geschehen im Schreiben, und zwar, das Erzählte, also die erzählten Figuren, fänden da Heimat in der Erzähl*ung*; vielleicht können Sie's ungefähr verstehn. Also die unmittelbare Geschichte – da sind wir wieder dabei – wird auf einmal mittelbar, indem die Figuren der Handlung zu Figuren einer Erzählung werden. *So* hab ich das erlebt. Also daß das nie eine Sinngebung ist, wenn die dramatis personae dann aufgenommen werden – was ich halt jetzt so ein bißchen ironisch auch sage – in die... (*Band schnappt ab: Lücke im Gespräch*).

G. Andererseits gibt aber so etwas auch das Gefühl einer Erweiterung: also wenn ich jetzt auf ein Bild treffe, und diesem Bild wächst Bedeutung zu – wie das auch in einer Beethovenschen Durchführung passiert oder wenn das Motiv in der Durchführung variiert wurde und dann wiederkehrt in der Reprise: dann hat sich das auch ausgeweitet und bereichert; es ist also gerade nicht eine Verengung.

H. Aber eine Verengung ist es dann, und geht auch als Verengung über, wenn zu spüren ist, daß die Bedeutung gewollt ist, daß auf die Bedeutung gewartet wurde. Und ich glaub, bei diesem Wiederholen der Indianer im Weltstadtpark, da ist die Bedeutung beabsichtigt; ich hab darauf gewartet, ob ich diese Wendung jetzt schaffen könnte, sie hat sich nicht ereignet. Ich glaub, die Bedeutung muß sich dann ganz organisch ereignen im Lauf der Geschichte.

G. Ich als Leser merk das nicht, mir kommts nicht gezwungen vor.

H. Ja ich hatte da schon zu kämpfen.

(*Schweigen*)

G. Und wie sieht es dann aus etwa mit dem Maulbeerweg in der *Sainte-Victoire*? (S. 21 und 57; GB 236) Das ist ja auch so ein verklammerndes Motiv im Text, und für Sie wars eine wiederholende Erfahrung?

H. Doch, das war halt wirklich eine leibhaftige Erfahrung. *Diese* Erfahrung hat mich eigentlich erst dazu gebracht, die *Sainte-Victoire* zu schreiben, die Geschichte davon aufzuzeichnen. Ich weiß eben, dieser Moment vor vielen Jahren unter einem Maulbeerbaum, erst mal einverstanden zu sein mit dem Dasein, und dann, viele Jahre später, in einer Zeit des Sich-selbst-Befragens dann die Wiederholung dieser dunklen Maulbeerflecken in einer ganz andern Gegend der Erde mir so ... hm ... mir meinen Sinn wiedergegeben hat. Also der Sinn überhaupt zu schreiben und ob ich noch weiterschreiben sollte oder könnte, der war zu der Zeit, als ich durch die Provence ging, mir nicht grade entschwunden, aber er stand richtig auf dem Spiel. Und dann die Wiederholung dieser Maulbeerfarben, die für mich, ohne daß ichs wußte, seit jeher Freude, also das Einverständnis mit dem Auf-der-Welt-Sein, bedeutet haben, hat mich sozusagen ganz sagen ganz wieder in mich einrasten lassen. Ich konnte mir vorstellen – gewiß konnte ich ja nie sein –, weiterzutun mit dem Spiel, mit dem ich angefangen habe, das heißt, mit dem Schreiben.

G. Und das Einrasten bei Ihnen, das gibt dann auch dem Text Sinn, nämlich Form.

H. Das teilt sich ja mit, das teilt sich ja immer mit. Es ist nur dann die Gefahr, daß mans im Schreiben durch Voreiligkeit verraten kann und dann selber auch zerstört, das ist immer die Gefahr.

G. Aber Sie setzen sich ja auch bewußt zur Wehr gegen jeden Sinn, der sich einstellt; indem Sie sich gegen solche Motive wehren, setzen Sie den Sinn immer wieder aufs Spiel – um sich nicht verengen zu lassen, fixieren zu lassen.

H. Ja das, was Sie mir vorhalten oder zumindest...

G. Ich halts nicht vor.

H. ...womit Sie mich beschreiben, das ist immer Ausweichen: dieses Ausweichen oder Sich-nicht-fassen-lassen. Das ist die mir selbstverständliche Bewegung, die ich vom Alltagsleben und auch von den Konflikten auf das Schreiben übetrage. Also wenn etwas droht, endgültig, oder Ziel – weniger Sinn als Ziel, Zielbild – zu werden, dann ist es mir ganz klar und der Impuls entsteht in mir, jetzt ordentlich auszuweichen. Es hat mir einmal jemand, der meine Sachen lange, im guten Sinn, verfolgt hat, geschrieben, ja, *Die Lehre der Sainte-Victoire* habe er gelesen mit dem Gefühl, ich sei nun endlich angekommen, und der hat das wahrscheinlich positiv gemeint; ich hab aber eigentlich das Gegenteil dann gespürt. Denn es trifft einfach nicht zu und es ist nicht der Fall, daß überhaupt irgendwo jemand ankommt – es sei denn in einem lieben Schweigen.

G. Es kann aber schon so wirken, weils ja die Summe zieht und rückblickend auch die durchstandenen Krisen, das vorangegangene Werk...

H. Es kann wohl so wirken, aber ich habs nicht so erlebt. Aber ich erlebs natürlich auch jetzt nicht so. Ah: »Es strahlt die Ruhe des Angekommen-Seins«, so, genau, hat er mir geschrieben, und das empfand ich als Vorwurf.* Also das ist jetzt nicht, daß ich mich jetzt damit aufspiele.

G. Weil Sie mit Angekommensein Stagnation verbinden?

H. Nein, nicht einmal, daß man das so negativ sieht, als Stagnation, sondern weil ich mir ein Angekommensein überhaupt nicht denken kann. Was das *ist*.

G. Also müsste nach all dem jemand, der über Ihre Werke schreibt oder schriftlich über sein Verständnis sich versucht Rechenschaft zu geben... der dürfte eigentlich auch nie zu einer geschlossenen Form kommen, sondern müßte... ja, fast fragmentarisch müßte das bleiben.

H. Da kann man nur antworten: so ist es. – Aber man kann das natürlich auch nicht verlangen; weil ich mich ja selber überhaupt nicht in einer beschreibbaren Position weiß, kann man nicht verlangen, daß man sich auf mich einläßt. Aber vorstellen kann ich mir, wie ich Ihnen gesagt hab, schon ab und zu, daß es für diesen und jenen Wissenschaftler oder besser gesagt Forscher Ergebnisse für ihn selber, auch für seine Arbeit, brächte, sich damit zu beschäftigen. – Ich wollte irgendwas sagen; weil Sie vorhin geredet haben, hab ichs jetzt wieder vergessen.

G. Entschuldigung.

H. Nein nein, es ist eh schön. – Ah ja, zugehörig zu der »Ruhe des Angekommenseins«: Ich hab immer wieder – man spitzt ja doch die Ohren – gehört von Künstlern, wie das auch zunimmt, daß die Künstler die Sprüche und die Floskeln derer übernehmen, die über sie schreiben. So wie manchmal auch Fußballer so reden wie der Reporter; die Fußballer könnten viel schöner erzählen über ihr Spiel als die meisten Reporter das je können. Also so wie die Fußballer so wie die Reporter über ihr Spiel sprechen, so reden viele Künstler zunehmend so wie die Journalisten, die drüber... oder auch die Germanisten, die drüber ihren Diskurs veranstalten. So daß – als Beispiel, das mir richtig aufgestoßen ist – eine ältere Schriftstellerin sagte, ja jetzt durch die Jahre, die sie schreibt, sei sie sich ihrer Mittel – das war genau der Ausdruck – sicher geworden.* Das hört man bei manchen Kritikern von Schauspielern glaub ich: ein grauenerregender, gräßlicher Ausdruck.

G. Oder von Regisseuren, die »ihr Handwerk beherrschen«...

H. Ja, das ist ja noch harmloser. Aber daß dann die Schaffenden oder die zumindest das versuchen, dann das Gerede übernehmen und gar nicht bedenken, was das ist, seiner Mittel sicher zu sein: da ist man ja tot, das gibts ja alles gar nicht. Oder... das gehört vielleicht gar nicht hierher... über die letzten Bücher von Thomas Bernhard, wo jemand sich erfrecht hat zu schreiben: »Er eilt in seinen letzten Büchern von Sieg zu Sieg«. Und daß man dann das Gefühl hat, der Autor übernimmt wirklich diese tiefsinnigen Sprüche als Leitmotiv seiner Arbeiten; also es geht wirklich nur darum, in der Literatur von Sieg zu Sieg zu eilen, da lachen ja – wie sagt man – da lachen ja die Hühner. Das ist schlimm, daß wir – da nehm ich mich ja nicht aus – so angesteckt sind, wenn wir schon über unsere Sachen reden, die Ahnungslosigkeit der... Beckmesser oder wie auch immer...

G. professionellen Rezipienten.

H. ...jaa, das kann man ja freilassen...zu übernehmen. – Aber ich will da nicht polemisch werden. Schade ist es doch. Und auch ein Zeichen der Zeit. Und da mein ich auch, daß der Widerstand etwas sehr Fruchtbares ist, den man eben im Praktizieren *seiner* Sprache, nicht seiner privaten, sondern im Auffinden der *entsprechenden* Sprache leistet. – Kann ich Sie heut nochmal zum Essen einladen? fällt mir grad ein...(*Band aus, nach kurzer Pause wieder ein*).

G. Ich hab das mit den »sicheren Mitteln« auch auf mich bezogen, auf mein Verlangen, Ihrem Werk beizukommen, und das damit verbundene Scheitern.

H. Können Sie das anders sagen?

G. Also meine bisherigen Mittel haben versagt. Bisher bin ich immer...

H. Sie sprechen jetzt von sich?

G. Ja. Bisher bin ich immer gleich vorgegangen: hab gelesen, dabei sind mir bestimmte Dinge aufgefallen; dann hab ich angefangen, Motive, Gedanken, stilistische Eigenheiten undsofort möglichst unter Stichworten zu notieren, und dann wiedergelesen, man liest dann schon mit spezifischer Aufmerksamkeit auf bestimmte Dinge, es kommt mehr von dem zusammen, und zugleich fallen einem neue Dinge auf; dann liest mans nochmals und merkt auch auf diese neuen Dinge speziell...und so ist dann jeweils für mich der Text allmählich eben ein Gewebe geworden, und das Rohmaterial zur Reproduktion dieses Gewebes als Sekundärschreiber, das hab ich in Ringheften und Zettelkästen gespeichert. Und das hab ich bei Ihren Werken auch gemacht, und das nützte mich wenig, ich kam nicht weiter, ich bin damit nicht durchgekommen. Ich frag mich jetzt, wozu hab ich das viele Material?

H. Aber ich glaub, Sie sind auch nicht jemand, der unbedingt durchkommen will. Sind Sie jemals mit etwas durchgekommen?

G. Ja, ich glaub schon…

H. Vielleicht mit Musik?

G. …es dauert lang. Nein, ich hab das Gefühl, daß ich damals mit dem Bernhard durchgekommen bin, das ging sehr schnell, und ich hab auch das Gefühl, daß ich jetzt mit dem Horváth, nach zehn Jahren, ungefähr durchgekommen bin.

H. Ja die Art zu lesen ändert sich ja auch im Lauf des Lebens. Ich glaub jetzt den Stand allmählich erreicht zu haben, daß ich lesen gelernt hab, jetzt erst. Also daß ich zumindest weiß, wie ich zu lesen habe. Nicht einmal, als ich Stifter gelesen hab, konnt ich im Grunde lesen. Es war oft…zum Beispiel *Die Wahlverwandtschaften* von Goethe oder den *Hyperion* von Hölderlin, die hab ich zu einem ganz falschen Zeitpunkt gelesen, ich hab da überhaupt nichts verstanden, und ich hatte auch nicht, wie der Ludwig Hohl sagt, für verschiedene Schriftsteller gebe es verschiedene Lesegeschwindigkeiten…ich hatte eine ganz andere Lesegeschwindigkeit früher, als ich sie jetzt habe und wo ich glaube, daß sie jetzt endlich erst die mir entsprechende ist. Ich *möchte* auch nur noch ganz langsam lesen können, dürfen undsoweiter.

G. Und Sie schreiben auch so. Da kommt mir jetzt grad in den Sinn: Eine Studentin fand dieses langsame Tempo eine Zumutung, das Sie einem mit der *Langsamen Heimkehr*, mit dem Beginn, mit diesen langen Sätzen, aufzwingen, wie in einer Wagner-Oper.

H. Das kann ich schon verstehen, wahrscheinlich hätt ich als Zwanzigjähriger nach zwei Sätzen aufgehört.
G. Ja man kann nur aufhören oder dann voll sich darauf einlassen, aber so oberflächlich zur Kenntnis nehmen geht nicht, ›informatives Lesen‹, wie das heißt, das geht nicht.
H. Wahrscheinlich nicht so am Abend vor dem Einschlafen, im Bett, das geht halt nicht.
G. Sorgfältig ein paar Sätze, das geht. Aber so schnell...
H. Man kann auch niemandem was aufzwingen, man kann nicht sagen: Ihr müßt es so und so langsam lesen.
G. Aber anders gehts nicht; man muß in dem Tempo auch lesen.
H. Aber ich kann wahrscheinlich jedem versichern, der sich darauf einläßt, der auch so langsam lesen will und kann, daß der dann doch dieses und jenes davon hat.
G. Ja dann, nur dann. Ja das soll kein Vorwurf sein!
H. Ich hab das große Bedürfnis, nicht nur langsam zu lesen, sondern im Lesen mich überhaupt erst zu verlangsamen. Das geht ja noch drüber hinaus. Wenn das nicht ist, dann mag ich nicht mehr lesen. Wenn ich anfang wie früher dann zu überfliegen, zu verschlingen, dann spür ich auch, wie alle meine Gliedmassen, was man Extremitäten nennt, wird kalt – für mich schon ein physisches Zeichen, wenn mir kalt wird; nur die Wangen undsoweiter werden heiß. Dann les ich nicht richtig oder anderseits das Buch ist nicht das richtige halt für mich. Wenn aber alles in mir warm wird, also das Herz, der Verstand, die Sinne, bis in die kleinsten Fingerspitzen; wo ich auch stocke, nicht nur zögere, sondern stocken kann, innehalten kann, dann ist das Lesen ein

umfassendes Wahrnehmen, dann ist es... dann kommt grad aus der Versenkung der Blick, der ganz selbstverständliche Blick in die äußerste Welt, nicht nur in die Außenwelt. Das geht mir halt...es ist ganz organisch...es geht mir halt inzwischen nur noch so mit den Sachen, die ich zugleich bedenken, vielleicht fast studieren kann. Obwohl, es kommen dann wieder Zwischenzeiten mit der Sehnsucht nach der alten Schmökerei – nicht ›Sehnsucht‹: Nostalgie eher, nach dieser Schmöker-Epoche, und dann legt man ein Gedicht von Hölderlin oder irgend einen antiken Text weg und greift wirklich nach Autoren wie Simenon und ist dann auch eine Zeitlang wie in so einem Schnellboot drin. Aber auf die Dauer – und das sag ich jetzt mit Bedacht: auf die Dauer – ist das andere Lesen, also das, was ich eben gelernt hab, mir anerzogen habe, das einzige, das den Namen verdient.

G. Da könnt ich mir vorstellen, daß bei Ihnen sich Widerstand regt, wenn sie Kleistsche Prosa lesen; die ist doch atemlos und schnell.

H. Ja, das ist eine Jünglingsprosa, auch für den Leser. Das war halt meine Jugendzeit. Ich hab auch viel... eigentlich weniger davon gelernt als mich anstecken lassen von den Perioden, von den Ticks und von der Einfügung der Gesten, die bei Kleist ja so häufig sind. Als Zwanzigjähriger war das...was mir natürlich auch entsprochen hat und dem ich nacheifern wollte. Aber jetzt – also ausgenommen die Briefe – würd ich das glaub ich nicht noch einmal wiederholen; während bei Goethe, wenn ich ihn auch lange Zeit nicht gelesen hab, kommt dann der Moment, wo ich dann denke: Ach jetzt wärs wieder Zeit für Goethe. So herrlich der Kleist ist, hab ich nicht diesen Appetit.

G. Es war für ihn einmal die Zeit, und es wird nicht wieder Zeit.
H. Ja, komisch...nicht komisch, sondern eigentlich traurig.
So gehts mir auch mit Dostojewski zum Beispiel. Diese Bestimmenden wie Kleist, Dostojewski, auch natürlich Schiller, sogar Shakespeare, werd ich glaub ich nicht mehr freiwillig lesen, also es ist für mich nichts mehr zum Lesen.
G. Und ans Übersetzen haben Sie nie gedacht?
H. Was übersetzen?
G. Shakespeare, zum Beispiel den *Lear*. Es gibt ja auch keine richtigen Shakespeare-Übersetzungen; die Schlegel-Tiecksche ist wunderschön, aber die hat halt auch schon Patina angesetzt.
H. Nein, daran hab ich wirklich nie gedacht. Es gab nur einmal in der ZEIT ein Gespräch eines Menschen mit mir über eine Übersetzung, eines amerikanischen Romans, *The Movie-Goer*, das heißt ›Der Kinogeher‹, und dem hat das Tonband dann einen Streich gespielt, dem Frager: da sprach ich über die Übersetzung vom *Kinogeher*, und es stand dann in der Zeitung: meine Übersetzung des *King Lear*. Das war mir wirklich also das Fremdeste und auch das Beschämendste. Da hab ich dann wirklich versucht, das zu berichtigen, was man ja sonst nicht macht. –
Also für mich – da vielleicht noch einen kleinen Sprung zu machen –...das Schreiben, Übersetzen und Lesen, ich seh das schon als Eine Handlung und am liebsten, wenns das nur gäbe als Beruf, aber das gibts ja nicht, würd ich schon mich nicht ›Schriftsteller‹ und auch nicht ›Übersetzer‹ nennen, sondern – Sie wissen, was ich sagen will –: ›Leser‹. Ich dachte immer wieder, ich

würd es verlieren, das Lesen als Erkenntnis, als *das* Erkenntnismittel. Und dann ist es doch immer wieder gekommen. Das ist auch eine seltsame Angst, nichts mehr zum Lesen zu haben, wie das schon den Kindern oft geht, die sich nicht vorstellen können, daß es noch was... sie hätten schon alles ausgelesen. Und so gings mir im Lauf meines Lebens oft; ich dachte, es gibt nichts mehr zu lesen, das alles ist nichts mehr für mich. Und das hat sich dann doch nicht als wahr erwiesen.

G. Und die gegenteilige Erfahrung – die liegt mir näher –, die kennen Sie nicht?

H. Daß es zuviel gibt...

G. Es gibt so viele lesenswerte Bücher, und ich kann in meinem Leben nur noch ganz wenige davon lesen.

H. Geht mir nicht ganz in dieser Form so. Ich denke, es gibt so viele Bücher, aber ich hab den Moment verpaßt, sie zu lesen.

G. Ja, so eher, ja.

(Langes Schweigen).

H. Wollen Sie in die Stadt gehen zum Essen? Haben Sie wahrscheinlich noch Ihre Sachen im Gasthof?

G. Ich hab die Tasche noch im Gasthof, aber da bin ich schnell unten.

H. Ja, dann gehn wir doch in die Stadt.

ANMERKUNGEN

24* Auch bei jenem Präsidentschaftskandidaten im *Kurzen Brief zum langen Abschied* (S. 170), der die »Unterstellung« zurückgewiesen habe, »er sei Nationalsozialist oder gar Jude«, handelte sichs bereits um den selben.

31* Z. B. LH 108; GB 141 oder 171 (hier als identisch gesetzt mit »Innenbild«).

32* »Es ist klar: ich kann mir eine Heimat nicht zusammenfinden durch Sehen, Hören, Riechen, Erinnern – ich muß sie mir erschreiben, erfinden (sag auch nie: ›meine Heimat‹, aber doch: ›meine Art Heimat‹)« (GB 34).

32** Vergil, als vorbildlich zitiert, spreche »vom Dichter ›als Sieger‹« (GB 368).

39* So nicht aufzufinden. Wahrscheinlich ist die Eintragung vom 16. November 1910 gemeint:
Ich lese *Iphigenie auf Tauris*. Darin ist wirklich, von einzelnen offen fehlerhaften Stellen abgesehen, die ausgetrocknete deutsche Sprache im Munde eines reinen Knaben förmlich anzustaunen. Jedes Wort wird von dem Vers vor dem Lesenden im Augenblick des Lesens auf die Höhe getragen, wo es in einem vielleicht magern, aber durchdringenden Lichte steht.

53* »Ich hatte nicht blind geworfen, sondern mit offenen Augen, wobei ich aber nicht die Umgebung sah, sondern seltsamerweise, übergroß, das eigene Gesicht. Es erschien mir weder verzerrt noch ruhig: glich eher dem eines unbekannten Dritten oder, besser gesagt, eines bis dahin unbekannten, jetzt endlich aufgetauchten, ganz nahen Verwandten.« (S. 102).

57* »Noch von den Werken bestärkt, vor denen er sich, als vor strengen (und auch frech knisternden) Beispielen, allmählich aufgerichtet hatte, stand er oben auf der monumentalen steinernen Innentreppe (...)«. (LH 207).

58* ...»nur noch *mit*denkend. Mitdenkend mit der Erde denkend als denkende Welt ohne Ende« usf. (LH 64; vgl. GB 364).

58** »Er hatte Zeit und konnte Umwege machen.« (LH 172).

59* »Ich benötige zum Schreiben: meine Ruhe – dann die Aufregung – dann die Beruhigung, und das Satz für Satz. Und ohne diesen Dreischritt kommt kein Satz zustande. Seht ihr nun, wie schwierig das Schreiben ist?« (GB 181).

63* Ausspruch Max Liebermanns, den Wedekind sich zu eigen machte, im besondern mit Bezug auf die Lulu Maria Orskas. (Tilly Wedekind. *Lulu*. 1969, S. 175).

67* »Der Zusammenhang ist möglich. Jeder einzelne Augenblick meines Lebens geht mit jedem anderen zusammen – ohne Hilfsglieder. Es existiert eine unmittelbare Verbindung; ich muß sie nur freiphantasieren.« (LSV 78f; LH 117).

73* …»ein schwarzäugiger, braunhäutiger Halbwüchsiger kam in Begleitung eines ihm ähnlichen Kindes zur Tür herein und tauschte an der Theke eine grosse leere Weinflasche gegen eine volle um; dabei stellte er das Kind als seinen Onkel vor. Er gehe hier in die Volksschule, wo man eine besondere Ausländerklasse eingerichtet habe, welche ›Bunte Klasse‹ heiße: nicht wegen der Farbstifte, die fast die einzigen Unterrichtswerkzeuge seien, sondern wegen der verschiedenen Hautfarben« usf. (S. 55f).

73** »Der Halbwüchsige erschien im Vorhangspalt, draußen auf dem Dammpfad. Mit der Weinflasche in der einen Hand trug er zugleich, ohne ein Schwanken, seinen Onkel Huckepack. Das Kind hatte den Holzprügel auf die Schulter seines Trägers gelegt und zielte damit ins Dunkle.« (S. 58).

85* Im Buch steht: »›Der Erzähler ist die Schwelle. Dazu muß er einhalten und sich fassen. Was ist der Reim auf Schwelle?‹« (S. 242). Handke hat also die Stelle mit dem Reim-Wort zitiert.

87* »(…)Da am Flußufer, auf der Höhe des Felskopfs, der ›Urstein‹ heißt, ist mir einmal ein Mann entgegengekommen, der, mit einem Blick auf den leicht überhängenden Fels und die ausgekolkten Höhlungen darin, sagte: ›Die Welt ist alt, nicht wahr, Herr Loser?‹

Mit dem Licht jenes Augenblicks wurde es still. Die wärmende Leere breitete sich aus, welche ich so nötig habe. Es war wie ein Aufklaren, oder, wenn es dieses Wort gäbe, ein ›Urheben‹. Die Stirn brauchte die stützende Hand nicht mehr. Es war eigentlich keine Wärme, sondern ein Glanz; kein Sich-Ausbreiten, sondern ein Aufwallen; keine Leere, sondern ein Leer-Sein; weniger mein persönliches Leersein, als eine Leer-Form. Und die Leerform hieß: Erzählung. Sie hieß aber auch, daß nichts passierte. Indem die Erzählung anfing, ging meine Fährte verloren: Spurenverwischung. Die Leere war kein Geheimnis; ein Geheimnis blieb freilich, was sie jeweils erst wirksam werden ließ. Sie war so herrscherlich wie beruhigend, und ihre Ruhe hieß: Ich muß mich nicht äußern. Alles (jeder Körper) rückte vor ihr an seinen Ort. ›Leere!‹, das entsprach der Anrufung der Muse einst am Beginn des Epos. Sie bewirkte keinen Schauder, sondern das Leichtsein und die Unbändigkeit, und trat auf als ein Gesetz: wie es jetzt ist, so soll es sein. Im Bild war sie die Furt.

Die Leere bevölkerte sich mit Gestalten. (...)«. (*Der Chinese des Schmerzes*, S. 10ff.)

100* Caroline Neubaur. *Hiergelände*. In: *Peter Handke*. st 2004 (1985). ...»die Vorstellungen von seiner [Handkes] Selbstbehauptung sind nicht lebensgeschichtlich, nicht in Prozessen formuliert, sondern ausgedrückt, als befände er sich in einer Anstalt, von der aus er sich auf eine Insel ohne Druck, Zwang, Repression katapultiert. Die Insel stellt die Mauern der Anstalt nicht in Frage, deswegen darf oder muß man sich keine Wege ausdenken, auf denen man sich durchschlagen kann«... (S. 369f).

107* Es ist dies eine andere Stelle, nämlich GB 316.

109* 8. September 1815 (Frankfurt) an Varnhagen in Paris.

115* Hans Urs v. Balthasar (*Prometheus*) spricht im Hinblick u. a. auf Jean Paul von »mystischer Potentialität«.

117* Das ist die in meiner Erinnerung vielleicht verfälschte Wiedergabe einer Aufzeichnung in *Phantasien der Wiederholung*: »Goethe stand der Raum, in den er hineinschreiben konnte, im großen und ganzen frei da; einer wie ich muß diesen Raum erst schreibend schaffen (wiederholen)«... (S. 75).

118* Hofmannsthal, in *Der Dichter und diese Zeit*, begreift die Existens des Dichters, wie dann Handke (dem die Rede nicht bekannt war) in *Die Lehre der Sainte-Victoire* (S. 55f), im Bild des Alexius unter der Stiege: »Seltsam wohnt er im Haus der Zeit, unter der Stiege, wo alle an ihm vorbei müssen und keiner ihn achtet.« (Reden und Aufsätze I, Fischer TB, S. 66).

120* *Das Gewicht der Welt*, S. 258 (21. Oktober 1976).

127* Interview im Anhang zu: June Schlueter. The plays and novels of Peter Handke. University of Pittsburgh Press, 1981, S. 168.

133* »Nach den Träumen dieser Nacht: ich glaube, seit langem wieder einmal, an Träume – nicht in dem Sinn, daß sie etwas aussagen, bedeuten oder mitteilen, sondern daß sie eine erhabene andere Welt zeigen, die sich über die Wachwelt spannt und in der das Personal der Wachwelt wiedererscheint, doch endlich ohne das Gängelband seiner Geschichte, an dem es wie alter Kot verkümmert, vielmehr hineingeholt in einen phantastischen, ewigkeitsdurchschauerten Weltraum (...)« (GW, S. 235f; 3. Oktober 1976).

137* Ich habe dabei an eine Notiz Hofmannsthals aus den Vorarbeiten zum *Schwierigen* gedacht: »Es ist alles gleichgültig – außer was man tut (das ist der Zopf, an dem Münchhausen sich aus dem Sumpf zieht).« (Dramen IV, Fischer TB, S. 447). Diese Notiz hatte sich in meinen Gedanken verbunden mit einem

Bild aus der Rede *Der Dichter und diese Zeit*: Die Dichter seien da, ...» zu schaffen wie die Spinne, aus dem eigenen Leib den Faden hervorspinnend, der über den Abgrund des Daseins sie trägt« (Reden und Aufsätze I, Fischer TB, S. 75). Beim Abhören erschien mir daher auch wieder das Bild jener kleinen gelben Spinne, die, neben dem Kopf Peter Handkes, zu fliegen schien (S. 30), das heißt, an einem fast unsichtbaren Faden sich fortbewegte. Das Bild steht mir nachhaltig als Sinnbild vor Augen, in Verbindung sowohl mit dem, was Handke zum Stichwort ›Münchhausen‹ anschließend sagt, als auch mit der zitierten Äußerung Hofmannsthals.

150* nicht (mehr) aufzufinden.

151* Wahrscheinlich gemeint: »Zum beliebten Vorwurf der ›Flucht‹: Ist eine Flucht heutzutage vielleicht nicht das allerabenteuerlichste? (›Der Held der Flucht‹)« (GB 114; vgl. auch GB 58 und 263).

160* »Die Geisteswissenschaften helfen den Traditionen, damit die Menschen die Modernisierungen aushalten können: sie sind nicht modernisierungsfeindlich, sondern – als Kompensation der Modernisierungsschäden – gerade modernisierungsermöglichend.«
Odo Marquard. Von der Unvermeidlichkeit der Geisteswissenschaften. Neue Zürcher Zeitung Nr. 56, 8./9. März 1986, S. 65 f.

164* Paula Tax zu Quitt. *Die Unvernünftigen sterben aus*, st 168, S. 37.

171* »Ich will es machen wie Raffael und kein Marterbild mehr malen.« *Die fröhliche Wissenschaft*, Nr. 313. Werke (Hanser) Bd. 2, S. 183.

173* *Die Kunst in der ›Geburt der Tragödie‹. Werke (Hanser) Bd. 3, S. 694.*

177* *Als das Wünschen noch geholfen hat*, st 208, S. 69.

181* vgl. LH 200; LSV 91.

189* Die Bemerkung über das Fragmentarische steht S. 78; dagegen S. 90: »Ich würde den Coup wagen und aufs Ganze gehen!«

196* In Handkes Übersetzung lautet der Anfang so:
Ja. Jetzt sind wir im Grenzland der Erde,
Am Skythischen Saum, in der wesenlosen Ödnis.
Hephaistos, du sollst das vom Vater dir
Aufgetragene besorgen und den Frevler da
An die hochragende Felsklippe ketten,
Mit stählernen Fesseln, mit unzerreißbaren Fußeisen.
Denn er hat deine Blüte gestohlen, den Funken des

Alles verwandelnden Feuers, und gab ihn den Sterblichen.
Dieses Verbrechen hat er den Göttern zu büssen,
Damit er lernt und hinnimmt, daß Zeus der Alleinherr ist,
Und aufhört, ein Freund der Menschen zu sein.

197* »Ich tauchte, in Anzug und Mantel, nach einer versunkenen Stadt hinunter, die ich nicht fand; aber ich log nach dem Auftauchen, daß ich sie gesehen hätte« (GW 109, 5. April 1976).

199* Werke (Hanser) Bd. 3, S. 691 f.

199** Im Epilog zu *Nietzsche contra Wagner* (Werke 2, S. 1060): »Nein, wenn wir Genesenen eine Kunst noch brauchen, so ist es eine *andre* Kunst – eine spöttische, leichte, flüchtige, göttlich unbehelligte, göttlich künstliche Kunst, welche wie eine reine Flamme in einen unbewölkten Himmel hineinlodert! Vor allem: eine Kunst für Künstler, *nur für Künstler*!« Das Zitat erscheint auch in *Geschichte des Bleistifts*, S. 370.

200* Brief vom 19. Juli 1815 (Baden b. Wien) an Varnhagen in Paris.

201* Brief vom 5. Februar 1816 (Frankfurt a. M.) an Ludwig Robert.

201** Aus dem selben Brief, weiter vorn.

202* »*Ich*! (...) der Quartier, *Lokal*, alles ist; die ein schlechtes geradezu tötet: und ein Beisammensein!« Brief an die Schwester, Rose Asser-Levin, 30. Dezember 1815 (Frankfurt a. M.).
Ähnlich im Brief an Varnhagen (8. Sept. 1815) über Goethes Besuch: »Und als ich von Lokal und seinem unbesiegbaren Einfluß sprach: bejahte er's, ›Darin müssen wir ja einmal leben, das tut sehr viel‹.«

205* Nicht (mehr) aufzufinden. Analoges Beispiel: »Kann nicht der Beton zurück zu Urgestein gedacht werden?« (*Über die Dörfer*, S. 25).

218* Anfang der *Odyssee* in der Übersetzung Wolfgang Schadewaldts: »Den Mann nenne mir, Muse, den vielgewandten, der gar viel umgetrieben wurde, nachdem er Trojas heilige Stadt zerstörte. Von vielen Menschen sah er die Städte und lernte kennen ihre Sinnesart; viel auch erlitt er Schmerzen (...)«

220* »Am ›Tiefschlaf der Verzweiflung‹ sollen die Kinder Israels am Vorabend des Pessachfestes gehindert werden; und ›das Kind‹, das ist für den chassidischen Rabbi das Volk, und das Volk bei uns hier? Kein Kind, sondern eine Herde von Rowdies«
Aus: »Ein Tag aus der Geschichte des Bleistifts« (5. März 1985). In: »Die Arbeit am Glück. Peter Handke«. Herausgegeben von Gerhard Melzer und Jale Tükel, Königstein/Ts. 1985, S. 9.

Vgl. auch *Phantasien der Wiederholung*, S. 19, 43, 47.

220** Z. B. PhW, S. 45 (»Mich erklären lasse ich mich nur, wenn damit jeder erklärt wird«) oder S. 55.

220*** vgl. z. B. PhW, S. 30f: »Das Dilemma: Schreibe ich für mich? Schreibe ich für andere? ist ja leicht lösbar; denn schon der Augenblick des Durchdrungen-Werdens, der Ansatz- und Antriebsmoment ist ja immer ein Gemeinschafts-Erlebnis: das Gemeinschafts-Erlebnis (›ich‹ bin dann auch ›alle anderen‹)«

225* »Zum ersten Mal gab es Gemeinschaftserlebnisse. (...) Endlich einmal zeigte sich für alles bis dahin Unbegreifliche und Fremde ein großer Zusammenhang: es ordnete sich in eine Beziehung zueinander, und selbst das befremdend automatische Arbeiten wurde sinnvoll, als Fest.« (S. 23).

236* Gemeint ist der Löwe vor dem »Spielhaus« im *Chinesen des Schmerzes* (S. 116: »Auf einem Sockel am Gartentor lag ein einzelner steinerner Löwe, von der Größe eines Hasen.«), vor dessen Vorbild in einem Salzburger Außenquartier wir am Vorabend, auf Besuch, gestanden waren. Peter Handke hatte mich von der Seite, aus einiger Distanz, beobachtet und sich gefreut, als ich den Löwen wiedererkannte.

240* z. B. ›Born to lose‹ (S. 68) und ›Born to win‹ (S. 199), oder das beinahe leitmotivische Vieleckmuster (S. 70, 122, 141, 143; LSV S. 39), oder das mißglückte Zeichnen (S. 42ff) und später das geglückte (S. 116ff), oder die veränderte Haltung zum »Fälschen« (S. 201 gegen 39 und 139) usf.

242* Die Frage ist insofern gegenstandlos, als der Zusammenhang explizit im Text gegeben ist (S. 173).

243* *Die Angst des Tormanns beim Elfmeter*, st 27, S. 7 und 8. Dazu auch *Über die Dörfer*, S. 65: »(...) aus deinem Eigendünkel in ein öffentliches Licht, aus der zitternden Privatsekunde in die Ruhe von Jahrhunderten, aus dem drohenden Nichts in einen sicheren Raum, aus dem Stummheitsdruck in die lindernden Formen von Kauf und Verkauf«.

244* »Vom Kupferblech an den Opferbeuteln leuchteten die Antlitze der Gläubigen, und der mitspendene Sorger erlebte sich in der Gemeinschaft des Geldes, indes die Hände der Einsammelnden an den Stangen Geräusche von Bäckern machten, die Brot aus dem Ofen fischten. Ein Schwanken ging durch die Welt, als das Brot in den göttlichen Leib und, ›simili modo‹, der Wein in das göttliche Blut verwandelt wurde.« (S. 205f)

257* vgl. *Phantasien der Wiederholung*, S. 16.

258* ebd., S. 58.

REGISTER DER WERKTITEL

NAMEN-REGISTER

Peter Handke
Sein Werk im Suhrkamp Verlag

Aber ich lebe nur von den Zwischenräumen. Ein Gespräch, geführt von Herbert Gamper. st 1717
Die Abwesenheit. Ein Märchen. Leinen und st 1713
Als das Wünschen noch geholfen hat. st 208
Die Angst des Tormanns beim Elfmeter. Erzählung. BS 612 und st 27
Begrüßung des Aufsichtsrats. st 654
Der Chinese des Schmerzes. Leinen und st 1339
Chronik der laufenden Ereignisse. st 3
Das Ende des Flanierens. st 679
Falsche Bewegung. st 258
Gedicht an die Dauer. BS 930
Die Geschichte des Bleistifts. st 1149
Das Gewicht der Welt. Ein Journal (November 1975 – März 1977). st 500
Der Hausierer. Roman. Engl. Broschur
Die Hornissen. Roman. st 416
Ich bin ein Bewohner des Elfenbeinturms. st 56
Die Innenwelt der Außenwelt der Innenwelt. es 307
Kaspar. es 322
Kindergeschichte. Engl. Broschur und st 1071
Der kurze Brief zum langen Abschied. Engl. Broschur und st 172
Langsame Heimkehr. Erzählung. Leinen und st 1069
Langsame Heimkehr. 4 Bände in Kassette: Langsame Heimkehr. Die Lehre der Sainte-Victoire. Kindergeschichte. Über die Dörfer. st 1069-1072
Die Lehre der Sainte-Victoire. Engl. Broschur und st 1070
Die linkshändige Frau. Erzählung. Engl. Broschur und st 560
Nachmittag eines Schriftstellers. Erzählung. st 1668
Peter Handke. Prosa. Gedichte. Theaterstücke. Hörspiel. Aufsätze. Sonderausgabe. Kartoniert
Phantasien der Wiederholung. es 1168
Publikumsbeschimpfung und andere Sprechstücke. es 177
Der Ritt über den Bodensee. es 509
Das Spiel vom Fragen oder Die Reise zum Sonoren Land. Engl. Broschur
Stücke 1. st 43
Stücke 2. st 101
Die Stunde der wahren Empfindung. Leinen, BS 773 und st 452
Über die Dörfer. Dramatisches Gedicht. Engl. Broschur und st 1072
Die Unvernünftigen sterben aus. st 168
Versuch über die Müdigkeit. Leinen
Die Wiederholung. Leinen und BS 1001

25/1/8.89

Peter Handke
Sein Werk im Suhrkamp Verlag

Wind und Meer. Vier Hörspiele. es 431
Wunschloses Unglück. Erzählung. BS 834 und st 146

Übersetzungen

Aischylos: Prometheus. Übertragen von Peter Handke. Broschiert
Emmanuel Bove: Armand. Roman. Aus dem Französischen von Peter Handke. BS 792
– Bécon-les-Bruyères. Eine Vorstadt. Aus dem Französischen von Peter Handke. BS 872
– Meine Freunde. Aus dem Französischen von Peter Handke. BS 744
Georges-Arthur Goldschmidt: Der Spiegeltag. Roman. Aus dem Französischen von Peter Handke. Gebunden
Gustav Januŝ: Gedichte 1962-1983. Aus dem Slowenischen von Peter Handke. BS 820
Florjan Lipuŝ: Der Zögling Tjaž. Roman. Aus dem Slowenischen von Peter Handke zusammen mit Helga Mračnikar. st 993
Patrick Modiano: Eine Jugend. Aus dem Französischen von Peter Handke. BS 995
Walker Percy: Der Idiot des Südens. Roman. Deutsch von Peter Handke. Gebunden
– Der Idiot des Südens. Roman. Deutsch von Peter Handke. st 1531
– Der Kinogeher. Roman. Deutsch von Peter Handke. BS 903
Francis Ponge: Das Notizbuch vom Kiefernwald und La Mounine. Deutsch von Peter Handke. BS 774

Zu Peter Handke

Peter Handke. Herausgegeben von Raimund Fellinger. stm. st 2004
Peter Pütz: Peter Handke. st 854

25/2/8.89

105/1/5.88

Amerikanische Literatur
in der edition suhrkamp
und den suhrkamp taschenbüchern

Howard Phillips Lovecraft: In der Gruft und andere makabre Erzählungen. Deutsch von Michael Walter. PhB 71. st 779
– Die Katzen von Ulthar. Und andere Erzählungen. Herausgegeben von Kalju Kirde. Deutsch von Michael Walter. PhB 43. st 625
– Lovecraft-Lesebuch. Herausgegeben von Franz Rottensteiner. Mit einem Essay von Barton Levi St. Armand. PhB 184. st 1306
– Stadt ohne Namen. Horrorgeschichten. Mit einem Nachwort von Dirk W. Mosig. Deutsch von Charlotte Gräfin von Klinckowstroem. PhB 52. st 694

Howard Phillips Lovecraft/August Derleth: Die dunkle Brüderschaft. Unheimliche Geschichten. Aus dem Amerikanischen von Franz Rottensteiner. PhB 173. st 1256

Über H. P. Lovecraft. Herausgegeben von Franz Rottensteiner. PhB 130. st 1027

Dan McCall: Jack der Bär. Roman. Aus dem Amerikanischen von Harry Rowohlt. st 699

Grace Paley: Die kleinen Störungen der Menschheit. Geschichten vom Lieben. Aus dem Amerikanischen von Hanna Muschg. st 1091
– Ungeheure Veränderungen in letzter Minute. Geschichten. Aus dem Amerikanischen von Marianne Frisch, Jürg Laederach, Hanna Muschg. es 1208

Walker Percy: Der Idiot des Südens. Roman. Deutsch von Peter Handke. st 1531
– Lancelot. Roman. Aus dem Amerikanischen von Gisela Stege. st 1391
– Liebe in Ruinen. Die Abenteuer eines schlechten Katholiken kurz vor dem Ende der Welt. Aus dem Amerikanischen von Hanna Muschg. st 614

Edgar Allan Poe: Der Fall des Hauses Ascher. Groteske Schauergeschichten. Deutsch von Arno Schmidt und Hans Wollschläger. PhB 27. st 517

Padgett Powell: Edisto. Roman. Aus dem Amerikanischen von Harry Rowohlt. es 1332

Clark Ashton Smith: Das Haupt der Medusa. Phantastische Erzählungen. Ausgewählt von Kalju Kirde. Aus dem Amerikanischen von Friedrich Polakovics. PhB 221. st 1575

Henry S. Whitehead: Der Zombie. Und andere westindische Geistergeschichten. Ausgewählt von Kalju Kirde. Deutsch von Friedrich Polakovics. PhB 172. st 1255

105/2/5.88

Amerikanische Literatur
in der edition suhrkamp
und den suhrkamp taschenbüchern

Who's sleeping in my brain? Interviews – Kurzgeschichten. Herausgegeben von Judith Ammann. es 1219

105/3/5.88

suhrkamp taschenbücher
Eine Auswahl

265/1/6.89

265/2/6.89

265/3/6.89

265/4/6.89

265/5/6.89

suhrkamp taschenbücher
Eine Auswahl

265/6/6.89

suhrkamp taschenbücher
Eine Auswahl

Nossack: Bereitschaftsdienst. st 1460
Onetti: Das kurze Leben. st 661
– So traurig wie sie. st 1601
Oz: Im Lande Israel. st 1066
– Mein Michael. st 1589
Paz: Essays. 2 Bde. st 1036
Pedretti: Harmloses, bitte. st 558
– Die Zertrümmerung von dem Kind Karl. st 1156
Ernst Penzoldts schönste Erzählungen. st 216
Percy: Der Idiot des Südens. st 1531
– Lancelot. st 1391
Platschek: Über die Dummheit in der Malerei. st 1139
Plenzdorf: Gutenachtgeschichte. st 958
– Legende vom Glück ohne Ende. st 722
– Die neuen Leiden des jungen W. st 300
Poniatowska: Stark ist das Schweigen. st 1438
Proust: Auf der Suche nach der verlorenen Zeit. 10 Bde.
– Briefe zum Leben. st 464
Puig: Der Kuß der Spinnenfrau. st 869
– Der schönste Tango der Welt. st 474
– Verraten von Rita Hayworth. st 344
Rochefort: Frühling für Anfänger. st 532
– Eine Rose für Morrison. st 575
– Die Welt ist wie zwei Pferde. st 1244
– Zum Glück gehts dem Sommer entgegen. st 523
Rodoreda: Auf der Plaça del Diamant. st 977
– Der zerbrochene Spiegel. st 1494
Rolfs: Rost im Chrom. st 1648
Russell: Eroberung des Glücks. st 389
Sanzara: Die glückliche Hand. st 1184
– Das verlorene Kind. st 910
Schimmang: Das Ende der Berührbarkeit. st 739
– Der schöne Vogel Phönix. st 527
Schivelbusch: Intellektuellendämmerung. st 1121
Schneider: Philipp der Zweite. st 1412
– Dem lebendigen Geist. st 1419
Semprun: Die große Reise. st 744
– Was für ein schöner Sonntag. st 972
– Yves Montand: Das Leben geht weiter. st 1279
– Der zweite Tod des Ramón Mercader. st 564
Shaw: Der Aufstand gegen die Ehe. st 328
– Mensch und Übermensch. st 987
Sloterdijk: Der Zauberbaum. st 1445
Soriano: Das Autogramm. st 1252
Steiner, J.: Auf dem Berge Sinai sitzt der Schneider Kikrikri. st 1572
– Ein Messer für den ehrlichen Finder. st 583
– Das Netz zerreißen. st 1162
Sternberger: Drei Wurzeln der Politik. st 1032

265/7/6.89

suhrkamp taschenbücher
Eine Auswahl

Sternberger: Herrschaft und Vereinbarung. st 1289
– Die Politik und der Friede. st 1237
Stierlin: Delegation und Familie. st 831
– Eltern und Kinder. st 618
– Das Tun des Einen ist das Tun des Anderen. st 313
Struck: Lieben. st 567
– Die Mutter. st 489
Strugatzki / Strugatzki: Der ferne Regenbogen. PhB 111. st 956
– Die häßlichen Schwäne. PhB 177. st 1275
– Eine Milliarde Jahre vor dem Weltuntergang. PhB 186. st 1338
Tendrjakow: Die Abrechnung. st 965
– Frühlingsspiel. st 1364
Unseld: Der Autor und sein Verleger. st 1204
– Begegnungen mit Hermann Hesse. st 218
– Peter Suhrkamp. st 260
Vargas Llosa: Gespräch in der ›Kathedrale‹. st 1015
– Der Hauptmann und sein Frauenbataillon. st 959
– Der Krieg am Ende der Welt. st 1343
– Tante Julia und der Kunstschreiber. st 1520
Wachenfeld: Camparirot. st 1608
Walser, M.: Die Anselm Kristlein Trilogie. st 684
– Brandung. st 1374
– Ehen in Philippsburg. st 1209
– Ein fliehendes Pferd. st 600
– Halbzeit. st 94
– Jenseits der Liebe. st 525
– Liebeserklärungen. st 1259
– Die Ohrfeige. st 1457
– Das Schwanenhaus. st 800
– Seelenarbeit. st 901
Walser, R.: Fritz Kochers Aufsätze. st 1101
– Der Spaziergang. st 1105
– Seeland. st 1107
– Geschwister Tanner. st 1109
– Jakob von Gunten. st 1111
– Der Räuber. st 1112
– Wenn Schwache sich für stark halten. st 1117
Watts: Der Lauf des Wassers. st 878
– Vom Geist des Zen. st 1288
Weber-Kellermann: Die deutsche Familie. st 185
Weiß, E.: Franziska. st 785
– Der Aristokrat. st 792
– Georg Letham. st 793
– Der arme Verschwender. st 795
– Der Augenzeuge. st 797
Weiss, P.: Das Duell. st 41
– In Gegensätzen denken. st 1582
Wilhelm: Die Wandlung. st 1146
Wilson: Brüchiges Eis. st 1336
Winkler: Das wilde Kärnten. 3 Bde. st 1042-1044
Zeemann: Einübung in Katastrophen. st 565
– Das heimliche Fest. st 1285
Zweig: Brasilien. st 984

265/8/6.89